시인과 화가

시인과 화가

2021년 5월 5일 초판 1쇄 인쇄
2021년 5월 10일 초판 1쇄 발행

지은이	윤범모
펴낸이	김영애
편 집	윤수미 ǀ 김배경
디자인	최혜인 ǀ 엄인향
펴낸곳	SniFactory(에스앤아이팩토리)

등록일	2013년 6월 3일
등록	제 2013-00163호
주소	서울시 강남구 삼성로 96길 6 엘지트윈텔 1차 1402호
전화	02. 517. 9385
팩스	02. 517. 9386
이메일	dahal@dahal.co.kr
홈페이지	http://www.snifactory.com
ISBN	979-11-91656-00-8(03800)

ⓒ 윤범모, 2021

가격 18,000원

시인과 화가

윤범모 지음

다홀미디어

시인과 화가의
영광을 위하여

　시인과 화가. 내가 제일 좋아하는 말이다. 평소 편하게 만나는 친지들도 따지고 보면 시인과 화가가 제일 많다. 그런 면에서 나는 행운아라 할 수 있다. 친구 덕분에 강남 가다 보니 어느새 나도 시단에 이름을 올려놓게 되었고, 이런저런 시인들 모임에 자주 끼게 되었다. 보람차고 즐거운 시간은 자연스러운 결과다. 화가들은 미술평단의 말석을 차지하면서 역시 자연스럽게 만나게 되었다. 아니, 거의 의무적으로 만날 수밖에 없기도 했다. 화가들과 함께 한 나의 인생, 참으로 화사했고 보람찼다. 시인과 화가. 내 인생을 엮어준 고마운 존재들이다.

　시는 곧 그림이요, 그림은 곧 시이다. 오랫동안 모셔져 왔던 동북아시아의 주요 사상, 그것은 바로 시화일률詩畵一律이다. 시화를 따로 떼어놓고 어떻게 풍류를 말할 수 있을 것인가. 진정한 의미의 선비는 시서화를 잘하는 삼절三絶의 경지에 올라야 한다. 시인과 화가의 관계는 바늘과 실의 관계였었다(라고 과거시제로 표현하게 한다). 예전에는 그랬다. 시인과 화가의 관계는 형제지간이었다. 1920~30년대의 서울은 문학과 미술이 한 가족 되어 동고동락했다. 문학과 미술은 상호 영향을 주고받으면서 새로운 창작의 세계로 진입하곤 했다.

　김용준, 길진섭, 구본웅 등이 참여한 목일회라는 미술단체와 이태준, 이상, 김기림, 정지용, 박태원 등이 참여한 구인회라는 문학단체와의 교류는 상상 이상으로 끈끈한 관계였다. 김기림은 〈오후와 무명작가들〉(1930)이라는 작품에서 화가의 입을 통해 새로운 예술을 모색하는 내용을 소개했다. 문단과 화단에서의 끈끈한 관계로 유명한 사례는 낳고도 많다. 화가 나혜석과 시인 최소월을 비롯, 시인 이상과 화가 구본웅, 백석과 정현웅을 거쳐 이중섭과 구상 그리고 시인 김지하와 판화가 오윤에 이르기까지. 시인과 화가들은 교유하면서 예술세계를 풍요롭게 상호 작용하기도 했다. 하지만 현대사회의 오늘날은 과거 이야기로 뒤안길로 잠기고 있는 듯하다. 아무리 통섭과 융합을 강조한다지만 직업의 세분화 현상은 다른 동네에서 따로 살게 했다. 안타까운 일이지 않을 수 없다.

이 책은 근대기의 시인과 화가들의 이야기를 소개하고자 기획된 것으로, 오래전 『인간과 문학』 잡지에서 연재했던 내용이다. 연재 당시 출판 제의를 받았지만 보완이라는 핑계로 미루다가 잊어버렸던 것이다. 최근 한 친지의 강권으로 잃었던 연재물을 다시 꺼내게 되었다. 여전히 부족함 투성이지만 '문학과 미술의 즐거운 만남'을 기대하고픈 마음에서 출판이라는 그릇에 다시 담기로 했다. 연재 당시 자료를 제공해 준 분들과 인터뷰를 통하여 소중한 증언을 들려주신 분들께 이 자리를 빌려 감사한 마음을 전하고자 한다.

시인과 화가의 만남을, 하여 시인과 화가의 영광을 위하여. 꽃 피는 계절이다.

2021년 3월
무애당無碍堂에서 윤범모 모심

차례

'시대의 풍경'이 된
문인들과 화가들의 만남 …

시는 곧 그림이요, 그림은 곧 시이다

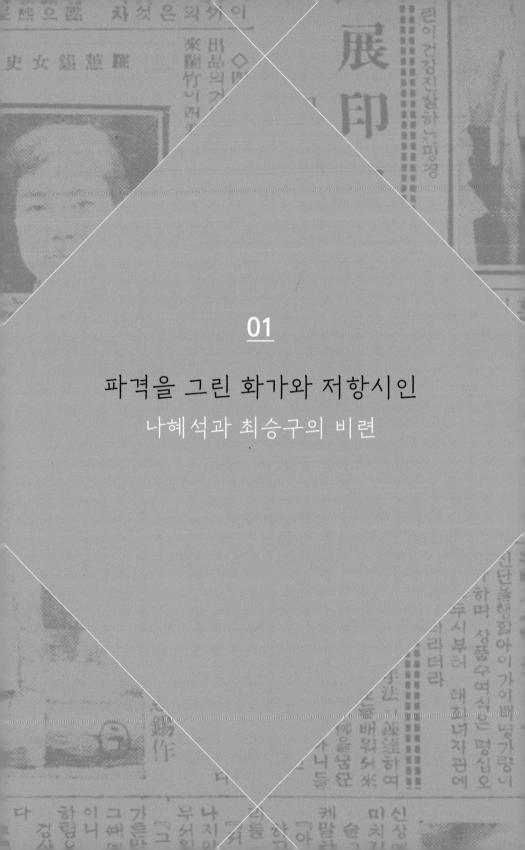

01

파격을 그린 화가와 저항시인
나혜석과 최승구의 비련

파격, 파격, 그리고 나혜석의 족적

"정조는 도덕도 법률도 아무것도 아니요, 오직 취미다. 밥 먹고
싶을 때 밥 먹고, 떡 먹고 싶을 때 떡 먹는 것과 같이 임의용지任意
用志로 할 것이요, 결코 마음의 구속을 받을 것이 아니다. (…) 왕왕
우리는 정조를 고수하기 위하여 나오는 웃음을 참고, 끓는 피를
누르고, 하고 싶은 말을 다 못한다. 이 어이한 모순이냐. 그러므
로 우리 해방은 정조의 해방부터 할 것이니 좀 더 정조가 극도로
문란해가지고 다시 정조를 고수하는 자가 있어야 한다." (나혜석,
〈신생활에 들면서〉, 1935)

정조 취미론, 파격이다. 그것도 1930년대의 주장이니 지금 생각해 봐
도 엄청나게 앞서간 사고이다. 오늘날 여성운동의 제일선에 서 있는 여
성이라 하더라도 이 같은 주장은 선뜻하기 어려울 것이다. "정조는 도덕
도 법률도 아니고 오직 취미이다", 어떻게 이런 주장을 할 수 있을까. 그
런 주장을 한 사람은 카사노바도 아니고 가부장 제도가 살벌했던 식민
지 시절의 우리 여성이었다. 그의 이름은 정월 나혜석(1896~1948), 선구
자였다.
　1918년 도쿄에서 미술학교를 졸업하고 귀국하니 그는 근대기 최초의
여성 유화가라는 호칭이 붙었다. 여성이 전문가로 활동할 수 없었던 조
선왕조의 유교문화가 남아 있었던 시절의 파격이었다. 그는 최초의 '여
류 화가'라는 사실 이외 몇 가지의 수식어를 지니고 있다. 단편소설 〈경
희〉(1918), 이 한 작품 가지고도 그는 근대문학사의 빛나는 별이다. 페미
니즘이라는 용어의 개념조차 없던 시절, 그는 여성의 사회적 지위 향상

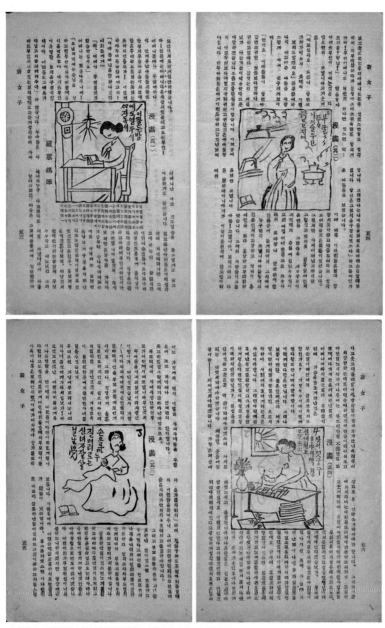

나혜석, 김일엽 선생의 가정생활, 신여자 4호, 1920.6.

을 주장하는 소설을 발표했다. 미술과 문학의 경계를 넘어 그는 여성운동 그리고 조국 독립운동에도 가담했다. 그래서 나혜석 이름 앞에 선구자라는 수식어가 자연스럽다. 아니다. 선구자라는 용어는 심심한 표현이다.

파격, 파격, 그렇다. 그가 걸어 간 길은 파격의 길이었다. 보수적 고정관념에 대한 끝없는 도전이었다. 오늘 이 순간에도 따라가기 어려울 정도로 그는 파격의 길을 걸었다. 그는 말했다. 아무리 가시밭길이라 해도 누군가 걸어가지 않으면 길이 생기지 않는다고.

> "탐험하는 자가 없으면 그 길은 영원히 못 갈 것이오. 우리가 욕심을 내지 아니하면 우리 자손들을 무엇을 주어 살리잔 말이오? 우리가 비난을 받지 아니하면 우리의 역사를 무엇으로 꾸미잔 말이오? 다행히 우리 조선 여자 중에 누구라도 가치 있는 욕을 먹는 자가 있다 하면 우리는 안심이오." (나혜석, 〈雜感 – K 언니에게 與함〉, 1917)

일제 강점시대의 여성, 정말 가시밭길을 걸어야 했다. 수원 출신 나혜석은 오빠 나경석의 도움으로 일본 유학을 실행할 수 있었다. 신여성의 표상은 이렇게 하여 얻게 되었다. 도쿄 유학생 사회에서 나혜석은 빛나는 꽃이었다. 재학 시절, 그는 소월素月 최승구와 열애를 했다. 그들은 약혼부터 공포하고 연애하기 시작했다. 조혼 제도가 성행했던 당시의 사회 풍습에 따라 남자 유학생들은 대개 기혼자였다. 최승구 역시 예외는 아니었다. 그럼에도 불구하고 그들은 사랑의 불꽃을 뜨겁게 태웠다. 하지만 최승구는 결핵으로 요절했다. 나혜석에게 발광의 시간을 안긴

나혜석과 김우영의 결혼사진, 1920

사건이었다. 나혜석은 자신의 삶을 '사건'의 연장선상에서 살았다고 회
고했을 정도였다.

　유명한 남성 작가들의 이름이 나혜석의 주위에서 떠돌았다. 춘원 이
광수도 그 가운데 하나다. 속설에 이광수는 더블데이트를 즐기다 결핵
발병 이후 나혜석 대신 의사 허영숙을 선택했다는 이야기도 전해 온다.
허영숙과 중국으로 사랑의 도피여행을 떠난 이광수는 편지에 나혜석과
의 절연 사실을 밝히기도 했다. 소설가 염상섭도 나혜석에 대하여 극진
한 생각을 지니고 있었다. 나혜석을 모델로 한 염상섭의 소설 발표는 이
런 점을 생각하게 한다.

　이러저러한 과정을 거쳐 나혜석은 외교관 김우영과 결혼했다(1920).
나혜석 31세(1927), 일반인은 상상조차 할 수 없는 부부 세계일주 여행
길에 올랐다. 약 2년간의 세계 여행, 이것도 파격이다. 그러나 진짜 파

격은 장기 체류했던 파리에서 일어났다. 민족대표 33인의 하나였던 최 린과의 로맨스가 발단이었다. 이 사건으로 나혜석은 이혼 당했고, 뒤에 〈이혼 고백서〉를 연재하는가 하면, 또 최린을 상대로 하여 정조 유린 위자료 청구소송을 제기했고, 결과적으로 사회적 사건으로 비화되었다 (1934). 그것의 결과는 여성의 완패完敗, 나락의 길만이 나혜석의 것이 었다.

나혜석과 최승구의 시

미술학교를 졸업할 무렵, 나혜석은 소설 〈경희〉와 같은 걸작도 발표 했지만 시를 발표하기도 했다. 〈빛光〉(1918)은 나혜석 최초의 시, 화가답 게 빛의 중요성에 대하여 노래했다.

> 그는 벌써 와서 내 옆에 앉았었으나 나는 눈을 뜨지 못하였다
> 아아! 어쩌면 그렇게 잠이 깊이 들었었는지!
>
> 그가 왔을 때에는 나는 숙수熟睡 중이었다
> 그는 좋은 음악을 내 머리맡에서 불렀었으나
> 나는 조금도 몰랐었다
> 이렇게 귀중한 밤을 수없이 그냥 보내었구나
>
> 아아, 왜 진시 그를 보지 못하였는가
> 아아, 빛아! 빛아! 정화를 키어라
> 언제까지든지 내 옆에 있어다오
> 아아, 빛아! 빛아! 마찰을 식혀라

아무것도 모르고 자는 나를 깨운 이상에는
내게 불이 일어나도록 뜨겁게 만들어라
이것이 깨워준 너의 사명이요
깨인 나의 직분職分일다
아! 빛아! 내 옆에 있는 빛아!

쉽게 읽히는 내용, 하지만 작품 속에서 나름대로의 상징성을 찾게 한다. 시의 화자는 아무것도 모르고 귀중한 밤을 잠으로 보내다가 빛에 의해 눈을 뜬다. 눈을 뜨고 보니 뜨겁게 살아야 할 직분이 생겼다. 그러기 위해서는 빛의 역할이 필요했다. 나혜석은 인상주의 화풍의 그림을 그렸다. 그러니까 누구보다 빛의 소중함과 역할에 대해 잘 알고 있었다. 하지만 여기서의 빛은 화가로서 태양광의 역할만 의미하지 않을 것이다. 빛의 의미와 상징성은 다의적일지 모른다.

"이는 계몽의식이 자아의 각성에 머무르는 데에 그치지 않고 사회적 사명으로 알고 조선여자 모두가 함께 가야 할 것을 의미하고 있는 것이다." (구명숙)

최승구(1892~1916)는 도쿄 게이오慶應대학에서 유학 생활을 했다. 그는 유학생 기관지인 『학지광學之光』의 편집인으로 활동하면서 몇 편의 산문을 발표했다. 하지만 최승구의 역량을 짐작하게 하는 부분은 시문학, 그의 대표작 〈벨지엄의 용사〉(1915)는 근대 시문학사의 한 페이지를 화려하게 기록하고 있다.

산악이라도 빠개지는
대포의 탄알에
너의 아기씨는
벌써 쇄골碎骨이 되었고

야수보다도 포악한
게르만의 전사戰士에게
너의 애처愛妻는
치욕으로 죽었다

이제는 사랑하던
가족도 없어졌고
너조차 도망할
길을 잃어버렸다

배불러도 더 찾는
욕심꾸러기에게
너의 재산을
다 바쳐도 부족이다

정의가 없어졌거든
평화가 있을게냐
다만 저들의
꿈속의 농담이다

너, 자아 이외에는
야심 많은 적敵뿐이요
패배는 너의 정부政府
약한 까닭뿐이다

벨지엄의 용사여!
최후까지 싸울 뿐이다!
너의 입에
부러진 창槍이 그저 있다

벨지엄의 용사여!
벨지엄은 너의 것이다!
네 것이면
꽉 잡아라!

벨지엄의 용사여!
너의 뼈대는 너의 것이다!
너, 인생이면
권위를 드러내거라!

벨지엄의 용사여!
창구瘡口를 부둥키고 일어나거라!
너의 피 고이는 곳에 벨지엄의 자손 불어나리라

벨지엄의 히로여!
너의 몸 쓰러지는 곳에
거 누구가 월계관을
받들고 섰을이라

게르만 침략을 당한 벨지엄을 위해 노래한 통쾌한 언어! 벨지엄의 용
사여, 일어나라! 이는 식민지 조선의 지식인이 스스로에게 주는 경구警
句가 아닐까. 특히 나약하고 감상적인 시들이 횡행하던 1910년대의 문
단 상황과 비교한다면 최승구의 시는 저항정신과 현실 인식이라는 차원
에서 단연 돋보이는 작품이다. 이렇듯 역동적인 시를 쓴 최승구, 하지만
그는 가슴속에 결핵균을 키우고 있었다. 결국 최승구는 요양생활을 위
해 고흥 군수를 지내고 있는 형님 댁으로 귀국해야 했다. 처음에 나혜석
과 최승구는 일기를 주고받듯 편지 왕래가 잦았다. 하지만 최승구의 병
세는 악화 일로, 이들의 사랑은 하나의 꿈으로 바뀌게 했다.
    나혜석, 19세, 일본 유학생활 중 전보를 받았다. 부친 사망(1915. 12.
10.), 급거 귀국하여 상을 치렀다. 그때 편지 한 장을 받았다. 최승구의
형인 최승칠 고흥 군수가 보낸 것. 병상의 최승구가 조석으로 울며불며
나혜석 이름만 부르고 있으니 한 사람의 생명을 구하기 위해 문병 와 달
라는 요청이었다. 하지만 나혜석은 오빠 나경석의 강력한 만류로 그냥
도쿄로 돌아갔다. 최승구의 병세는 거의 절망적이었다. 죽어가는 아우
를 위한 문병 요청 전보는 나혜석의 가슴을 흔들었다. 나혜석은 지친 몸
을 이끌고 다시 귀국선에 올랐다. 당시만 해도 부산에서 전남 고흥까지
가는 길은 역경, 그 자체였다. 게다가 배까지 고장 나 여수에서 1박 하
는 바람에 4일 만에 고흥에 도착했다. 드디어 고흥 군수 관사에서 연인

나혜석, 〈자화상(여인초상)〉, 1928, 수원시립미술관 소장 / © Suwon Museum of Art

은 다시 만났다. 나혜석은 애인 간호에 지극정성을 다했다. 근래 발굴된 나혜석의 육성 자료, 다음과 같은 내용이 들어 있다.

"며칠 후 저녁이었다. 나는 그의 얼굴을 스케치하고 있었다. 그는 쿨눅쿨눅하면서 쩔쩔매더니 벌건 피가래를 뱉었고 떨어지지 아니하여 칵칵한다. 나는 얼른 뛰어들어 손으로 끊었다. 그 정신 혼돈 중에도 '아이구, 더러워요'하고 찬웃음을 웃는다. 그리고 내 손을 꼭 쥐더니 힘 없이 '오해 없이 영원히 잊어주세요'하고 고개를 저편으로 돌린다. '아이구먼이나, 왜 그런 말씀을 하세요.' 그도 흑흑 느껴 울고 나도 흑흑 느껴 울었다. '아니에요. 내가 공연히 그런 말을 했지. 암만해도 살아날 것 같지 아니해.' '왜요. 점점 나아가시는데.' 나는 어떻게 말은 하였으나 그 말이 머릿속에 꼭 박혔다.

그 후 다시 그의 병은 차차 나아갔다. 치의治醫의 말에 의하면, 이제는 염려 없다고 했다. 10일 만에 나는 도쿄로 향하였다. 그는 하인을 불러 보름을 사 오라 하여 손수 싸주며 동생 갖다주라 하였다. 잊히지 못할 말을 머리에 새겨가지고 불안과 공포 중에 몸을 맡겨 내 몸이 다시 교실에 나타났으나 마치 허공에 뜬 사람 같았다. 도쿄 도착 5일이었다. 밤중에 문 뚜드리는 소리가 나며 '전보, 전보'한다. 나는 차마 볼 수 없어서 동생더러 뜯어보라 하였다. '동생 오후 6시 서거' 내 앞은 캄캄하였다. 조금 남은 정신으로 이런 답전答電 두 장을 하였다. '안심하고 가라.' '애도한다. 이것을 관 속에 넣어 주오.' 답전이 또 왔다. '관속에 넣었다.' 간단하고 명백하고 심오하고 철저한 그 말. '오해 없이 영원히 잊어주시오.' 이는

내 초련初戀의 최초요 최종最終의 말이었다." (나혜석, 〈영원히 잊어
주시오〉,『월간 매신每申』, 1934. 3.)

나혜석의 고흥 출입, 가는 데 4일과 오는 데 3일, 그리고 고흥에서의
문병 기간 10일, 최소 17일간의 외출이었다. 1916년 봄의 대사, 나혜석
은 발광했다. 그동안 문병 관련 사항은 (최승만의 회고록에 의하면) 나혜석은
단 하루만 문병했고, 그리고 나혜석이 떠난 그다음 날 최승구는 운명한
것으로 기록해왔다. 보다 극적인 상황 설정이었다. 하지만 이번에 새로
발굴한 위의 에세이는 이런 사항을 수정하게 한다. 최승구의 사망은 나
혜석을 발광하게 했다. 뒤에 나혜석은 소설 〈회생한 손녀에게〉를 통하
여 당시의 분위기를 다음과 같이 묘사했다. 즉 공부를 폐지하고 철야하
면서 간호했다면 결코 죽지 않았을 것이라는 것. 자다가도 살을 찌르는
것 같은 유한遺恨이 되었다는 것을 강조했다.

나혜석은 김우영과 결혼식을 올리고 신혼여행지로 고흥의 첫사랑 무
덤을 선택했다. 이 또한 파격, 파격! 첫사랑의 무덤으로 신혼여행 가다.
나는 나혜석 일대기를 나혜석의 고백 형식으로 정리하면서 책 제목을
위와 같이 붙였다. 『첫사랑 무덤으로 신혼여행 가다』. 나혜석에 있어 최
승구는 구원久遠의 이상향이었다. 김우영과 이혼 이후, 그러니까 세월이
한참 흐른 이후, 나혜석은 최승구를 그리워하면서 다음과 같은 에세이
를 발표했다.

"슬퍼. 아아. 슬퍼. 해가 가고 날이 가니 슬픈가. 그 얼굴 그 몸이 재 되
고 물 되어 가는 것이 슬픈가. 그 세계와 내 세계의 거리가 멀리 갈수
록 그는 점점 냉정해가고 나는 점점 열중해가는 것이 슬프다. 나는 다

시 눈을 딱 감고 아랫배에 힘을 잔뜩 주고 앉았다. 때는 밤 한 시. 복받친 기운이 뚝 꺼지며 시름없이 한숨을 짓는다. 내 눈에는 벌써 안개를 지었다. 코에서는 신물이 나올 듯하다. 아, 그는 나를 버리고 갔다. 그가 내게 모든 풍파를 안겨주고 멀리멀리 가버린 때가 이 봄밤이다. 내 몸은 사시나무 떨리듯 떨린다. 아래윗니가 서로 딱딱 닿는다. 나는 할 수 있는 대로 생각지 않으려고 눈망울을 일자로 굴려 잠을 청한다. 보름달은 구름에 가려 그 얼굴이 보일 듯 보일 듯할 뿐 아니라 빛까지 가리어 어두컴컴하다. 아아! 소월아! 소월아!" (나혜석, 〈원망스런 봄밤〉, 1933)

정월晶月이 절규하면서 부르는 소월素月, 이들의 아호는 무엇 때문에 달月을 돌림자로 선택했을까. 정말 무슨 커플링처럼 함께 아호를 나누어 가진 것인가. 뒤에 『진달래꽃』의 소월 김정식도 요절했는데, 소월이라는 아호는 장수와 거리가 먼 것인가 보다. 아무튼 최승구는 한 여성에게 회한을 깊이 남겨놓고 세상을 일찍 하직했다. 최승구의 작품은 사후 60년도 넘는 1982년에야 『최소월 작품집』(김학동 편집)으로 출판되었다. 많은 근대문학사 연구가들이 말하듯, 만약 최승구가 요절하지 않고 계속 작품 활동을 했다면 한국근대문학사의 초기 사정은 보다 화려했을 것이다. 나혜석 개인에게뿐만 아니라 우리 근대문학사를 위해서도 그의 요절은 아쉽고도 아쉬운 사건이지 않을 수 없다.

나는 최승구의 체취를 조금이라도 맡아보기 위해 도쿄 게이오慶應義塾 대학 미타 캠퍼스에 갔다. 근대 일본 역사의 거목이자 학교 설립자인 후쿠자와 유키치福澤諭吉 동상이 있는 자료실에서 조선인 유학생 관련 자료를 조사했다. 조선인 최초의 유학생 유길준을 비롯 1901년 이전 입학

한 조선인 유학생 숫자만 해도 2백여 명이 넘었다. 초기 유학생은 대개 관비 유학생이었다. 게이오에서 『생도 학적부』를 조사할 수 있었는 바, 거기에 최승구 자료도 포함되어 있다. 그 내용을 소개하면 다음과 같다.

최승구(생년월일 1893년 2월 20일, 기왕에 알려진 출생연도와 1년 차이가 있음), 원적原籍은 조선 경성 서부 남정현南征峴 송본동松本洞 629번지, 호주는 평민平民 승칠承七, 보증인본향구本鄉區 이시하라石原健甫, 그리고 중요사항으로 입학 학과는 '豫一A' 즉 예과 1학년 A반이라는 것. 입학연도는 1914년(大正 3년) 4월 1일, 그리고 퇴학은 다음 해(1915) 11월, 사유는 '병기病氣'. 그러니까 최승구는 문과 2년 2학기 말 병으로 퇴학했다는 기록이다. 학적부 의거, 중요한 사실 한 가지를 더 확인할 수 있다.

최승구는 게이오에 입학하기 전 세이소쿠正則 영어학교에서 5년간 수업을 받았다는 점이다. 현재 세이소쿠正則 학원고등학교로 개칭된 이 학교는 비교적 입학이 자유스러웠던 학교였다. 나는 최승구가 하숙했던 집(水道橋驛 부근)을 찾았으나 현재는 신흥주택가로 바뀌어 원래 주소를 확인할 수 없었다. 참고로 게이오에서 염상섭의 학적부도 확인한 바, 다음과 같은 사실을 알 수 있었다. 염상섭廉尙燮(1897년 8월 8일 출생), 1918년(大正 7년) 4월 입학, 같은 해 10월 8일 병기病氣로 퇴학, 그러니까 염상섭은 게이오를 불과 6개월 정도 재학했던 것이다. 그는 1918년 3월 중학교(京都府立 第二中學校)를 졸업하자마자 게이오에 입학했다.

야나기하라 유품 속의 나혜석 편지들

오사카 모모야마桃山 학원 대학 사료실에 소장된 야나기하라 기쓰베柳原吉兵衛의 유품, 그 속에 상당수의 조선인 편지가 포함되어 있다. 야나기하라 존재는 박선미 교수의 저서 『근대여성 제국을 거쳐 조선으로 회유

나혜석, 〈정원〉, 조선미전 특선작, 1931

하다』(2007)를 통하여 알고 있었다. 하지만 야나기하라의 컬렉션에 나혜
석의 친필 서한이 포함되어 있었다는 사실은 몰랐다. 특히 친필 필적조
차 별로 남아 있지 않은 나혜석의 경우, 그의 편지가 여러 통 보존되어
있다는 사실은 우리 연구자들을 흥분시켰다. 나는 나혜석학회의 현지
답사단의 일원이 되는 행운을 얻었다.

오사카 현지에서 나혜석 자료를 조사한 바, 편지(1927. 6./ 1931. 11. 등),
런던에서 보낸 그림엽서(1928. 7), 연하장(1933/1934), 그리고 나혜석의 조
선미전 출품 작품 〈천후궁〉(1926)의 그림엽서 등, 모두 6건이었다. 무엇
보다 놀라운 사실은 〈천후궁〉의 소장자가 야나기하라 자신이었다는 것.
이 흑백 엽서는 도판 하단에 '柳原 靑霞洞 所藏'라고 소장처(아호雅號) 표
기와 함께 "나혜석 씨는 안동현 부영사 김우영 씨 부인으로 나라여자고
등사범 재학 김숙배의 숙모가 됩니다"라는 설명도 부기했다. 이로써 조
선미전 출품작 18점 가운데 단 한 점도 남아 있지 않은 나혜석의 경우,
일단 〈천후궁〉의 일본 유존 가능성이라는 희망을 갖게 했다. 더불어 나
혜석의 1931년 편지는 자신의 걸작 〈정원〉을 야나기하라에게 구입해
달라고 요청한 바, 이 작품 또한 일본에 남아 있을 가능성을 점치게 했
다. 이혼 이후 나혜석의 근황과 더불어 〈정원〉과 관련된 편지 내용은 다
음과 같다.

"이미 들으셨을지도 모르겠지만 그간 저는 가정에 파란이 있
었습니다. 과도기에 태어나서 예술을 위해서 살려고 했으나 시어
머니, 남편의 몰이해 때문에 당분간 별거하기로 했습니다. 이것
은 다 저의 부덕의 소치라고 생각합니다. 아무쪼록 널리 헤아려
주십시오. 신문에서 보셨을지도 모릅니다만 이번에 제전에 입선
했습니다. 그것을 출품하기 위해서 지난달 도쿄에 왔사오며 내년
4, 5월경까지 있고 싶습니다. 제전은 도쿄는 끝났고 지금은 교토
에서 열리고 있다는 통지가 왔습니다. 부디 보시고 비평을 해 주
신다면 광영으로 생각하겠습니다. 더구나 염치없는 청이어서 죄
송합니다만 댁에서 사 주시면 행복하겠습니다. 가격은 삼백 원이

되어 있지만 이백오십 원쯤에도 괜찮습니다. 그 〈정원〉은 파리 체
재 중에 그린 것이어서 역사적 영향을 받은, 자신 있는 회심작입
니다. 참으로 뻔뻔스러운 부탁입니다만 만약 어르신 댁이 안 되
면, 따로 사주실 분을 소개해 주시지 않겠습니까? 잘 부탁드립니
다. 그것을 팔 수 있다면 연구비로 쓰려고 합니다." (야나기하라에
게 보낸 나혜석의 친필 편지, 1931. 11. 29.)

　야나기하라 기쓰베(1858~1945)는 오사카 지역에서 염색공장 등을 운
영하면서 사업가로 성공했다. 그는 사회봉사 활동을 활발하게 한 바, 조
선 여학생의 일본 유학 등 장학사업도 그 가운데 하나였다. 1922년부터
1942년까지 숙명과 진명여고 학생들에게 표창하여 1천여 명의 학생이
혜택을 받았다. 그 가운데 성적 우수학생들은 일본으로 유학시켰다. 일
본 유학을 실행시킨 조선 여학생들은 귀국 이후에도 야나기하라에게 계
속 편지를 보냈다. 그 내역은 약 20년간(1923~1944) 총 57명의 유학생
편지 1,202통으로 남았다.
　조선인 학생의 편지 가운데 김숙배의 편지는 눈길을 끈다. 야나기하
라는 1923년 김숙배, 이예행, 박소제를 나라여자고등사범학교에 입학
시켰다. 김숙배에게 나혜석은 숙모가 된다. 김숙배는 야나기하라에게
60통의 편지를 보냈는데, 그 가운데 5통은 나혜석 관련 내용을 포함하
고 있다. 예컨대 안동현 이야기(1925. 4. 27), 야나기하라와 나혜석의 사
이가 매우 친밀한 관계임을 알게 한 내용(1925. 5. 5), 미국에서 나혜석의
2월 말 경 귀국 예정(1929. 2. 20), 나혜석의 무사 귀국사실과 임신 중이어
서 동래에서 정양중(1929. 5. 25)이라는 내용 등이 그것이다. 김숙배는 뒤
에 동아일보사 사장의 부인이 되었다.

제11회 조선미술전람회 입선작품과 나혜석, 1933년 추정

인형의 집, 노라를 위하여

　염상섭은 자신의 〈추도〉라는 소설에서 나혜석과 최승구의 관계를 이렇게 묘사했다. 여기서 S여사는 나혜석을, C씨는 최승구를, K씨는 김우영을 일컫는다.

　　"S여사의 제일 화려한 시절은 C씨와의 약혼시대였을 것이다. 와세다에 춘원, 미타三田(게이오대학 캠퍼스)에 C씨라고 일컬을 만치 나에게는 외우畏友였지마는 그의 장래의 촉망은 컸던 것이다. 불행히 요절하지 않았더라면 반드시 문학가로서 대성하였을 천재였었다. C씨의 요절이 오늘날 S여사의 불행의 씨를 뿌려놓았던 것이라 하여도 과언이 아니다. 연애에서 약혼이 성립된 것이 아니라 약혼에서부터 출발하여 열렬하고도 화려한 사랑의 꽃이 만

노 라

羅蕙錫 作
白禹鏞 曲

나는人形이엇네
아버지짤인人形으로
남편의안핸人形으로
그네의노리개이엇네。

◇

노라를노하라
순순히노하다고
놉흔墻壁을헐고
깁흔閨門을열고
自由의大氣中에
노라를노하라。

◇

나는사람이라네

남편의안해되기전에
子女의어미되기전에
첫재로사람이란네。

◇

나는사람이로세
拘束이이미끈헛도다
自由의길이열렷도다
天賦의힘은넘치네。

◇

아아少女들이어
세여서뒤를싸라오라
일어나힘을發하여라
새날의光明이빗첫네。

개되었던 것이었다. 재자가인이라고 하기보다도 재자와 재원의 천정 배필로 사랑의 꽃만 피운 것이 아니라, 예술의 꽃이 피었을 쌍벽이었었다. C씨만 살았던들 행복한 일생을 큰소리 내지 않고 깨끗이 마쳤을 여사였었다. 그러나 불행히 애인을 잃고 난 S여사는 인생관이 돌변하였었다. 인생의 모든 희망을 예술에 붙이고 예술을 애인 삼아 붙들고 다시 일어서면서부터 실제 생활면에 있어서는 무척 타산적이요, 실리적이었었다. 실제적 타산적으로 골라잡은 상대자가 K씨였었다. 사랑의 상대자이기보다는 평범한 남편을 구하였고, 자기의 예술을 살리고 생활의 안정과 보장을 위하여 파트너로서 K씨를 택하였던 것이다. 여기에 메꾸기 어려운 틈이 있었고 옆의 사람의 눈에 위태롭게 보이는 불안정감을 주는 것이었다." (염상섭, 〈추도〉, 1954)

나혜석과 최승구를 잘 아는 염상섭의 회고이기 때문에 위의 글은 설득력이 크다. 정말 최승구의 요절만 아니었다면 나혜석의 인생 항로는 완전히 다른 길을 걷게 되었을 것이다. 그러나 역사에 가정假定이 무슨 소용 있으랴. 끝으로 나혜석의 여성적 주체의식을 잘 표현한 〈인형의 집〉(1921) 머리 부분을 소개한다.

내가 인형을 가지고 놀 때
기뻐하듯
아버지의 딸인 인형으로
그들을 기쁘게 하는
위안물 되도다

노라를 놓아라
최후로 순수하게
엄밀히 막아놓은
장벽에서
견고히 닫혔던
문을 열고
노라를 놓아주게

02

박제된 천재의 비밀

시인 이상과 화가 이상

시인 이상과 화가 이상

> "사람이 비밀이 없다는 것은 재산 없는 것처럼 가난하고
> 허전한 일이다." (이상)

그렇다. 사람이 비밀이 없다는 것은 가난하고 허전한 일이다. '박제된 천재' 이상李箱(1910~1937), 그처럼 비밀을 많이 간직하고, 게다가 비밀 관련 풍문을 많이 남기고 간 작가도 흔치 않다. 불과 27년이라는 짧은 생애, 그러면서도 그는 수많은 업적과 비밀을 간직한 채 세상을 떠났다. 이상, 그의 육신은 비록 떠났지만 그의 정신은 계속 살아 있어 많은 이야기를 전해준다. 이상, 과연 그의 진면목은 무엇이었을까. 이상의 애초 희망 직업은 문인이 아니라 화가였다는 점, 그리고 기행과 요절이라는 전설을 남긴 추억 속의 인물이라는 점, 이상의 실체는 과연 무엇일까.

시인 이상의 소년 시절, 그의 장래 희망은 화가였다. 그는 경성고등공업학교 건축과를 졸업했다. 건축분야 자체가 미술의 한 장르임은 새삼스럽게 강조할 필요조차 없다. 하지만 이상은 화가의 자질이 넘쳤고 실제 그림을 잘 그렸다. 이상의 소년기가 식민지 치하가 아니고 만약 평화 시절이었다면, 어쩌면 그는 화가의 일생을 걸었을지도 모른다. 그만큼 그의 문학세계는 미술적 요소와 공유되는 접점이 크기 때문이다.

이상李箱이라는 필명은 미술 분야와 관련이 있다는 주장도 있다. 경성 고공 졸업 앨범에 이미 본명 김해경 대신 이상이라는 필명이 나오는 바, 이는 공사장 관련 기존 속설과 다른 부분이다. 절친한 친구인 화가 구본 웅은 이상에게 졸업선물로 휴대용 미술 도구상자 즉 사생상寫生箱을 주

미술 실기실에서의 이상, 『경성고등공업학교 졸업앨범』, 1929

었다. 이에 이상은 본격적 회화작업을 할 수 있게 되었다며 감동했고, 감사의 표시로 자신의 아호를 상자의 상箱이라는 글자와 상자의 재료인 나무木를 넣은 성씨 가운데 다양성과 함축성을 지닌 이李씨를 선택하여 오늘의 이상李箱이 되었다는 것이다(구광모, 〈우인상과 여인상〉). 흥미로운 주장이다. 이상이라는 필명이 친구의 선물인 미술도구 상자에서 연유되었다는 것이.

　이상의 회화 작품은 자화상으로 확인할 수 있다는 점에서 주목을 요한다. 이상은 19세에 자화상을 그린 바, 몇 가지의 메시지를 전달한다(임종국, 『이상 전집』, 1956). 이 〈자화상〉은 경성고공 졸업반 시절 제작한 것으로 알려져 속칭 〈1928년 자화상〉으로 불리기도 한다. 원화는 전해지지 않지만 흑백 도판에 의하면, '보다 큰 예술적 실험과 계획을 위한 포석으로서 일종의 페르소나 즉 연출된 가면일 가능성이 크다(김민수, 『이상 평전』).

이상, 〈자화상〉,1931, 『제10회 조선미술전람회』, 조선총독부, '제비' 벽에 걸린 10호

이 자화상은 좌우대칭을 무시하고 고뇌에 찬 소년의 내면세계를 표현하려 했다. 왼쪽 눈의 동공은 그리지 않고 까맣게 처리한 것과 더불어 배경의 어둠과 얼굴 조명의 강렬한 명암 대비 등에서 그렇게 읽힌다. 이상의 자화상, 정말 '화가 이상'은 '일을 저질렀다'.

그는 1931년 제10회 조선미전에 〈자화상〉을 출품하여 입선했기 때문이다. 일제 강점기의 조선은 미술가를 위한 어떤 시설 하나 반반한 게

없었다. 즉 미술학교나 미술관은 물론 화랑 하나 존재하지 않았다. 때문
에 미술가들은 악조건 속에서 작가 활동을 해야 했다. 작품 발표 무대를
들라면 총독부 주최의 연례 공모전인 조선미전이 권위를 누리면서 미술
계를 장악하고 있었다. 이 같은 조선미전에 이상은 자화상을 출품하여
입선한 것이다.

　이는 놀랄만한 '사건'이지 않을 수 없다. 도쿄미술학교 서양화과 졸업
생들은 졸업미전에 자화상을 의무적으로 출품하게 되어있었고, 이들 작
품은 모교에 보존되어 있다(식민지 시절 이 학교를 졸업한 조선인 유학생 43명의
자화상이 오늘날 도쿄예술대학에 보존되어 있다). 흑백 도판에 의하면, 이상의 입
선작은 색채실험이 두드러졌을 것 같다. 윤곽선 등 형태 묘사에 주력했
다기보다, 아니 이 부분은 오히려 소략하게 처리되었고, 분방한 필치의
색채 구사로 작품의 특성을 추구하려 했던 것 같다.

　이상은 왜 자화상 그리기에 주력했을까. 이는 식민지 암흑기에 자연
스럽게 생긴 자존의식의 발로라고 할 수 있다. 자아의식이 강한 화가일
수록 자화상 그리기에 주력하고 있음을 볼 수 있기 때문이다. 유화 작품
의 경우, 측면상이지만『청색지』(1939)에 유고 형식으로 소개된 연필화
〈자화상〉은 정면상이다. 속필의 묘사력을 통하여 얼굴의 특징을 요점
정리한 이 소묘는 이상의 개성적 성품을 잘 보여준다. 이상은 박태원 초
상 등을 그린 바 있다.

　이상의 미술작품 가운데 현대성 부분은『조선과 건축』표지 장정에서
도 확인할 수 있다. 표지 도안 현상 공모에 입상한 이 디자인 작품은 현
대적 감각에 의거한 개성적 작품임을 확인하게 한다. '화가 이상'의 작업
사례는 여러 군데에서 확인할 수 있다. 예컨대 자신의 소설 〈날개〉(1936)
의 드로잉이나 박태원의 소설『소설가 구보씨의 일일』(1934) 등이 그것

이상, 『조선과 건축』, 1930. 2, 제9권 제2호
표지, 서울대학교 중앙도서관 소장

이다. 〈날개〉에서 보여주는 독특한 표현방식은 동시대 화가 누구보다 앞선 실험성을 보이고 있다. 누워 있는 나체를 중심으로 하여 하단부는 세워진 책들로 패턴화하고 상단은 영문 글자로 아달린과 아스피린이라는 수면제 이름을 반복하여 표기했다. 소설의 내용을 짐작하게 하는 삽화이다. 박태원 소설의 삽화는 하융河戎이라는 필명으로 발표한 이상의 작품이다. 연재 삽화 27점은 몽타주 기법 등 현대미술의 다양한 표현방식을 활용하여 개성적인 화면 경영을 일구었다. '화가 이상'의 숨은 실력을 유감없이 보여주는 시각자료가 아닌가 한다. 시인 이상의 원형에 화가라는 장르의 존재는 시사하는 바 적지 않다. 이상의 작품세계에서 미술적 요소를 적지 않게 발견할 수 있음도 그 같은 지적을 하게 한다. 더불어 시화 일률의 전통성을 스스로 체현해 낸 이상의 또 다른 면모를 주목하게 한다. 시인 이상의 원초적 동경심에 미술이 존재했다는 사실을 다시 한번 강조하고자 한다.

화가 구본웅과의 우정

구본웅(1906~1953)의 유화 작품 가운데 〈친구의 초상〉(1935년경, 국립현대미술관 소장)은 이상의 초상화로 알려졌다. 야수파 혹은 표현주의적 필치로 강렬한 인상을 표현한 작품이다. 주인공은 파이프를 입에 물고 뭔

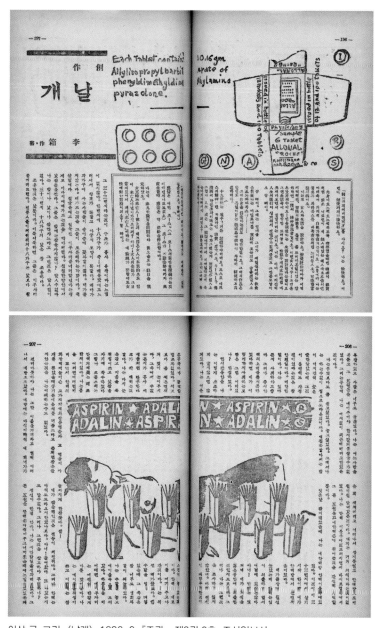

이상 글·그림, 〈날개〉, 1936. 9, 『조광』, 제2권 9호, 조선일보사

가 정상적이지 않으면서 불안한 표정을 짓고 있다. 외형 묘사에 충실했
다기보다 주인공의 성격 묘사에 치중한 작품이다. 반면에 구본웅의 작
가 입문시절의 조소작품은 매우 사실적 묘사에 치중했음을 알게 한다.
조선미전 입선작 〈두상 습작〉(1927)은 김복진의 영향을 짐작하게 하듯
사실주의적 정통성의 형상력을 담보한다. 이를 보면 기왕의 주장처럼,
이상은 구본웅의 영향으로 미술작업을 한 것이 아니고 오히려 구본웅의
단계를 넘어 현대예술의 스펙트럼을 가로질러 내면화 단계에 도달했다
는 평가가 가능하다(김민수).

　구본웅과 이상의 관계는 매우 돈독했다. 우선 이들은 신명학교의 입
학 동기이다. 구본웅이 네 살 연상이지만 이들은 친구 사이로 우정을 나
누었다. 고교시절 화가 지망생으로 그림을 열심히 그렸다는 공통점도
있다. 뒤에 이상이 다방 사업의 실패를 연속하자 구본웅은 부친이 운영
하던 인쇄소 겸 출판사인 창문사에 이상을 연결해 일자리를 마련해 주
었다. 창문사에서 구인회 동인지 『시와 소설』을 제작했다는 사실은 유
명한 이야기다.

　이상과 구본웅, 이들 사이의 재미난 일화는 너무 많다. 키다리 이상
과 꼽추 난쟁이 구본웅이 함께 길을 걸어가면, 동네 꼬마들이 곡마단 왔
다고 소동을 피웠다. 이들의 괴이한 행색은 그만큼 눈길을 이끌기에 충
분했을 것이다. 이들의 절친한 사이는 구본웅이 이상을 모델로 하여 그
린 〈친구의 초상〉으로 모두 설명할 수 있다. 자유분방한 성품이 여실하
게 잘 드러난 인상이다. 더불어 구본웅이 그린 〈여인〉은 이상의 〈날개〉
에 나오는 금홍이 아니냐는 견해도 있다. 최근 『이상전집』을 새로 묶으

◀ 구본웅, 〈친구의 초상〉, 1935, 국립현대미술관 소장

면서, 이상의 글 가운데 '차8씨'의 차팔囧八은 구본웅의 구具를 의미하는
것이라는 흥미로운 주장도 있다.

　구본웅과 이상의 사이에 변동림의 존재를 잊을 수 없다. 구본웅의 부
친 구자혁은 일본 유학을 다녀왔지만 몰락 양반 가문이었다. 구본웅은
일찍 세상을 떠난 생모 대신 계모의 슬하에서 성장했다. 계모가 바로 변
동림과의 이복자매 사이가 된다. 즉 변동림의 부친 변국선은 구한말 중
추원 참의직을 지냈는데, 후처에게 변동림을 얻었다. 그러니까 변동림
의 이복 언니가 구본웅의 부친과 결혼한 바, 구본웅에게 변동림은 계모
의 이복동생이 되고, 절친한 친구 이상의 부인이 되는 기묘한 사이로 발
전했다. 이상, 구본웅, 변동림(김향안), 이들의 관계는 매우 흥미롭다. 이
들의 인간관계는 예술세계로도 발전되어 1930년대 문화계의 일단을
짐작하게 한다. 변동림의 회고를 들어 본다.

　　"나의 이복 언니는 변씨가의 장녀로 출생하여 구본웅 부친이
　　상처한 자리에 후실(정실)로 출가(초혼) 했다. 나의 언니는 인물도 훤
　　했고 마음이 꼿꼿하고 단정한 분이었다. 구씨가의 층층시하 시
　　집살이를 훌륭하게 해냈으며 손자들을 기르는 일로써 평생을 마
　　친 분이다. 구본웅의 부친은 소실을 둔 일도 없다. 조용만 씨는 이
　　상의 결혼에 대해서 … '방 군의 누이가 구본웅 아버지의 세컨드
　　거든, 기생 출신이었어.' 이하 사실 아닌 얘기를 하고 있다. 조용만
　　씨는 지금까지 이상의 결혼에 대해서 잘못 알고서 잘못 썼음을
　　사과하고 정정하는 글을 발표해야 한다." (김향안, 『파리와 뉴욕에
　　살며』, 1991)

변동림은 뒤에 김환기의 부인이 되는 김향안이다. 변동림은 김환기를 만나기 전에 이상과 결혼했다. 오빠 소개로 처음 만난 이상, 당시 이상은 커다란 키에 곱슬머리를 나부끼며 밤색 두루마기의 한복 차림이었다. '우뚝 솟은 코와 세 꺼풀진 크고 검은 눈이 이글거리듯 타오르고 유난히 광채를 발산했다.' 결핵을 앓았다고 했으나 기침이나 각혈 같은 것은 하지 않았다. 변동림은 건강한 청년, 이미 〈오감도〉와 〈날개〉 같은 불후의 명작을 발표한 문학가와 결혼한 것이다. 이상과 변동림의 결혼 생활은 동소문 밖에서의 3개월 정도였고 도일하기 직전 1개월가량 시내에서 살았다. 〈날개〉는 상상의 공간일 따름이다.

이상의 미망인 변동림의 추억

1980년대 중엽, 나는 뉴욕에서 살았다. 매월 환기재단의 연구기금을 받았고, 또 주말이면 김향안 여사를 만나 저녁식사를 함께 했다. 나는 김환기 평전 작업을 위해 김향안의 증언을 기록했다. (아쉽게도 이 김환기 평전 작업은 중도 하차했다.) 그러던 어느 날, 향안 여사는 여성잡지 『주부생활』을 보여주면서 몹시 불쾌하다고 말했다. 우선 노인의 얼굴 모습을 페이지 가득 차게 확대하여 게재한 것부터 내용에 이르기까지 불쾌하다고 했다. 시인 이상 관련 언급 자체부터 고깝게 생각했다. 하기야 많은 사람들은 시인 이상과 김향안과의 관계에 대하여 궁금증을 가지고 있었고, 추측에 의한 오류도 적지 않았다.

나는 향안 여사에게 차제에 이상 관련 증언을 공개하는 것이 좋겠다고 제안했다. 반세기가 넘도록 향안은 단 한 번도 이상에 대하여 공식적으로 증언한 바 없었다. 그는 오로지 김환기 사업에만 전념했고, 또 그처럼 화가의 아내로서 모범적 삶을 경영한 여성도 보기 어려웠다. 향안

은 번민 끝에 드디어 이상과의 추억을 공개 증언하기 시작했다. 뉴욕에
서 회고하는 1930년대의 젊은 시절, 그는 시인 이상과의 짧은 결혼생활
을 추억했다.

  그 내용은 『문학사상』(1986)에 연재했다. 김환기 사후 12년이 넘어가
는 시점이었다. 변동림(김향안)은 20세기 전반부와 후반부를 나누어 살
면서 위대한 예술가 2명의 배우자로 기록되는 특별한 인물로 부각되었
다. 이상과 변동림, 이들의 관계는 어떠했을까. 『문학사상』 연재를 중심
으로 재구성하면 다음과 같다.

  변동림은 유년시절을 송현松峴 마루턱에서 살았다. 어떤 궁가의 커다
란 집이었다. 아버지는 항상 출타 중이었지만 아버지 서재에는 불상을
모셨고 가끔 좌선과 독경 소리가 들렸다. 변동림은 학교 가기 전에 천자
문과 소학을 떼었다. 부친(변국선)은 도쿄에서 의대를 중퇴하고 귀국하여
고종 말년 중추원 참의參議를 지내다 합병 이후는 무직으로 살았다. 변
동림은 경기여고를 졸업하고 도쿄에서 아테네 프랑세를 몇 달 다니다
귀국하여 이화여전 영문과에 입학했다.

  대학시절 오빠는 친구와 동업으로 다방을 경영했는데, 이상과 친구였
다. 변동림은 매일같이 커피를 마시러 오빠 다방을 출입했다. 변동림은
오빠의 소개로 이상을 만났다. 당시 이상은 밤색 두루마기의 한복 차림
이었다. 이상은 한복 입기를 즐겼다. 후리한 키에 곱슬머리였고 수염은
항상 파랗게 깎았다. '언제나 수줍은 듯 사람을 그리는 듯 쓸쓸한 웃음
을 짓는 모습과 컬컬한 음성'의 사나이였다. 특히 변동림과 만나던 당시
이상은 기침을 하거나 각혈을 하지 않은 '건강한 청년'이었다.

"나는 그 비슷한 허허벌판을 이상을 따라서 한없이 걸어갔다. 한없이 걸어간 곳에 방풍림이 있었다. 우리는 방풍림 숲속을 끝에서 끝까지 걸었다. 나는 날마다 이상을 만났다. 학교에서 돌아오는 길 거기 어디서 기다리고 있는 상을 만났으며 우리 집에서 나오면 부근에서 서성거리고 있는 상을 발견했다. 만나면 따라서 걷기 시작했고 걸어가면 벌판을 지나서 방풍림에 이르렀다. 거기는 일경도 동족도 없는 무인지경이었다. 달밤이면 대낮처럼 밝았고 달이 지면 별들이 쏟아져서 환했던 밤과 밤을 걷다가, 걷다가, 우리들은 뭐 손을 잡거나 팔을 끼고 걸은 것이 아니다. 각기 팔을 내저으며 자연스러운 자세로 걸었다. 드문드문 이야기를 나누면서, 때때로 내 말에 상은 크게 웃었다. 그 웃음소리가 숲속에 메아리쳤던 음향을 기억한다.

"동림이, 우리 같이 죽을까?"

"우리, 어디 먼 데 갈까?"

이것은 상의 사랑의 고백이었을 거다. 나는 먼 데 여행이 맘에 들었고 또 죽는 것도 싫지 않았다. 나는 사랑의 본능보다는 오만한 지성에 사로잡혔을 때, 상을 따라가는 것이 흥미로웠을 뿐이다. 그래서 약속한 대로 집을 나왔다. 나를 절대로 믿는 어머니한텐 친구한테 갔다 온다고 거짓말을 하고 조그만 가방 하나를 들고 나왔다."

방풍림의 추억, 나는 김향안에게 구체적으로 방풍림 동네가 어디냐고 질문한 바 있다. 그는 청량리 밖 갈대숲이 우거진 곳이라고 기억했다. 그곳이 즐겨 찾던 데이트 장소였단다. 하지만 신접살림은 동소문 밖, 그러니까 혜화동 고개 너머 당시만 해도 외진 변두리였다. 아무튼 이상과 변동림은 하나가 되었다. 이들은 벌판을 지나, 방풍림을 지나, 개울이 있고 언덕이 있는 곳, 그 개울가의 조그만 집을 신방으로 차렸다. 동소문 밖이었다. 이상은 이미 신부를 위해 기본생활 도구와 침구를 마련해 놓았다. 이상과 변동림의 결혼은 그렇게 이루어졌다. 그리고 이들은 '낮과 밤이 없는 밀월을 즐겼다.' 이상은 며칠에 한 번씩 시내 출입을 했고, 들어오는 길에 장을 보아왔다. 밥 짓는 일과 빨래는 아내가 맡았고 반찬 만드는 것은 남편이 맡았다. 이상은 소 내장 요리를 좋아했지만 신부는 간 천엽이나 곰탕을 먹지 못했다.

밀월이 계속되는 동안 서울에서는 '이상의 스캔들'을 비난하는 소리가 들렸다. 이상이 변동림을 유혹한 것이라고 했다. 하지만 변동림은 이상을 좋아해서 따라간 것이고 곧 도쿄로 떠날 것이라고 선언했다. 그리하여 양가의 어머니들이 서둘러서 결혼식을 올리도록 주선했다. 1936년 6월 초순 신흥사에서 결혼식을 올리고 10월에 이상은 일본으로 갔다. 그러니까 이상과 변동림의 결혼생활은 '3개월 남짓'에 불과했다. 이상에게 있어 도쿄는 하나의 탈출구였다.

이국에서의 최후, 이상의 요절

이상은 도쿄역에서 15분 거리에 위치한 진보초神保町 이시카와石川에 숙소를 정했다. 이 지역은 고서점이 즐비한 곳이면서 전위예술의 발상지이기도 했다. 이상의 하숙집 방은 '해도 들지 않는 이층 북향으로 다다미 녁 장 반밖에 안 되는 매우 초라한 것'(이진순)이었다. 그러니까 이충렬의 김환기 평전인 『김환기- 어디서 무엇이 되어 다시 만나랴』(2013)에 "신혼생활은 이상이 신주쿠新宿 부근에 있는 김병기의 자취방으로 떠난 9월까지 석 달 남짓 이어졌다"라고 기술한 부분은 오류이다. 이상은 김병기의 자취방에서 체류하지 않았다. 나는 1980년대 뉴욕 사라토가의 김병기 자택에서 여러 날 묵으면서 김병기 일생을 녹음 취재한 바 있다. 김병기는 고희동, 김관호에 이은 서양식 유화 도입의 세 번째 화가인 김찬영의 아들이다. 그는 미술계의 중심부에서 많은 일을 했고, 특히 1930년대 도쿄 유학생 사회를 너무 잘 알고 있었기에, 그의 증언은 시사하는 바 적지 않았다. 그의 증언 가운데 이상 관련 부분의 녹취록을 여기서 처음으로 공개한다.

"주요한의 막냇동생 주영섭朱永涉은 나의 친구로 가깝게 지냈는데, 동경에서 유치진의 작품을 연출한 적이 있다. 그가 학생극예술좌 대표격으로 연출을 하고 내가 무대장치를 했다. 동경만 바다의 매립지에 세운 400석 규모의 축지 소극장으로 일본 신극운동의 메카 같은 곳이었다. 김동원, 이해랑, 이진섭 등도 참여했다. 주영섭은 한국인 동경예술좌 대표로 리더십이 강했다. 나는 유치진의 〈소〉와 〈춘향전〉, 주영섭의 〈나루〉 같은 공연의 무대장치를 했다. 그런데 아버지가 동경에 와서 공연 포스터를 보시고 연극하려느냐고 야단쳐서 그만두게 되었다.

어느 날 주영섭의 친구인 이상李箱이 내방에서 자고 갔다. 이상은 주영섭과 가까웠고 그를 방문한 김에 나를 찾아온 것이다. 그는 웃지 않았고 눈이 빛났는데 50대 할아버지 같은 인상이었다. 내 침대를 그에게 내주고 나는 바닥에서 잤다. 그런데 그는 신경쇠약 환자같이 처마 밑 빗방울 소리를 세느라고 한잠도 못 잤다는 것이었다. 그는 빨간 바탕에 동그라미를 그린 내 그림을 보고

재미있다고 평했다. 당시는 새롭고 이상한 것을 보면 '재미있다'
라고 표현하는 것이 유행이었다.

그는 나중에 후데이 센진不逞鮮人으로 감옥에 끌려갔다. 그가 죽
었을 때 우리가 그의 장례를 치렀는데, 부인이라고 온 사람이 나
중에 수화(김환기)의 부인이 된 김향안金鄕岸(본명 변동림卞東琳)이었다.
우리는 수화에게 이상 이야기를 단 한 번도 하지 않았다. 김향안
을 보면 나는 장례식 때의 한국 시골 처녀 이미지가 먼저 떠오른
다. 장례식은 가부라자카의 어느 일본인의 집에서 치렀다."

김병기의 이상 추억, 이상은 빗방울 소리를 세느라고 한잠도 못 잤다
는 것, 흥미로운 증언이다. 손님으로 와 주인의 침대를 차지하고 잔 이
튿날 아침의 일성, 그것은 빗방울 소리 때문에 잠을 제대로 못 잤다는
것, 이상의 성격을 짐작하게 한다. 이상의 사망과 김향안의 존재, 그리고
친구 사이인 김환기와의 관계, 이들의 우정과 질곡은 또 다른 장을 요구
한다. 도쿄에서 이상의 사망, 그 언저리의 변동림 증언은 다음과 같다.

"나는 이상하고 결혼했다. 50년 전에. 그때 우리의 결혼생활을
본 사람은 아무도 없다. 우리는 서울을 떠나서 성 밖에 멀리 나가
서 밀월을 지냈기 때문에 3개월 후 임시 시내에 머문 것은 이상
을 먼저 동경으로 떠나보내기 위해서고 뒤따라 들어갈 준비로 내
가 직장(바)을 선택했기 때문이었다. 우리들은 공부하고 싶은 욕
망으로 동경행을 계획했고 그때 양가의 부모의 희망으로 결혼식
을 올렸다. 동경에 건너간 이상한테서는 도착한 소식 이후 편지
가 없었다.

두 달도 훨씬 넘었을 무렵 동경 간다神田 경찰서 검인이 찍힌 노란 엽서 한 장이 날아왔다. 이상의 필적으로, 구속되어 있는 사실과 시말서를 썼는데 명문이라고 경관들이 감탄한다는 사연뿐의. 김해경金海卿이란 본명 이외에 이상이라는 이름을 가졌고 영어와 러시아 말을 공부하고 있는 사실을 발견한 왜경들은 반일反日 조선인 지식인이라는 낙인을 찍어 구속했던 거다. 한 달 넘어 갇혀 있는 동안에 이상은 건강이 상했고 폐병이 재발했다. 그래서 간신히 보석으로 석방되었다. 동대東大 부속병원에 입원된 통지를 받고 나는 동경으로 건너갔다."

변동림은 12시간 기차를 타고 8시간 연락선을 타고 또 24시간 기차를 타고 도쿄에 도착했다. 다다미가 깔린 도쿄대 병원 입원실, 이상은 거기 누워 있었다. 변동림은 무릎을 꿇고 이상의 손을 잡았다. 이상은 눈을 떴다가 다시 감았다. 변동림은 이상의 귀에 대고 묻는다.

"무엇이 먹고 싶어?"

이에 이상은 가느다란 목소리로 대답한다.

"셈비끼야千匹屋의 멜론."

변동림은 멜론을 사 와서 깎아 주었지만 이상은 받아넘기지 못했다. 향기가 좋다고 미소를 짓는 것 같았지만 끝내 멜론을 먹지 못했다. 담당 의사는 변동림에게 내일 아침 11시쯤 운명할 것 같으니 내일 아침에 오라고 말했다. 이에 변동림은 이상의 숙소에 가서 잠을 자고 이튿날 아침 병원 입원실이 열리기를 기다렸다가 환자의 옆에 앉았다. 하지만 이상은 눈을 뜨지 않았고 변동림은 의사가 운명했다고 선언할 때까지 식어가는 손을 잡고 있었다. 이상은 그렇게 운명했다. 조우식, 주영섭, 김소운 같은 몇몇 유학생들이 유해실에 들렀다. 데스마스크도 떴다. 그리고 며칠을 걸쳐 복잡한 수속을 밟고 유해를 받아 귀국하여 미아리 묘지에 안장했다. 비목碑木에 묘주 변동림이라고 기입했지만 그 이후 변동림은 단 한 번도 이상 무덤을 찾지 않았다.

이상의 임종, 이렇게 한 천재 시인은 이승을 떠났다. 이상의 데스마스크는 화가 길진섭이 석고상으로 만들었다. 길진섭은 3.1독립운동의 33인 지사인 길선주 목사의 아들이다. 데스마스크 석고 작업을 할 때, 굳은 석고를 벗기니 망자의 수염 여남은 개가 뽑혀 나왔다. 사망진단서를 떼기 위해 입원료를 청산해야 했다. 이를 김소운이 해결했다. 김향안의 증언에 의하면, 이상의 유품 일체를 시집의 가족에게 전달했다고 했다. 하지만 이상의 여동생(김옥희)의 증언에 의하면, 가장 찾고 싶은 유품은 오빠의 유고와 데스마스크라고 했다.

"오빠가 돌아가신 후 임이 언니는 오빠가 살던 방에서 장서와 원고뭉치 그리고 그림 등을 손수레로 하나 가득 싣고 나갔다는데 그 행방이 아직도 묘연하며, 오빠의 데스마스크는 동경대학 부속병원에서 유학생들이 떠놓은 것을 어떤 친구가 국내로 가져와 어머님에게까지 보인 일이 있다"는데 이들 유품은 모두 어디로 갔는가. 화가 이상의 초기 작품은 자신의 자화상이었다. 시인 이상의 마지막 흔적은 데스마스크, 역시 자신의 자화상을 타인의 손에 의해 제작하게 했다. 자화상, 이는 자존의식이 강한 예술가의 대외적 발언의 하나이다.

날개야 다시 돋아라

"글 속에 나오는 통속성, 유치한 연극, 이것은 이상의 잡문 속에 나오는 상례인 엄살(여성에 대한)이다. 나는 이러한 이상의 글을 싫어한다. 그뿐만 아니라, 사람들(독자)은 아내였던 변동림을 의심했다. 오늘까지도 이상 연구자들은 삼각관계가 있었다고 생각한다. 그러나 삼각관계는 부재라는 것은 시일을 따져봐도 증명되지 않는가? 나는 오랫동안 상을 용서할 수 없었다. 그러한 이상의 작품이 나에게 불쾌한 유산으로 남겨짐으로써, 나의 남편이었던 이상에 대한 반세기의 무관심이 지속된 것인지도 모른다. 그러나 나는 내가 성장하는 과정에서 상을 용서했다. 용서하지 않았으면 나는 재혼하지 않았다. 이상은 시인이다. 소설가는 아니라고 생각한다. 이상의 시 <오감도>는 세계적 수준에 이른 탁월한 시라고 하는 믿음은, 그때나 이제나 변함이 없다. 그러나 이상의 잡문들은 고매한 시 정신에서 대단히 멀어져 있음을 느낀다." (김향안)

이상의 아내 변동림의 내면 풍경, 그것은 회한과 무관심의 점철이었다. 특히 이상의 소설에 나오는 퇴폐적 아내의 모습을 마치 변동림과 중첩시키는 시각에 대한 강한 불만을 토로한다. 자신이 만난 이상은 건강했다는 것이다. 이 대목에서 문학평론가의 평가를 인용한다.

"각혈을 하는 빈털터리 이상과 결혼한 것은, 이화여전을 나온 모던 걸 변동림으로서는 큰 모험이었다고 할 수 있다. 변동림은 어쩌면 자기 힘으로 그를 재생시키려는 엄청난 내기를 시작한 건지도 모른다. 하지만 그녀는 아픈 남자를 양육하기 위해, 바에 나가 생활비를 벌어야 하는 궁지에 몰린다. 그리고 이상은 아내의 남자관계에 대한 의혹에 갇혀서 지옥의 나날을 보낸다. 그러다가

동경에 가서, 정조관념이 없는 모던 걸을 주인공으로 한 자전소
설들을 썼다. 그러면서 거기 나오는 모던 걸 '임娘'이 위에 아내의
이미지를 오버랩시키는 실수를 저지른다. 그 일은 오만한 여인
변동림에게 치명적인 상처를 주었다. 그녀는 마지막 날까지 그에
대한 노여움을 풀지 못했다.

　어쩌면 이상은 그저 일본의 모더니스트 류탄지 유龍膽寺雄가 그
린 〈마코魔子〉 같은 파격적인 모던 걸의 한국형을 형상화해 보고
싶었던 건지도 모른다. 변동림은 이상이 사귄 첫 모던 걸이다. 이
상은 그녀를 연모해서, 그 앞에서는 입도 뻥긋하지 못할 정도로
경직되어 있었다 한다. 처음 만나던 날, 씻지 않은 손으로 설탕통
의 각설탕을 자꾸 꺼내 새까매지도록 만지작거려서, 여급에게 핀
잔을 들었다는 일화가 전해진다. 그런데 그녀가 조건 없이 투항
해오자 이상은 갑자기 의처증 환자로 변한다.

　시골 술집의 작부와 놀 때에는 여자의 정조에 대하여 초탈해
보였는데, 그의 성적 결벽증을 일깨운 것은, 상대방에 대한 콤플
렉스였을까? 아니면 잠재해 있던 가부장적 관념의 부활이었을
까? 19세기와 20세기가 동거하는 그의 난해한 여성관 이중성의
연장선상에 이상의 문학세계가 있다. 은장도도 쓰기 나름이라는
말이 생각난다. 환기는 결혼 경력까지 있는 김향안을 헌신적인
아내로 업그레이드했는데, 이상은 그녀가 죽도록 노여움을 풀 수
없는 상처만 주고 갔으니, 남편으로서의 이상은 내가 보기에도
평점이 아주 낮다." (강인숙, 『2010 李箱의 방』, 영인문학관, 2010)

이상 사망 반세기가 지날 무렵 김향안은 이상 문학비를 건립했다. 이

상을 위한 유일한 모뉴먼트다. 이에 앞서 변동림은 화가와 재혼했다. 1944년 5월 변동림은 김향안이 되어 화가 김환기와 결혼식을 올렸다. 일본인 시인 노리다케의 소개로 만난 이들은 예술가정의 탄생을 예고했다. 둘 다 재혼인 이들 커플은 한국 현대미술의 새로운 지평을 열게 되는 대장정의 거보를 내딛게 되었다.

　김환기의 뉴욕시절, 무수한 점을 찍은 화면들, 예컨대 〈어디서 무엇이 되어 다시 만나랴〉(1970) 같은 작품은 점화點畵의 예고편이었다. 이 작품은 김광섭의 시 〈저녁에〉를 염두에 두고 그린 것이다. 무수한 점들, 밤하늘의 별과 같은 점들, 이 같은 점화 시리즈를 두고 김민수는 이상의 시 〈선에 관한 각서〉에 나타난 사각형 내부의 사각형으로 분화되는 구조적 특징과 관계가 있다고 분석했다. 그러니까 이상의 시에서 표현된 점이 김환기의 그림으로 부활된 것이라는 주장이다. 아니, 한걸음 더 나가 한국 최초의 추상 점화를 그린 사람은 김환기가 아니라 이상이라는 주장이다. 매우 흥미로운 지적이다. 그러니까 김환기는 생애의 마지막 부분에서 변동림과 이상이라는 두 점을 잇는 선이 되어주었다는 것, 흥미롭다. (김민수, 『이상평전』, 2012)

　화가 이상으로 출발하여 시인 이상으로 생애를 마감한 박제된 천재, 이상에의 추억은 이제 마무리를 요하고 있다. 나는 뉴욕 시절에 이상의 미망인 변동림 여사에게 이상 관련 증언을 공개하기를 부추겼다는 점을 추억으로 간직하고 있다. 하지만 이상 연구는 아직도 미지의 세계를 남겨두고 있다고 판단된다. 비밀이 없는 사람은 가난하다고 말한 바, 이상 관련 비밀은 아직도 많이 남아 있기 때문이다.

"날개야 다시 돋아라. 날자. 날자. 날자. 한 번만 더 날자꾸나. 한 번만 더 날자꾸나."

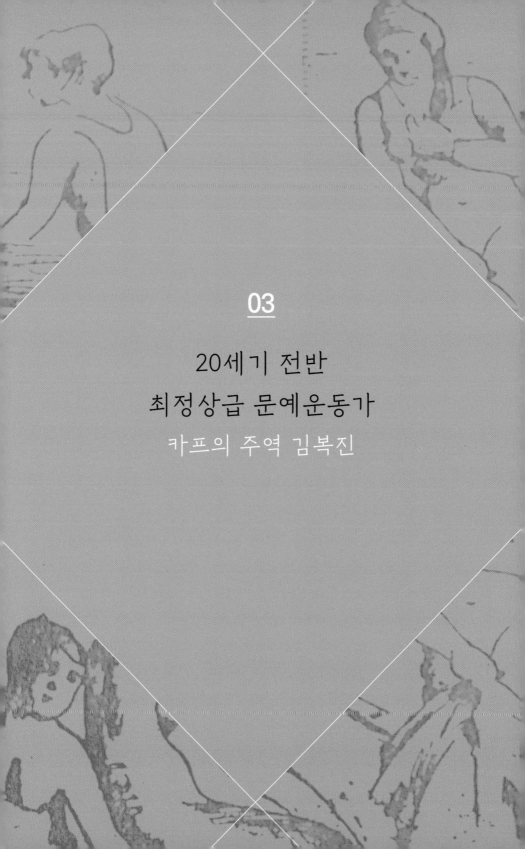

03

20세기 전반
최정상급 문예운동가
카프의 주역 김복진

카프의 결성, 그 안팎의 이야기

"얻은 것은 이데올로기요, 잃은 것은 예술이다."

너무나 유명한 이야기다, 상투적일 만큼. 1934년 카프KAPF를 탈퇴하면서 박영희가 뱉은 말이다. 얻은 것은 이데올로기요, 잃은 것은 예술이라고? 그렇다면 이데올로기와 예술은 별개란 말인가. 결과적으로 이같은 표현은, 이데올로기는 물론 예술까지도 잃었다는 자기 고백이지 않을 수 없다. 이데올로기 없이 어떻게 예술을 얻을 수 있단 말인가.('예술은 순수하다'라는 말처럼 정치적인 말이 또 어디에 있을까.)

카프 지도부로 1920~30년대 문단에서 맹활약했던 박영희, 그는 무엇 때문에 위와 같은 선언을 해야 했던가. 여기서 우리는 무엇보다 카프의 실체를 이해해야 한다. 카프란 무엇인가. 도대체 카프가 무엇이기에 문단의 주역이었던 박영희로 하여금 위와 같은 굴욕적 선언을 하게 했는가.

조선프롤레타리아예술동맹, 그것의 에스페란토 약칭이 KAPF(Korea Artista Proleta Federation)이다. 이 단체는 무산자 계급을 위한 사상 문예운동의 깃발을 높이 들었다. 카프는 1925년부터 10년가량 이 땅에서 일찍이 볼 수 없었던 사상문예 운동의 획기적인 활동상을 보였다.

그렇다면 카프는 어떻게 결성되었는가. 형식적으로 보아 카프는 파스큘라와 염군사焰群社의 통합으로 이루어졌다. 파스큘라 이전 1922년 도쿄에서 결성된 토월회土月會를 주목하게 한다. 참여 동인은 김복진, 김기진 형제를 비롯 박승희, 이서구, 김을한, 김명순, 연학년, 이제창 등이었다. 토월회는 1923년 서울에서 연극 무대를 마련했고, 당시 무대

토월회, 김복진(왼쪽에서 네번 째)

미술은 김복진이 맡았다.

토월회 활동은 파스큘라로 이어진 바, 그룹의 명칭부터 참가동인의 이름에서 따온 것이었다. PA(박), S(성해, 상화), K(김), YU(연), L(이), A(안), 즉 김복진, 김기진, 박영희, 김형원, 안석주, 연학년, 이익상, 이상화 등 이었다. 이들 동인의 구성은 김복진의 표현대로 '잡다한 종족'의 구성 이었다. 동인 가운데 〈빼앗긴 들에도 봄은 오는가〉의 시인 이상화의 존 재는 주목을 끈다.

1920년대 소설문학은 기생(혹은 여학생)을 단골 주인공으로 삼는 이른 바 '기생 취향' 시대였다. 이 같은 현상은 『백조』 동인에게서 쉽게 확인 할 수 있다. 이에 시대는 새로운 문예 단체의 결성을 요구했다. 하여 파 스큘라는 사회주의 문화단체인 염군사와 통합을 도모했다. 염군사는 송영, 이적효, 김홍파, 이호, 박세영 등이 동인이었다. 문학적 성향의 파스큘라와 정치적 성향의 염군사의 결합, 여기에 김복진, 김기진, 박영희, 박세영, 송영, 최승일 등의 역할이 컸다. 이들의 공통점은 바로 배재고등보통학교 동창생이라는 점이다. 염군사의 지향점, 바로 무산계급의 해방을 위한 문화활동, 바로 카프의 씨앗을 지니고 있었다.

1925년 8월 '드디어' 파스큘라와 염군사는 통합하여 새로운 조직인 조선프롤레타리아예술동맹(카프)의 출범을 알리는 창립총회를 개최했다. 창립 발기인은 김기진, 박영희, 이호, 김복진, 송영, 이상화, 안석주 등이었다. 카프는 한마디로 요약하면, 문학과 이데올로기를 결합시킨 최초의 문학운동 단체라는 평가(권영민)를 받았다. 문제는 여태껏 문단에서 이해하고 있는 것처럼 카프는 '문학운동 단체'라는 범주에서만 머물지 않았다는 점이다. 카프는 1926년 2월 기관지『문예운동』 창간호를 발행했지만, 필자는 대부분 파스큘라 계열이었다. 카프의 주동 세력 분포를 암시하는 대목이다.『문예운동』의 표지 장정은 김복진의 작품으로 매우 현대적 감각을 보인 것이었다. 창간호는 홍명희, 이상화, 김복진의 평론을 비롯 이상화, 조명희 등의 시, 김기진, 이기영, 최서해 등의 소설, 그리고 안석주와 이승만이 화가로 참여했다. 여기서 김복진은 〈주관 강조의 현대미술〉이라는 서구 미술을 소개하는 글을 발표했다.

카프가 대중적으로 실체를 본격적으로 드러내기 시작한 것은 1926년 12월 임시총회에서였다. 신문보도는 카프를 '신흥하는 무산계급이 가질 온갖 예술로 창조하는 조선의 예술가들' 단체라고 했다. '무산계급의 예술을 창조하려는 투사들의 집단'(박영희)인 카프의 당시 동맹원은 이기영, 조명희, 홍기문, 권구현, 김기진, 이상화, 김복진, 박팔양, 박영희, 김동환, 안석주 등 22명이었다. 그러나 이들 동맹원 가운데 카프의 집행부라 할 수 있는 7인 위원회의 명단을 주목하게 한다.

카프의 7인 명단에서 제일 앞에 표기된 인물, 그가 바로 김복진이었다. 그동안 근대문학사 연구 분야를 비롯 문단에서 간과했던 부분이기도 하다. 카프에서 김복진의 역할과 위상을 엿보게 하는 대목은 1927년 9월의 임시총회 결과이다. 이때 조직개편을 단행한 바, 7인 위원회를 중앙위원회로 바꾸었고, 그 위원으로 김복진, 박영희, 조명희, 한설야, 최학송, 윤기정, 이북만, 조중곤, 홍효민, 이상화 등을 선임했다. 그러니까 7인 위원 가운데 중앙위원으로 재선된 인물은 김복진과 박영희뿐이었다. 이들이 실질적으로 카프를 이끈 지도부라는 점을 강조하고자 한다. 더불어 김복진은 당시 중앙상무위원회의 부서 책임자 4인 가운데 하나로 선임되기도 했다.

카프 조직과 김복진의 역할

1927년 임시총회에서 채택한 카프의 강령은 다음과 같다. 즉 "우리는 무산계급 운동에 있어서 마르크스주의의 역사적 필연을 정확히 인식한다. 그럼으로 우리는 무산계급 운동의 일부 문인 무산계급 예술운동으로서, (1) 봉건적 및 자본주의적 관념의 철저적 배격, (2) 전제적 세력과의 항쟁, (3) 의식적 조성운동의 수행을 기한다." 이는 무산계급 예술운동의 선언이기도 하다. 여기서 강령과 함께 눈길을 끄는 문건은 〈무산계급 예술운동에 대한 논강 ─본부 초안〉이다. 바로 카프의 정체를 짐작하게 하는 내용이다. 김복진의 사상이 그대로 스며 있는 내용이기도 하다.

"조선의 무산계급 예술운동은 질적 방향 전환을 요구하며 이제 조선프롤레타리아예술동맹은 이 전환의 실행을 요구한다.

무산계급 운동의 방향 전환은 부분적 투쟁으로부터 대중적 전체적 투쟁을 의미한다. 즉 조합주의 투쟁에서 정치 투쟁을 의미하는 것이다.

일본 제국주의의 지배 밑에 있는 전 조선 민중의 필연적으로 이 정치 과정을 과정 해야 한다.

조선의 민족단 일당의 수립을 절규하며 조선 각지에서 총역량을 이리로 집중시켜야 한다. 조선의 민족적 정치 운동으로 전개되어야 한다.

조선프롤레타리아예술동맹의 예술운동은 정치투쟁을 위한 투쟁예술의 무기로서 실행된다.

조선프롤레타리아예술동맹은 대중에게 이 투쟁 의식을 고양하며, 이것의 교화운동을 위하여 조직하며, 무산계급 예술운동의 역사적 임무를 다해야 한다."

위의 〈논강〉이 자아내는 의미는 매우 이색적이다. 그전까지 조선의 예술 풍토에서 볼 수 없었던 주장들이 나열되었기 때문이다. 무엇보다 카프는 가난한 사람들 즉 무산계급을 위한 예술운동을 전개하겠다는 선언, 이것을 주목하게 한다. 그러면서 일본 제국주의 하의 식민 현실에 대한 거부반응을 완곡한 표현법을 구사하여 선언했다. 이는 뒤에 카프가 일제 경찰로부터 탄압을 받으면서 결국 해체에 이르는 '불온성'의 씨앗을 상징하는 부분이기도 하다. 진보적 예술운동의 특성을 이미 카프는 내포하고 있었음을 일찍이 보여주었다고 본다.

　카프의 조직 활동에 있어, 김복진의 역할을 새삼 주목하게 한다. 김복진은 1927년 6월 고려공산청년회에 참여했고, 다음 해 조선공산당에 입당하여 중요인물로 역할을 수행했다. 동생 김기진조차 형의 당 활동을 모를 정도로 김복진은 비밀당원이 되어 혹은 간부가 되어 중요 역할을 도모했던 것이다. 그러니까 임화의 회고처럼, 카프에서 김복진의 역할은 정치적 활동에 의한 것이었다. 카프에서 김복진의 역할을 확인하게 하는 사건, 즉 김기진과 박영희의 논쟁이 벌어졌다. 한마디로 김기진과 박영희는 절친한 사이로 카프의 주역에 해당하는 이론가이기도 했다. 그런데 이들 사이에 문학논쟁이 벌어져 결국 카프 조직에도 영향력을 끼치기에 이르렀다. 예술에 있어 형식과 내용의 문제, 다른 표현으로 소설 건축론에 해당하는 것이었다.

　논쟁의 발단은 이렇다. 박영희가 발표한 소설 〈철야〉 등에 대하여 김기진은 마르크스주의 관점에서 비판했다. 카프 주역끼리의 논쟁은 곧 카프 조직의 와해를 자초할 수도 있다. 이에 김복진은 개입하여 조정을 시도했다. 즉 김복진은 김기진에게 "너는 박영희의 이론에 져라. 지금은 우리들의 무산계급 운동이 완전한 건축을 요구하는 시기가 아니다." 이 같은 충고를 받아 김기진은 항복 선언을 발표했다. "내가 프로문예 비평가가 되기 전에 계급의식의 불선명한 점이 있는 것이 사실이라면 마땅히 나는 동지들 앞에서 고개를 숙이고 사죄하고 앞날을 맹서하겠다." 이렇게 하여 박영희와 김기진 논쟁은 일단락되었다.

　1933년 박영희는 카프를 탈퇴했다. 그러면서 나온 발언이 앞서의 그 유명한 '얻은 것은 이데올로기요, 잃은 것은 예술'이라는 말이었다. 박영희가 카프를 탈퇴하는 등 카프의 위상에 흠이 생기기 시작한 것은 바로 김복진의 옥중행이 주요 원인이었다. 장기간 투옥 중이었던 김복진은 더 이상 카프에 대하여 역할을 할 수 없었다. 정말 그랬다.

> "카프의 실질적 조종자 노릇을 하던 김복진이 없어진 뒤야 모두 쭈구리고 앉아 있을밖에, 아무도 나서서 활동하지 못했다." (김기진)

정말, 정말 그랬다. 김복진, '카프의 실질적 조종자' 김복진의 빈자리는 그렇게도 컸던 것이다. 김복진 이후의 카프는 자연스럽게 해체의 길로 가는 수순을 보였다. 박영희는 카프에서의 김복진 역할에 대해 다음과 같은 발언을 남겼다.

> "더욱이 김복진 군이 어느 틈엔가 좌익투사(ML당 경기도 책임자)가 되어 있었고, 따라서 그 정책과 방략에 있어서도 내가 따를 수 없는 데가 있어서 군의 의견을 나는 많이 따랐다."

정말 그랬을 것이다. 카프의 실질적 지도자는 김복진이었다. 대외적으로 문인들의 '작품'으로 알려졌던 카프, 하지만 실질적 지도자이자 조종자인 김복진을 주목하지 않을 수 없다. 김기진은 물론 박영희조차 김복진의 방략을 따라갈 수 없을 수준이라고 고백하지 않았던가. 당시 김복진은 사상적 무장이나 실질적 조직 활동 측면에서 당대 최고 수준이었던 것이다. 우리는 이 부분을 주목해야 한다. 그렇다면 김복진은 누구인가.

문예운동가 김복진, 그의 실체

정관井觀 김복진金復鎭(1901~1940)은 1925년 도쿄미술학교 조각과를

김복진, 〈여인입상〉, 1924   김복진, 〈소년〉, 1940

졸업하고 귀국하니 곧 '조선 최초의 근대 조각가'로 꼽히게 되었다. 하지만 막상 그의 사회활동은, 5년 이상의 옥중생활 때문에, 그리고 만39세라는 요절 때문에, 10년 정도에 불과했다. 그렇듯 짧은 기간임에도 불구하고 김복진은 조소작가, 미술비평가, 문예운동가, 사회주의 조직운동가 등으로 다채로운 활동상을 보였다.

　그는 생전에 나부상과 같은 일반 작품을 비롯, 기념 조형물이나 불상 등 조소 작품 50여 점을 제작했다. 〈백화〉(1938)나 〈소년〉(1940)과 같은 작품 이외 〈최송설당 동상〉(1935) 그리고 〈금산사 미륵전 본존상〉(1936) 〈법주사 미륵대불〉(1940, 미완성) 같은 불상 작품을 남겼다. 김복진의 조소 작품은 대부분 망실 당하여 유존작이 별로 없다. 동상 작품은 일제 말 군수불자로 공출되어 파괴되었고, 일반작품은 6.25전쟁 기간에 소실되었다. 유존작 별무, 이는 작가의 이름을 잊게 하는 주요 원인이 되었다. 게다가 직계 가족조차 전쟁을 겪으면서 단절되었다. 분단시대 이후, 남한 사회에서는 그의 사회주의 사상 경력 때문에 금기인물로 망각의 늪에 묻어두어야 했다. 불행은 시대의 표상이기도 했다, 김복진은.

김복진은 이론가로서도 맹활약을 했다. 신흥미술론, 광고미술론, 전통미술론, 조선 향토색론 비판, 민중미술론, 프롤레타리아 예술론 등 화려한 세계를 펼쳤다. 그의 미술이론 20여 편 등을 모아 나는 최열과 함께 1995년 『김복진 전집』으로 출판한 바 있다. 미술가의 저술을 집성한 전집 출판은 참으로 이례적인 일이었다. 김복진의 이론은 매우 선진적인 것이었다. 그의 사상투쟁은 일제로부터 주시의 대상이었고 결국 감옥생활로 이어졌다.

김복진 전집 표지, 1995

김복진은 충북 청원 팔봉산 일대 대지주 집안의 장남이었다. 그럼에도 불구하고 그는 사유재산 제도를 부인하면서, 특히 일본 제국주의의 조선 지

배를 배격하는 투쟁을 전개했다. 그의 조직 활동은 카프 이외 조선공산
당과 고려공산청년회에서 본격화되었다. 김복진은 조직 활동과 사상
투쟁 부분에서, 항상 지도적 위치에서, 모범적 역할을 보여주었다. 그
것의 결과는 일제에 의한 5년 반가량의 옥중생활이었다. 일제 강점하
에서 미술가 김복진처럼 5년 이상 영어생활을 한 문화예술인이 있었던
가, 바로 이 대목이 김복진의 역사적 평가에서 중요한 점이다. 어떤 문
학인이 5년 이상 감옥생활을 했던가.

　요절한 운동가 김복진, 그에 대한 정부의 '조그만 성의' 표시, 1993
년 광복절을 맞아 정부는 김복진에게 건국훈장 애국장을 추서했다. 한
마디로 김복진은 독립유공자의 반열에 공식적으로 올라간 것. 이 같은
일도 매우 이색적인 것이지 않을 수 없다. 문화예술인 가운데 건국훈장
애국장을 받은 이로 누구를 꼽을 수 있단 말인가. 그럼에도 불구하고
김복진의 이름은 아직도 예술계의 뒤안길에서 머물게 하고 있다. 실로
안타깝고 안타까운 일이다.

　카프의 미술활동에 대하여 잠깐 소개해야겠다. 이 대목에서 우선 강
호의 〈카프 미술부의 조직과 활동〉이라는 글의 인용이다.

　"카프미술은 카프 창건자의 한 사람인 우리나라 조각계의 선구
자 김복진 동무가 자기의 창작사업을 통하여 부르주아 미술의 소
위 예술에서의 '초계급성'과 '순수미술' 등 반동적 이데올로기와
의 투쟁을 전개하면서 현실을 사회주의적 이상과 마르크스-레닌
주의적 미학의 견지에서 사실주의적으로 묘사하게 된 그때부터
시작되었다. 그러나 이 최초 시기에 있어 카프 미술이 조각 한 부

문의 창작활동에 국한되었다는 이 사실과 조각이 가지는 제약성
등으로 인하여 그가 여러 방면에 걸쳐 적지 않은 영향력을 주었
음에도 불구하고 카프 미술이 프롤레타리아 미술운동으로서 실
질적으로 전개되지 못하였으며 인민 대중 속에 깊이 침투되지 못
하였다." (『조선미술』, 평양, 1957. 5.)

이상과 같은 강호의 증언은 시사하는 바 적지 않다. 카프 미술은
1927년 카프의 재조직과 더불어 활기를 띠었다. 이어 영화부의 강호와
임화가 미술부로 참가했고, 1930년대는 이주홍(소설가), 이상대, 추민,
이갑기, 이상춘, 정하보, 박진명 등이 카프 미술가로 활동했다. 1932년
카프 직속으로 극단 '신건설'의 창단은 획기적이었다. 이 극단의 무대
미술은 미술부의 이상춘, 추민, 강호 등이 맡았다.

카프의 미술활동은 당국의 전시 불가 조치 때문에 대외적 성과를 얻
기 어려웠다. 서울에서의 전시 허가를 얻지 못한 카프는 결국 수원에서
'프롤레타리아 미술전람회'(1931)라는 이름으로 전시 개최가 가능했다.
전시는 정하보의 유화 〈공판〉을 비롯 포스터와 만화 등 국내 작가와 일
본 작가의 작품 다수를 진열했다. 개막과 동시에 관객이 운집하자 경찰
은 전시의 실체를 알게 되었고, 결국 전시 3일 만에 중단시켰다. 경찰은
박승극과 김혜일을 검거했다.

일본의 경우, 프롤레타리아 미술운동이 최고조를 보인 것은 1930년
경이었다. 당시 도쿄미술학교 졸업생 가운데 3분의 1 가량이 프롤레타
리아 미술의 영향 아래 활동했다는 통계도 있을 정도였다. 시대 상황의
반영이었다. 일본 프롤레타리아 미술동맹에 참가한 한국 미술가의 경
우, 1932년 20명의 수준까지 보인 바 있다. 비슷한 시기에 일본과 진보

김복진, 〈러들로 흉판〉, 1938, 동은의학박물관 소장, 국가등록문화재 제495호

적 미술활동을 펼친 프로 화가들, 하지만 국내에서의 활동은 일제의 과도한 탄압 정책 때문에 가시적 성과물로 직결시키지 못한 한계를 안아야 했다.

민족주의와 사회주의의 운동가들의 민족협동 전선으로 신간회를 들 수 있다. 신간회는 1927년부터 1931년까지 존속하면서 항일 사회운동을 이끌었다. 이 단체는 3.1운동 10주년을 맞아 대대적인 제2차 독립운동을 전개하기로 합의한 바 있다. 하지만 우익의 몸조심은 제2의 만세운동을 불발시켰고, 대신 광주학생운동이 주목을 끌게 했다. 1929년 11월 3일 광주에서 촉발된 이 운동은 조선공산당과 고려공산청년회와도 관련 있다. 조선공산당은 학생부를 신설하고 그 책임자인 책임비서로 김복진을 선임했다. 학생부는 조선학생과학연구회를 전국 단위로 구성하고 세력 확보에 나섰다. 그러니까 광주 사건이 일어날 때, 운동의 주도적 역할을 맡은 이들은 위의 기구에 소속되어 있었다. 비록 김복진은 갇힌 몸이 되어 옥중 투쟁할 때였지만, 김복진이 책임지고 있던 기구 소속의 학생들이 주도적으로 참여한 것이 광주학생사건이었다.

이현상의 경우를 소개하고자 한다. 이현상은 『남부군』(이태 지음)과 그 영화를 통하여 많이 알려진 인물이다. 그는 지리산 빨치산의 전설적 총수였다. 1928년 일제는 제4차 조선공산당과 고려공산청년회 관련자 175명을 검거하면서 본격적 탄압을 자행했다. 이때 이현상은 김복진과 함께 검거되었다. 이현상이야말로 김복진에 의해 사상운동과 조직 활동을 하게 된 '수제자'와 같았다.

당시 피의자 신문조서에 나타난 이현상의 진술은 관심을 끈다. 이 진술에 의하면, 이현상은 완벽할 정도로 김복진에 의해 조직 활동에 참여하여 주목하지 않았다는 증거이기도 하다. 그런데 김복진은 일제에 의해 탄압 대상 1급에 속한 인물이었다. 1928년 10월 경기도 경찰부와 경성지방법원 검사국에서 작성한 김복진 관련 '범죄 사실' 의견서에 다음과 같은 내용이 있다.

"같은 해(1928) 5월 중 야체이카 중앙위원회의 지령에 따라 단체의 규율을 지키라, 파벌을 만들지 말라, 조직을 강고하게 하라는 지령을 우ォ 야체이카에 통달하고, 동 6월 중 제3회 위원회를 다시 사직공원에서 개최하고 파벌을 미연에 방지할 수 있는 것에 대하여 협의하고, 또 피의자는 동 4월 중 고려공산청년회 중앙위원에 지정된 자로서, 동 5월 중 다옥정茶玉町 한명찬의 집에서 2회 개최되었던 야체이카 중앙위원회에 출석하여 각 도위원의 지정에 대한

협의에 참여한 자이고, 또 피의자 김복진은 동 3월 중 P(고려공산청년
회) 경기도위원에 지정되어 동 5월 중 공산청년회 정책으로 설립
하게 된 학생부 책임위원으로 지정되었고, 동시에 학생부 위원으
로 지정된 피의자 이현상, 동 노양배, 동 박봉렬, 동 김필수 등과 함
께 동부同部의 정책으로 하여 각 야체이카의 회원으로 하고 학생다
운 자를 조선학생과학연구회에 입회시키고 동 회를 지도하여 점
차 각 학교의 학생회를 자치회로 할 것, 각 학생을 야체이카 원員으
로 하여 당當 해교該校에 독서회 등을 조직하도록 계획하였으나 아
직까지 학생부위원회를 개최하지 못하고 검거되기에 이른 자임."

이 같은 죄목의 김복진은 결국 5년 이상의 영어생활을 보내야 했다.
그러니까 진보적 조직운동 특히 문화예술운동에 있어, 김복진은 프로
급에 속할 전사戰士였음을 재인식하게 한다. 때문에 카프의 실질적 조
직과 강령 작성 등 노선 정립과 조직운영에 있어 김복진의 주도적 역할
을 간과할 수 없게 한다. 카프 조직 맹원 가운데 김복진처럼 본격적 조
직운동에 참여한 인물의 부재라는 측면 하나만 보아도 이 같은 주장은
설득력을 얻을 것이기 때문이다. 카프는 문학단체만도 아니었고, 더군
다나 카프 운동의 지도자는 문학인이라기보다 오히려 미술가이면서 문
예운동 혹은 조직운동 전문가였던 김복진이었다는 점을 다시 한번 강
조하고자 한다.

참고문헌: 윤범모, 『김복진 연구』, 동국대 출판부, 2010

"살아 있는 그 자체가 락樂이다.
고품도 락樂의 일부이다. 고품도 감사한 것이다.
생명이 있으니까 고품도 있는 것이다"

04

"살아있는 자체가 락樂이다"

100세 화가 김병기의 비화

백세 기념 개인전을 개최한 화가

2016년 4월, 미술계에 '희한한 사건(?)'이 발생했다. 세계 미술사에서
도 보기 어려운 전시가 개최되었기 때문이다. 전시 제목은 〈백세청풍-
바람이 일어서다〉, 바로 태경台徑 김병기金秉騏 화백의 백수百壽 기념 개
인전이다. 신작을 포함한 백 살 노대가의 개인전은 정말 세계 미술사에
서도 희한한 사건이었다. 아무리 백세시대라 하지만, 백세에 신작을 제
작하여, 그것도 싱싱한 작품을 그려, 개인전을 개최한다는 것, 기록적인
사건이라 할 수 있다.

백세 생일날 저녁 나는 백세의 주인공과 저녁식사를 함께 했다. 그 자
리에서 노익장의 주인공은 이런 말을 남겼다. "백 살이 되니 그림이 뭔
지 알겠다." 그에 대한 나의 반응, "와…" 그냥 놀라기만 했다. 상상조차
할 수 없었던 말을 직접 듣고 너무 당황했다고나 할까. 머뭇거리고 있자
니, 화백은 아예 한 술 더 뜬다. "범모 씨, 이제 그림이 뭔지 알았으니 지
금부터 본격적으로 작품을 할 생각이오. 내년에도 개인전을 하고 싶으
니 전시를 도와주시오." "뭐라고요? 와, 놀랍기만 합니다. 내년뿐만 아니
라 이참에 매년 개인전을 열기로 하지요." 전시 기간 중에 만 백세 생일
잔치를 했는데, 101세의 신작 개인전! 그저 감탄사만 나올 따름이었다.

2015년 봄 가나가와 현립근대미술관 등 일본의 몇몇 미술관들은 〈한
일 근대 미술가의 눈- 조선에서 그리다〉 특별 순회전을 개최한 바 있다.
개막에 즈음하여 주최 측은 김병기 화백을 초청하여 특별강연을 개최
했다. 1930년대 도쿄 유학생 출신인 화백은 단상에 오를 때까지 어느
나라 언어를 사용할지 망설였다. 일본어는 인사말 정도만 하려고 했다.
하지만 반세기 이상 사용하지 않았던 일본어가 줄줄 나와 끝까지 일본
어로 강연을 했다. 그런데 놀라운 사실은 화백의 비상한 기억력이었다.

김병기, 〈바람이 일어서다〉, 2016, 개인소장

1930년대 일본 문화계의 비화를 생생하게 증언했기 때문이다. 예컨대 주최 측은 당시의 기념사진을 보여주면서 사진 설명을 요구했다. 일본 근대미술사에서 공백으로 남아 있는 부분, 특히 아방가르드 예술운동 부분에 대하여 화백은 아주 자세하게 증언했다. 기념사진에 등장한 인물의 이름은 물론 그들의 활동상과 개인적 특징 등에 대하여 구체적으로 설명했다. 청중석의 전문가들은 그저 찬탄만 흘릴 따름이었다. 일본 근대미술사의 공백을 채워주는 중요한 증언이기 때문이었다. 백세 김병기, 여기서 나이가 중요한 것은 아니다. 보다 중요한 것은 문화예술계의 중심부에서 활동한 경력과 그 내용에 대한 구체적 기억력이다. 실로 놀라운 일이지 않을 수 없다.

쉽게 표현해서, 2016년 이 순간에 누가 다음과 같은 역사적 인물에 대해 증언할 수 있겠는가. 아니, 친분관계를 유지하고 나름대로 추억을 가지고 있는 생존 예술인이 어디에 있겠는가. 구체적으로 거명하자면, 소설가 김동인, 시인 이상, 시인 백석, 화가 이중섭, 문학수, 김환기, 이쾌대 등등. 지금이 어느 때인데, 이상과 백석 같은 시인과 어울렸던 생존 인물이 있는가. 백세 김병기의 독특한 위상이다. 그래서 백세에 회고하는 김병기의 문화 예술계 비화와 관련된 증언은 매우 소중하다. 누락된 역사의 페이지를 복원할 수 있다는 차원에서도 사료가치가 넘친다.

시인 이상과 백석 이야기

"밤새 빗소리 때문에 잠을 잘 수 없었다."

시인 이상李箱의 일성이었다. 손님 대접하느라고 시인에게 침대를 양보하고, 주인은 다다미 바닥에서 자고 일어난 아침의 일이었다. 빗소리를 헤아리느라고 잠들지 못한 시인. 그런 시인을 재워준 이는 바로 김병기, 1936년 유학시절의 도쿄에서였다. 김병기는 어떻게 하여 이상과 만날 수 있었을까. 김병기와 같은 하숙집에 평양 출신 주영섭이 살고 있었다. 주영섭은 주요한과 주요섭 형제의 동생으로 법정대학에 재학하면서 연극운동을 했다. 주영섭은 이해랑, 김동원 등과 동경학생예술좌를 만들어 연극을 했다. 창립공연(1936)은 유치진의 〈소〉와 주영섭의 〈나루〉, 그리고 제2회 공연으로 〈춘향전〉(1937) 등을 공연했다.

이들 공연의 무대장치는 바로 미술 전공의 김병기 차지였다. 물론 같은 평양 출신인 주영섭의 부탁에 의한 것이었다. 주영섭은 리더십이 강한 인물이었다. 연극운동의 현장인 축지소극장의 대표적 인물은 무라야마 토모요시村山知義로 그는 독일 유학 출신의 진보적 예술가였다. 축지소극장은 싸구려 매립지에 세운 극장이어서 허름했고, 좌익 연극의 중심지이기도 했다.

하루는 주영섭이 엽서 한 장을 들고 김병기를 찾았다. 그가 보여준 엽서는 순 한문으로만 쓰여 있었다. 내용은 도쿄에서의 숙박 편의를 봐달라는 것이었다. 비교적 넓은 다다미방을 사용하던 화백은 그렇게 하여 낯선 손님과 한 방을 쓰게 되었다. 손님의 이름은 이상이었다. 그렇게 나이 차이가 많은 것도 아닌데, 이상의 첫인상은 마치 50대 노인처럼 피골이 상접해 있었다. 몸에서 냄새도 났다. 화백은 이상에게 침대를 양보하고 자신은 다다미 바닥에서 잠을 잤다. 이튿날 아침에 나온 일성, 문제의 발언이었다. "빗소리 때문에 한숨도 자지 못했다." 시인은 고맙다는 인사 대신 투덜거리는 것으로 대신했다. 밤새 빗방울 소리를 세느라고 잠을 자지 못했다는 것.

얼마 뒤 이상 시인의 부음訃音이 들려 왔다. 급하게 병원을 찾았고, 몇몇 친지들과 장례 문제를 걱정했다. 거기에 키가 작은 '조선 여자'가 있

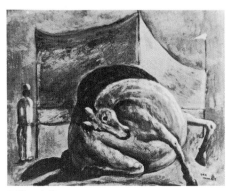

문학수, 〈말〉, 1941

었다. 이름은 변동림이
라 했고, 바로 이상의 아
내라 했다. 변동림은 뒤
에 김향안으로 이름을 바
꾸었다. 김병기와 절친
한 화가 김환기의 부인이
되면서였다. 묘한 인연이
지 않을 수 없다. 김환기
는 한국미술협회 이사장 자격으로 출국하여 뉴욕에 정착했고, 김환기의
뒤를 이은 김병기 역시 같은 형식으로 뉴욕에 정착했다. 1965년의 일이
었다. 그리고 20년의 세월은 흘렀고, 당시 나는 사라토가 화백의 자택을
방문할 수 있었다. '은둔화가' 김병기는 나의 역할로 서울 개인전을 개최
할 수 있었고, 그와 같은 계기의 화가생활은 백세 기념전까지 이어졌다.
나는 화백의 사라토가 시절부터 '화려했던 과거'에 대한 증언을 계속 들
을 수 있었다.

평양의 어린 시절부터 이중섭, 문학수, 김병기는 화가 삼총사라고 부
를 만큼 가까운 사이였다. 뒤에 이들은 모두 도쿄의 문화학원 동문이 되
었다. 이중섭의 일화는 너무 유명하여 이 자리에서 생략하고자 한다. 문
학수는 뒤에 평양의 대표적 화가로 성장하여 한 세대를 풍미했다. 그런
문학수에게 여동생 문경옥이 있었다. 문경옥은 무사시노 출신의 피아
니스트였다. 문학수와 문경옥의 부친은 변호사였지만, 모친은 소실이
었다. 소실이라 하여 요염한 분위기의 여자는 아니었다. 문학수는 말을
좋아해 부모가 몽골 말을 사줄 정도였다. 신미술가협회 회원이었던 문
학수나 이중섭이 소와 말 같은 동물을 좋아한 내력은 평양과 연결되었

다. 문 변호사는 정주군 아이포면에 농장을 가지고 있었다. 정주에서 5
리 거리에 오산학교가 있다. 바로 이중섭이 다녔던 학교였다. 오산학교
는 예일대 출신 임용련이 교사로 재직했던 학교였고, 재직 당시의 제자
가 바로 이중섭이었다.

1941년 백석과 문경옥은 8세의 나이 차이로 결혼했다. 하지만 이들
의 결혼생활은 오래가지 않았다. 신혼생활 1년쯤 뒤에 아이를 낳지 못
한다는 이유로 백석의 어머니가 이혼시켰기 때문이다. 문경옥은 날카
로운 성품의 소유자였다. 백석은 자타가 공인하는 미남이었다. 그가 서
울 광화문에 나타나면 거리가 훤해질 정도로 눈에 띄는 존재였다. 나
는 『백석 평전』의 저자 안도현 시인을 안내해서 김 화백의 화실을 방문
한 바 있다. 안 시인은 백석 전문가답게 화백에게 많은 질문을 했다. 어
떤 기록에 의하면 문학수 농원에 자주 간 것으로 되어있는데, 사실인가.
화백의 대답은 문학수네 농원은 자주 가지 않고 한 번 간 기억이 있다고
회상했다. 그러면서 당시 김병기 주위 사람들은 백석을 두고 "자다가 고
민하는 미남자"라고 비꼬아서 말하길 즐겼다고 증언했다. 백석의 출중
한 외모를 나타내는 표현이었다. 자다가 고민하는 미남자!

김병기와 이중섭은 평양종로보통학교 동창생이다. 아니, 6년 동안 같
은 반이었고, 같은 미술반 특별활동을 했다. 가장 가까웠던 친구 사이.
하지만 이중섭은 이승을 떠난 지 60년쯤 되었고, 친구는 노익장을 과시
하면서 대기만성을 구가하고 있다.

김병기의 부친 김찬영 화가 이야기

김병기의 부친 유방惟邦 김찬영金瓚永(1889~1960)은 1917년 도쿄미술
학교 서양화과를 졸업하면서, 고희동, 김관호에 이은 국내 세 번째의 유

김찬영, 〈님프의 죽음〉, 1917   김찬영, 〈자화상〉, 1917

화가로 기록되었다. 1910년대의 이 땅에서 유화가 탄생은 미술사적 사
건이었다. 평양 출신 김관호, 김찬영, 김동인은 메이지明治 학원을 다녔
다. 이어 김관호는 1911년, 김찬영은 1912년에 도쿄미술학교 서양화과
에 입학했다. 김동인은 1918년 가와바타 화학교川端畵學校에 입학했다.
소설가 김동인이 미술학교를 다녔다는 사실은 흥미롭다.

　유교의 예술 천시 사상을 딛고 도일 유학하여 화가의 길을 선택했다
는 사실은 각별한 의미를 띤다. 하지만 이들은 귀국 이후 화가 활동의
일선에서 벗어나 있었다. 김찬영은 대지주 가문의 후예답게 풍류객으로
살았다. 그의 유화 작품은 도쿄 모교에 〈자화상〉 한 점이 남아 있을 뿐
이다. 졸업작품으로 〈자화상〉 이외 〈님프의 죽음〉을 출품하기도 했다.
김관호와 달리 조선미전에도 출품하지 않아 원작은커녕 도판으로도 작
품 내역을 확인할 수 없다. 김병기의 증언에 의하면, 평양 집에 부친의
유화작품 몇 점이 보관되어 있었지만 해방과 분단이라는 혼란기를 거치

면서 망실되었다.

　김찬영의 문학 관련 작품이 남아 있어 눈길을 끈다. 김찬영은 1920년
대의 문예지 『창조』와 『영대靈臺』에 참여하여 문학 활동을 했다. 그는 잡
지에 글을 쓰고 표지화와 삽화 등을 담당했다. 우선 김찬영의 미술 관련
글은 이렇다.

　　- 〈서양화의 계통 및 사명〉(『동아일보』, 1920. 7. 20.)
　　- 〈현대예술의 대안에서- 회화화에 표현된 포스트 임프레셔니즘과
　　　큐비즘〉(『창조』, 1921. 1.)
　　- 〈완성예술의 서름〉(『영대』, 1924. 8.)

　이들 글은 모더니스트 김찬영의 면모를 보여주고 있고, 유미주의 경
향도 보인다. 동인지 성격의 잡지에 글과 그림을 발표했다는 사실은 흥
미롭다. 여기서 『창조』 8호(1921) 신년호의 표지화를 살펴보자. 김찬영
의 표지화 〈평화〉는 흥미롭다. 새해의 띠에 맞게 닭 두 마리를 앞세우고
말을 끌고 가는 인물을 그린 것이다. 김찬영의 〈표지 해제〉는 이렇다.

　　"물론 창조를 위하여 그린 표지였다. 그러나 결코 신년호를 의
　　미한 것은 아니었다. 우연히 유년酉年에 해당한 그림이 된 것은 참
　　으로 이상히 생각한다. 표지가 의미하는 것은 '평화'일까 한다. 사
　　람은 '말' 위에서 내리지 않으면 아니 될 그 때를 상징한 것이다.
　　'새'와 '짐승'과 '사람'이 보조를 아울러 '해' 뜨는 곳을 향한다. 그것
　　은 '평화'다. 큰 자연이 창조할 '평화'다." (『창조』 8)

〈평화〉에 이어 『창조』 9호의 〈앞으로 나아가는 사람〉(1921. 5.) 역시 흥미로운 작품이다. 손을 들어 전진 형식의 인물을 그린 것이다.

'평양 화단'은 식민지하 '대구 화단'과 더불어 쌍벽을 이룬 새로운 미술의 거점 도시였다. 특히 유화 도입기의 평양은 선十적 위상을 차지한다. 물론 김관호와 같은 걸출한 인물이 존재했기 때문이기도 하다. 1925년 김관호 등과 결성한 삭성회朔星會는 회화연구소를 차려 후진 양성에 앞장섰다. 삭성회 운영에 부잣집 출신 김찬영의 재정적 역할은 지대했다. 삭성회는 평양 화단을 일구는 중심이었다. 삭성朔星은 '북녘의 별' 즉 평양의 예술을 의미했다. 삭성회는 국내 최초의 본격적 서양미술연구소 혹은 동인 집단이라 할 수 있다. 삭성회연구소는 나체 모델도 사용하여 그림을 그렸다. 김병기의 고모가 이 사실을 알고 '망측하다'고

『창조』, 8호 표지, 1921

『창조』, 9호 표지, 1921

질타했다. 화가 이종우가 마지막
강사였는데, 그가 도불하는 바람에
연구소는 자연스럽게 폐쇄되었다.

특히 삭성회는 미술학교 설립운
동을 본격화했다. 물론 성공시키
지 못했지만 평양의 미술학교 건립
운동은 획기적인 사건이기도 했다.
미술학교는 일제 식민지 치하에서
끝내 존재하지 않았다. 이 무렵 '천
재 화가' 김관호는 절필했고, 결국

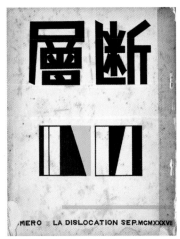

『단층』 제2호, 단층사, 1937. 9. 개인소장

'폐인'이 되었다. 폐인 김관호를 두고 소설가 김동인은 사회 책임이라고
통탄하는 글을 발표하기도 했다. 유화 수용 선구자들은 모두 절필한 바,
이는 시대 환경의 탓도 적지 않았다.

김병기의 장인은 김동원이었고, 그는 실업가이면서 도산 안창호의 제
자였다. 초대 국회 부의장을 역임했다. 소설가 김동인은 바로 김동원의
동생이었다. 그러니까 김동인과 김찬영-김병기 부자의 관계는 보통 사
이가 아니었다. 평양은 장로교회의 도시였다. 화가 길진섭은 길선주 목
사의 아들이었다. 길 목사는 평양 장로교회의 유명 목사이며, 3.1독립
운동 당시 33인의 하나였다. 길 목사는 2명의 아들을 두었는데, 길진경
은 목사였고 길진섭은 화가였다. 길진섭은 삭성회연구소 출신이었다.

평양고보는 '촌놈'이 많이 진학했다. 김사량, 오영진 등이 이 학교 출
신이다. 하지만 미션 스쿨인 광성학교는 부잣집 자제가 많았다. 평양의
문학 동인 『단층斷層』은 광성고보 출신이 많았다. 김병기의 큰형님은 기
신사紀新社라는 제법 규모가 큰 인쇄소를 운영했다. 단층 모임은 기신사

에서 개최했다. 일본 유학시절의 김병기는 건강 문제로 귀국하여 고향
에서 1년간 쉬었다. 그때 『단층』 문학 동인이 결성되어 활동했다. 최명
익, 유항림 등이 참여했다. 유항림은 〈마권馬券〉의 작가로 이름을 날렸
다. 김병기는 『단층』 창간호(1937)의 표지화와 삽화 등을 맡았다. 아방가
르드 미술에 관심을 가졌던 시절답게 새로운 감각에 의한 그림이었다.

김병기의 문학 이야기

김병기는 원래 소설가가 되려고 했다. 톨스토이, 체홉 등 러시아 문학
에 매료되었다.

> "톨스토이라는 산에 올라가니 도스토옙스키라는 산이 보였다.
> 톨스토이 산에 오르기 전에는 보이지 않던 산이었다. 그래서 도
> 스토옙스키 산에 올랐다. 경이로움의 실체가 거기에 있었다."

도스토옙스키의 소설과 베토벤의 교향악과 유사하다고 느꼈다. 김병
기는 일본어 문학전집으로 서구문학과 만났다. 어려서부터 독서를 좋아
했기 때문에 자연스럽게 그런 결과로 이어졌다. 그는 셰익스피어, 앙드
레 지드, 아르튀르 랭보, 폴 발레리 등을 좋아했다.

김병기의 예술 바탕에는 시정신이 있다. 김병기는 문학, 미술, 음악의
근본은 같다고 믿었다. 설화성을 잃은 현대미술이 오히려 문제가 있다
고 보았다. 그는 '결정적 순간에는 명시名詩의 신세를 지고 있다'고 표현
할 정도였다. 그러니까 그의 중요한 시기는 명시의 구절로 집약하여 표
현되었다. 미국에서 귀국할 때는 "깊은 골짜기에 돌아오다"라고 표현했
다. 이는 T. S 엘리옷의 시구절이다. 평양에서 월남할 때 화백은 폴 발레

리의 시를 외우며 내려왔다. 그래서 그랬을까. 그는 백세 기념 개인전의
전시 제목으로 〈바람이 일어서다〉라고 지었다. 이는 폴 발레리의 장편
시집 『해변의 묘지』 첫 줄에서 따온 것이다. "바람이 분다. 살아야겠다."
서울 사람들은 "바람이 분다" 혹은 "바람이 인다"라고 번역했다. 하지만
평양 사람은 "바람이 일어서다"라고 번역하여 좀 더 역동적인 표현을
좋아했다. 바람이 일어나다, 아니 일어서다, 이는 동세動勢의 직접적 표
현이 아니고 무엇이겠는가. 바람이 일어서니 살아야할 것 아닌가. 서울
사람은 형식을 존중하지만 평양 사람은 형식을 낮게 한 리얼리티를 존
중했다.

　분단 조국의 현실과 대면하면서, 김병기는 〈국파산하재國破山河在〉라
는 구절을 작품에 반영시켰다. 이는 두보杜甫의 〈춘망春望〉이라는 시 "나
라는 망하여도 산하는 남아 있고, 성안에 봄이 찾아오니 풀과 나무만 무
성하구나"라는 구절에서 따온 것이다. 1980년대 중반 귀국전을 개최하
면서 요약한 화가의 감회였다. 이렇듯 결정적인 순간에 그는 명시를 읊
조리면서 자신의 심경을 거기에 담았다.

　해방 이후 평양의 예술가들은 김병기 집안의 기신사에 모여 평양예술
문화협회를 결성했다. 김병기 보다 열 살쯤 연상인 소설가 최명익이 회
장으로 취임했다. 그는 도스토옙스키 같은 소설을 썼다. 당시 김병기는
30세였는데 협회의 총무로 뽑혔다. 화단 혹은 예술계의 중심에서 '사
업'하는 운명은 그때부터 시작되었다. 이와 같은 표현은 작가로서 스튜
디오에서 고고하게 작업하기보다 문화예술의 현장에서 역할하기를 운
명적으로 이루어졌다는 뜻이다. 이런 환경은 그가 도미하기 전까지 이
어지면서 각종 감투를 쓰게 했다.

　1945년 크리스마스이브에 김병기의 자택에서 폴 발레리 추도회를

개최했다. 폴 발레리는 그 해 여름 세상을 떠났다. 서구식 건축의 비교
적 넓은 화가의 집은 문화 예술가들이 모여 집회하기에 적합했다. 그래
서 평양의 문화 예술가들이 자주 모였다. 추도회 밤 이휘창은 발레리의
『해변의 묘지』를 프랑스 원어로 암송했다. 이휘창은 도쿄 유일의 불어
강습소인 아테네 프랑세 출신이었다. 폴 발레리를 추억하면서, 젊은 예
술가들은 밤을 지새웠다. 이튿날 아침에 모란봉으로 갔다. 그리고 모두
들 헤어졌다. 정치 상황의 급변은 '낭만'을 앗아갔고 다시 만날 수 있는
기회를 앗아갔다.

"나는 행동적 휴머니스트이다." 화가 김병기의 주장이다. 구상/추상
을 넘나드는 그의 회화세계는 휴머니스트 면모를 표현하고자 노력했다.
그럼에도 불구하고 그는 이런 어록을 남긴다. 어쩌면 이는 100세 장수
의 건강 비결일지도 모른다.

> "살아 있는 그 자체가 락樂이다. 고苦도 락樂의 일부이다. 고苦도 감
> 사한 것이다. 생명이 있으니까 고苦도 있는 것이다."

참고문헌: 윤범모, 『백년을 그리다− 102살 현역화가 김병기의 문화예술 비사』, 2018, 한겨레

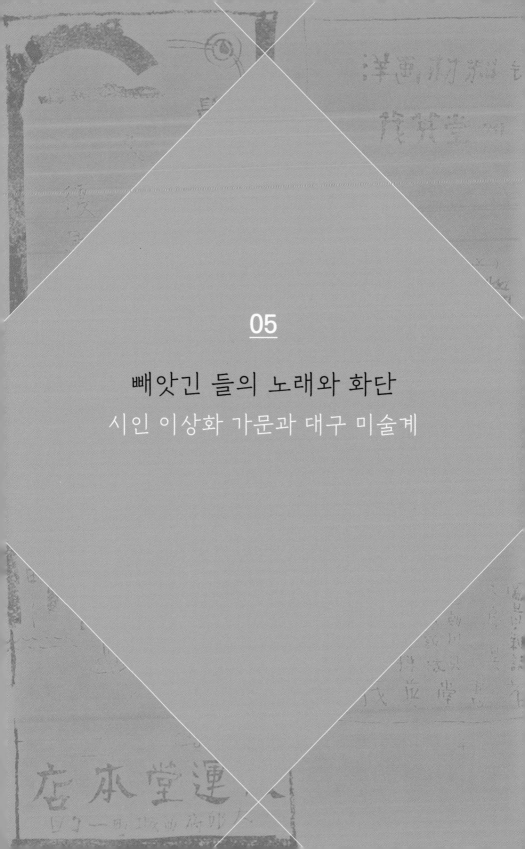

05

빼앗긴 들의 노래와 화단
시인 이상화 가문과 대구 미술계

대구의 민족운동과 이상화 가문

지금은 남의 땅 ─빼앗긴 들에도 봄은 오는가?

나는 온몸에 해살을 받고
푸른 하늘 푸른 들이 맞붙는 곳으로
가르마 같은 논길을 따라 꿈속을 가듯 걸어만 간다.

입술을 다문 하늘아 들아
내 맘에는 내 혼자 온 것 같지를 않구나
네가 끌었느냐 누가 부르더냐 답답워라 말을 해다오.

바람은 내 귀에 속삭이며
한자욱도 섰지 마라 옷자락을 흔들고
종조리는 울타리 너머 아씨같이 구름 뒤에서 반갑다 웃네.

(중략)

내 손에 호미를 쥐어다오
살진 젖가슴과 같은 부드러운 이 흙을
발목이 시도록 밟어도보고, 좋은 땀조차 흘리고 싶다.

강가에 나온 아이와 같이
짬도 모르고 끝도 없이 닿는 내 혼아

무엇을 찾느냐, 어디로 가느냐, 웃어웁다. 답을 하려무나

나는 온몸에 풋내를 띠고
푸른 웃음, 푸른 설움이 어우러진 사이로
다리를 절며 하루를 걷는다 아마도 봄 신령이 지폈나 보다
그러나 지금은 ―들을 빼앗겨 봄조차 빼앗기겠네.

너무나 잘 알려진 이상화 시인의 대표작 〈빼앗긴 들에도 봄은 오는가〉
다. 1926년 6월 『개벽』 잡지에 발표한 작품이다. 3.1운동과 같은 민족
독립의 염원에도 불구하고 계속되는 일제 강점이라는 암흑기, 시인은
이를 고발하지 않을 수 없었다. 그렇다고 모든 시인들이 민족의 현실을
직시하고 예리한 필봉을 든 것은 아니었다. 문학사에서 이상화에 대한
평가는 이렇게 정리되고 있다.

> "1920년대 식민지의 절망적 현실 아래서 가장 용기 있고 꿋꿋
> 하게 민족혼의 불멸을 증거하고 온몸으로 일제에 항거하였던 암
> 흑기 저항 시인의 한 사람이다. 그는 나라를 빼앗긴 민족의 통분
> 을 격렬한 정조로 노래하는 데 문학의 양식을 빌렸다." (김종희)

정말 빼앗긴 들에도 봄은 오는가. 빼앗긴 들, 이 같은 표현은 혁명적
이다. 빼앗긴 들을 노래할 수 있었다니! 이상화의 내면세계와 현실주의
적 입장을 이해하게 하는 표현 방법이다. 결국 빼앗긴 들은 봄조차 빼앗
기게 된다. 국토 침탈은 곧 계절까지 빼앗기게 되니 이 땅은 암흑 그 자
체일 수밖에 없으리라.

상화尙火 이상화李相和(1901~1943)는 대구 출생으로 1921년 『백조』 동인으로 참가하면서 시인 활동을 본격화했다. 『백조』 3호(1923)에 발표한 〈나의 침실로〉는 상화의 출세작으로 널리 알려졌다. 그는 생전에 시집을 발행한 바 없고, 사후 백기만에 의해 『상화와 고월』(1951)이 출판되었다. 그 이후 이상화의 작품은 계속 발굴되어 정진규 시인의 『이상화』(1993)에는 미발표 시를 포함하여 총 62편의 작품이 소개되었다. 같은 대구 출신인 고월古月 이장희李章熙(1900~1929)는 29세에 자살한 비운의 시인이었다. 현재 그의 시 작품은 〈봄은 고양이로다〉를 포함하여 약 30여 편이 확인되고 있다.

이상화는 이시우의 차남으로 태어났지만 일찍 여의였고 백부 이일우의 도움으로 성장했다. 이일우는 대구지역 민족운동의 일원이 되어 빛나는 역할을 남겼다. 특히 대구지역의 민족운동으로 주목받는 국채상환운동은 역사에 기록되어 있다. 일제에 의한 나랏빚을 갚아 주권을 회복하자는 운동이었다. 이를 주도한 인물은 대구광문사의 서상돈, 김광제 등이었다. 이들은 이미 자선사업과 교육사업 등을 펼쳤고, 학교 설립 운동에도 앞장을 섰다. 여기에 대구 유지들은 거금을 출연했고, 당연히 이일우도 발기인으로 동참했다. 한 통계에 의하면, 당시 경북지역에 370개의 학교가 설립되었고, 등록 학생 숫자만 해도 4,500여 명이었다.

민족의식의 연장선상에서 국채상환운동(1907)은 일제에 저항한 초유의 애국운동이라고 볼 수 있다. 국채상환운동이란 무엇인가. 일제는 식민지 건설을 목적으로 1895년부터 1907년까지 개항장 등 건설사업 투자라는 명목으로 거금 1,300만 원의 국채를 짓도록 했다. 당시 정부의 1년 예산과 비슷한 규모의 거금이어서 국가의 운명은 풍전등화와 같았다. 이를 보고만 있을 수 없었던 대구의 유지들은 드디어 국채상환운동을 전개한 바, 주도한 단체가 대구광문사였다. 이들은 일제담배를 끊고 금연하여 국민 1인당 1원씩 기부하면 1,300만 국민이 1,300만 원의 국재를 상환할 수 있다면서 상환운동을 펼쳤다. 이 같은 운동에 서상돈을 비롯 이일우 등은 거금을 기부하면서 적극 동참했다. (지난 2005년 새롭게 개장한 계산성당 뒤편의 이상화 고택, 여기서 시인은 말년(1939~1943)을 지냈다. 이 이상화 고택 바로 옆집은 서상돈 고택이었다. 이들 집안 사이의 밀착관계를 상징하는 것 같아 자못 흥미롭다.)

이일우는 대구광학회大邱廣學會 조직에 앞장을 섰다. 이 단체는 1906년 8월 "우리나라가 위급하고 망하게 된 것은 민지民智가 아직 열리지 않았기 때문"이라면서 교육사업을 활발하게 전개시켰다. 이를 위해 학교 설립 이외 어린이부터 장년층에 이르기까지 전시, 강연, 도서열람 등 계몽활동을 활발하게 추진했다(『대한매일신보』, 1906. 8. 21). 이미 이일우는 대구에서 우현서루友弦書樓라는 일종의 도서관을 운영하고 있었다. 대구광학회 사무실은 바로 이 우현서루에 두어 각종 사업을 펼쳤던 것이다.

이상화의 형제는 4형제, 즉 이상정, 이상화, 이상백, 이상오. 이상정은 1921년 대구지역에서 최초로 '서양화 개인전'을 개최한 근대미술의 선구자로 알려졌다. 그는 1923년 서양화연구소인 벽동사碧瞳社를 설립하여 미술운동의 요람으로 삼았다. 이상정은 시서화 삼절사상을 지니고 있었고, 또 민족의식이 투철했던 대구의 대표적 지식인이었다. 이상화가 문학과 미술에 남다른 관심을 갖게 된 배경에 이상정의 영향력도 적지 않았을 것이다. 3남 이상백은 역사학자이면서 국제 IOC위원을 지낸 서울대 교수였다. 4남 이상오는 수렵가로 이름을 날렸고 저술활동도 했다. 이상화 가문의 우현서루는 뒤에 교남학원으로 연결되었고, 오늘날

대륜중고등학교의 모체가 되었다. 백무일재百無一齋 주인 이상백李相伯은 백기만 편저 『씨 뿌린 사람들』의 서문에서 다음과 같은 말을 남겼다.

> "울창한 나무를 보는 사람이 그 뿌리를 잊어버리고 화려한 꽃을 즐기는 사람이 그 씨를 생각지 못하는 것이 세상의 상사常事다. … '나는 조국을, 인민을 사랑한다. 나는 내가 작가인 이상, 인민에 대하여, 그 고뇌, 그 미래에 대하여, 말할 의무가 있는 것을 느낀다'라고 체포프는 말하였다. 여기에 모은 우리 선진들은 하나도 빠짐없이, 모두 이 체포프의 신념을 살아온 분들이다. 우리 후진들이 지금 이들의 유적遺蹟의 일단을 여기에서 보고, 그 편언척구片言隻句 일거일동一擧一動에 그러한 교훈과 시련을 발견 감득感得하기를 바라는 바이며, 그것들이 화려한 살롱이나 안온한 서재에서 산출된 것이 아니라, 빈궁과 오욕의 열화熱火 중에서 이상理想의 고집과 의지의 불굴만으로 각고 조성된 것이라는 것을 잊지 말기를 바라는 바이다."

『씨 뿌리는 사람들』(1959)은 경북지역 작고 예술가의 평전 모음집이다. 현진건, 이상화, 이장희, 이육사, 오일도, 백신애, 박태원, 김유영, 이인성, 김용조가 대상 인물들이다. 형제 사이인 이상백이 서문을 쓴 책에 이상화의 전기가 수록되어 있어 눈길을 끈다. 집필자는 이설주, 그 내용을 잠깐 살펴본다. 이상화는 "정열적이요 비분강개의 시인으로서 인생파의 시인이었던 그는 차차 경향파로 전향하여 적극적이요 투쟁적인 열렬한 시를 가지고 당시 시단을 압도했다." 과연 이상화 가문은 어떠했을까.

"아버지 이시우 씨는 대대로 대구에 살아온 선비였으며 가정도 부유했으나 상화가 네 살 때에 별세하고 상화는 자친慈親 슬하에서 호화롭게 자라났다. 그의 백부 이일우 씨는 당시 거부였으며 사회에서도 명망이 높던 분으로 소작인들을 가혹하게 착취하지 않고 후대하였기 때문에 작인들 사이에도 칭송이 자자하였다. 우현서루友弦書樓를 창건하여 많은 서적을 비치해놓고 각지의 선비들을 모아 학문을 연마하게 하였으니 저 유명한 일본 이중교 폭탄사건의 김지섭 의사義士는 이 우현서루의 출신이었다. 그리고 달서여학교를 설립하고 부인 야학을 만들어 계몽의 길을 열기에 노력하였으며 평생 지조를 지켜 관선 도의원과 중추원 참의를 거절하여 배일排日의 거벽이 되었다. 상화는 유시幼時에 이렇게 엄격한 백부의 훈도를 받았으며 그와 동시에 자당慈堂의 감화도 또한 절대적인 것이었다. … 상화는 4형제가 있었으니 위로 상정相定 장군을 비롯하여 밑으로 상백相伯, 상오相旿가 있다. 상백은 문학박사요 상오는 수렵의 대가다. 모두가 걸출한 어머니를 닮아 국량局量이 넓고 포용력이 있는 6척 거구의 호남아들인데 오직 상화만은 5척 4촌의 맵시 있는 몸매가 한층 더 세련되고 윤택한 살빛과 더불어 갸름한 얼굴에 날카로운 콧대는 그의 강렬한 의지를 상징하고 가을 하늘같이 깊고 맑은 눈동자는 불꽃 같이 타오르는 정열을 담아 실로 귀공자연貴公子然한 미남이었다."

"1927년 상화는 다시 서울 생활을 그만두고 고향에 내려왔으나 여전히 일제 관견官犬의 감시가 우심尤甚하여 여러 차례나 가택수색을 당하는 바람에 원고도 모조리 빼앗기고 행동조차 부자유하

여 또 술로써 그의 울분을 잊으려고 밤낮을 가리지 않고 마시었
다. 그때 상화의 사랑에는 독립운동을 하는 지사들을 비롯하여
사회주의자 무정부주의자 그리고 배일파排日派의 쟁쟁한 지사들
이 날로 기염을 올리고 있었으니 결국 가산을 탕진하고 말았다."
(이설주)

이상화 가문의 돋보이는 부분들, 새삼스럽게 주목을 이끈다. 민족의
식과 더불어 문화예술에 대한 높은 의식은 민족시인 이상화의 탄생에
토대를 제공했을 것이다.

영과회와 향토회 그리고 대구 화단

이상정(1897~1947)은 대구지역 최초의 유화가이면서 최초의 미술교
사이기도 했다. 그는 1921년 대구에서 최초의 서양화 개인전을 개최했
다고 그의 저서 약력에 소개했다. 그러면서 1923년 서양화연구소인 벽
동사碧瞳社를 설립하여 미술운동을 전개했다. 국내 최초의 유화가는 고
희동으로 그는 1915년 도쿄미술학교를 졸업하고 귀국했다. 이어 평양
출신 김관호는 1916년 졸업 귀국하여 연말에 평양에서 국내 최초의 유
화 개인전을 개최했다. 이 같은 연보와 비교하면 대구지역의 미술활동
역시 커다란 격차를 느끼지 않게 한다. 이상정은 3.1운동 직전 무렵에
계성학교(현재 계성중고교)의 미술교사를 지냈고, 여기서 서동진 등을 지
도했다. 서동진은 대구미술사에서 이인성 등을 지도했으니, 대구미술
의 계보를 엮게 하는 중요인물이 된다. 이상정-서동진-이인성 계보는
20세기 전반부 대구미술사, 아니 한국근대미술사의 중요한 줄기를 이
룩한다.

　1923년 대구미술전이 개최되었는 바, 이는 대구지역 최초의 종합미술전으로 꼽힌다. 여기 동양화부의 서병오 등 이외 '서양화부'가 존재했는데 이상정도 출품했다. 이상정은 〈지나 사원〉이란 중국 사찰 풍경 작품 이외 13점을 출품했다. 그 외 이여성은 17점을, 박명조는 6점을, 총 43점의 '서양화 작품'이 출품되었다(『동아일보』, 1923. 11. 17.). 어쩌면 이들 작품은 유화 이외 수채화 작품이 다수였을 가능성도 높다. 1923년 당시 이쾌대의 친형 이여성과 이상화의 친형 이상정의 '서양화 출품'은 획기적인 사례에 해당한다. 다만 불행하게도 대구지역 초기 '서양화가'인 이상정과 이여성의 초기 유화 등 유존작품은 남아 있지 않다. 만약 이들 작품이 추후 확인된다면, 한국근현대미술사를 새롭게 집필해야할 중요 자료로 역사적 자리매김이 될 것이다. 현재까지 대구지역에서 최초의 유화 개인전을 개최한 작가로는 박명조로 알려졌으며, 그는 1926년에 개인전을 개최했다. 이어 수채화 개인전 화가로는 1927년과 1928년에 개인전을 개최한 서동진의 경우를 주목하게 한다.

　20세기는 '서화書畵'의 시대에서 '미술美術'의 시대로 전환된 시대였다. 왕조시대의 서화는 점차 위력을 잃어갔고 대신 서구적 조형어법인 미술의 시대가 정착되기 시작했다. 일제에 의한 강점 때문에 새로운 미술의 공급지는 일본이었다. 1910년대 김관호, 김찬영 등 평양 출신 화가들에 의해 서구적 표현 매체인 유화가 수용되기 시작했다. 평양 미술권에 이어 대구 미술권이 형성되기 시작한 바, 이들 평양과 대구는 서구적 조형어법의 선구적 문화권을 형성했다.

　대구미술계의 대표적 그룹은 영과회와 향토회이다. 이들 단체는 지역 미술활동이라는 차원에서 빛나는 위상을 차지했다. 영과회는 "대구에 있는 문예 소년과 미술 소년들로서 조직"된 것이라고 언론에 소개되었

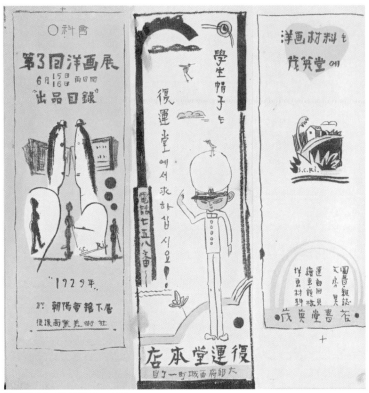

영과회 〈제 3회 양화전〉, 1929

다. 신고송의 회고에 의하면, 이상춘 등은 대구의 소년작가와 화가들의
동요, 시, 그림 등의 작품을 모아 전람회를 개최했다고 했다. 영과회零
科會라고 명명한 사람 역시 이상춘이었다. 처음부터 시작한다는 의미를
내포했다. 1928년 당시 이상춘과 이갑기의 나이는 20세(1908년생)였고,
이원수, 윤석중은 17세(1911년생), 그리고 이인성은 16세(1912년생)였다.
소년 중심의 단체에 기성작가가 동참한 경우이지만 이 단체는 다소 신
축성 있게 운영되었다. 다만 프롤레타리아 예술세계를 지향했던 이상춘

과 이갑기 등에 의해 주도된 단체여서 진보적 성향을 지향했을 것이다.

영과회는 1927년 12월 노동공제회관에서 제1회 전시를 개최했다. 분야는 이색적이게도 양화부와 동요부, 정말 이색적 조합이지 않을 수 없다. 유화와 동요. 바로 미술과 문학의 즐거운 만남의 자리였다. 시서화 삼절사상의 자연스러운 승계이기도 했다. 제2회(1928. 4) 전시는 조양회관에서 개최한 바, 역시 양화부와 동요부로 나누어 다채롭게 꾸몄다. 화가의 경우, 이갑기, 이상춘, 김용준, 서동진, 박명조, 최화수, 배명학, 이인성 등 21명이 참여했다. 반면 동요부는 이원수, 윤석중, 방정환(찬조), 신고송, 윤복진 등 26명의 43점을 출품했다. 시가부는 이원조 이외 찬조출품으로 이상화, 김용준, 최화수 등 6명의 11점을 출품했다. 근원 김용준의 참여는 눈길을 끈다. 그는 프롤레타리아 예술을 옹호했다가 이내 예술의 순수성을 옹호한 1930년대의 미술이론가이자 화가였다.

하지만 무엇보다 눈길을 끄는 것은 이상화라는 이름이다. 지역 문화예술계의 단체 활동에 이상화 역시 새로운 문화운동에 동참했기 때문이다. 영과회의 참여 면면은 1920년대 후반 대구지역의 대표적 문화예술인들의 집단이라고 판단된다. 관련 자료가 제대로 남아 있지 않아 안타깝게 하지만 이들의 활동상은 간과할 수 없는 부분이다. 제3회(1929. 6) 전시는 조양회관에서 이상춘, 이인성 등 동인 9명의 21점, 비동인 8명의 13점, 그리고 서동진, 박명조 등 찬조출품 2명의 6점을 출품했다.

향토회는 영과회 해체 이후 대구지역의 화가들에 이해 조직된 소집단이었다. 제1회(1930년) 전시는 이인성(13점 출품)을 비롯 박명조, 서동진, 김성암, 최화수 그리고 김용준이 참여했다. 향토회는 제6회(1935)

전시까지 개최하고 해체되었다. 향토회는 30년대의 조선향토색론과 연결되는 특성을 지니고 있다. 대표 화가는 이인성으로 그는 조선미전의 스타이면서 향토회 전시에 한 번도 거르지 않고 출품했다. 이인성의 대표작 〈가을 어느 날〉과 〈경주 산곡에서〉는 향토색론과 어우러져 주목을 요하는 유화작품이다.

나는 일찍이 대구 문화예술계의 비중을 생각하고 자료발굴에 몰두한 적이 있다. 하여 서동진, 김용조 등 역사의 뒤안길에서 잊혔던 화가들을 미술계에 소개한 바 있다. 이 같은 관심은 뒤에 이쾌대와 이인성 관련 논문 집필과 더불어 전시 및 학술대회 개최에 참여하는 기회로 이어지기도 했다. 1930~40년대 유화계의 대표적 화가를 뽑으라면 나는 이쾌대와 이인성을 선정할 수 있다고 주장한 바 있다. 이들은 대구문화계의 토양에서 성장한 초등학교 동기동창생이었다. 이 같은 배경 아래 이상정의 동생인 이상화와 향토회 특히 이쾌대와 이인성의 관계는 주목을 요한다.

흑백 사진, 영과회 현수막을 건 건물 입구에서 기념 촬영한 사진이 있다. 여기에 이인성, 이상춘, 이갑기, 김용준, 서동진, 박명조 그리고 이상화가 자리를 함께하고 있다. 영과회 모임에 이상화 시인의 동참은 주목을 요한다. 또 다른 흑백사진 하나. 제2회(1931) 향토회 개최기념 촬영이다. 여기에 서동진, 박명조, 이인성, 김용조 등 이외 이상화의 모습이 보인다. 이상화는 지역사회의 미술가들과 어울리면서 문화운동에 일조를 했다. 이상화의 시는 〈나의 침실로〉로 대표되듯 퇴폐와 관능의 세계, 그리고 〈빼앗긴 들에도 봄은 오는가〉, 〈선구자의 노래〉, 〈역천〉 과 같은 시처럼 저항정신의 세계가 공존한다.

영과회 기념 촬영, 이인성 이상춘 이갑기 김용준 서동진 박명조 이상화

기러기 제비가 서로 엇갈림이 보기에 이리도 섧은가
귀뚜리 떨어진 나뭇잎을 부여잡고 긴 밤을 새네
가을은 애달픈 목숨이 나뉘어질까 울 시절인가 보다

가없는 생각 짬 모를 꿈이 그만 하나 둘 잦아지려는가
홀아비같이 헤매는 바람떼가 한 배 가득 굽이치네
가을은 구슬픈 마음이 앓다 못해 날뛸 시절인가 보다
하늘을 보아라 야윈 구름이 떠돌아다니네
땅 위를 보아라 젊은 조선이 떠돌아다니네
〈병적 계절〉 전문, 『조선지광』, 1926, 11)

　　대구 이상화 고택에 씌여 있는 안내문, 거기에 이상화 시인은 이렇게
소개되어 있다.

"이상화는 일제 강점기에 비탄에 빠진 우리 정서를 언어로 끌어올림으로써 한국 현대시의 이정표를 세운 민족시인입니다." 민족시인 이상화, 아니 그는 저항시 / 민중시의 활화산이었다. 한마디로 이상화는 "죽는 날까지 식민지의 절망적 현실 아래서 가장 용기 있고 꿋꿋하게 민족혼의 불멸함을 증거하고 온몸으로 일제에 항거하던 암흑기 최대의 저항시인의 한 사람이다." (김재홍)

암흑기 최대의 저항시인 이상화, 시인 이상화의 토대에 이상화 가문과 당대 미술계의 상황은 매우 밀접한 관계였다. 이상춘, 이갑기와 같은 진보적 미술가 그리고 이여성, 이쾌대 같은 거물급 형제, 영과회와 향토회 활동 등 대구지역 미술계는 독보적 위상을 전개했다. 이는 식민지 암흑기 가운데서도 빛나는 부분이지 않을 수 없다. 이런 문화예술적 토양 위에서 저항시인 이상화의 활동 무대가 전개되었음을 다시 생각하게 한다.

06

북방에서 친구에게

시인 백석과 화가 정현웅의 동행

북방에서 정현웅에게 바친 백석의 시

백석(1912~1996), 그는 현역시인이 가장 좋아하는 시인으로 뽑을 만큼 인기 시인이다. 북방 정서 혹은 농촌 정서를 시세계의 바탕에 깔고 『사슴』과 같은 개성적인 시집을 펴낸 시인이다. 백석은 1939년 말 조선일보사 출판부의 『여성』 잡지사를 퇴직하고 만주로 떠났다. 일종의 탈출이었다. 그런 백석이 만주에서 절친했던 친구인 화가 정현웅(1910~1976)을 생각하며 시 한편을 썼다. 바로 문제의 시, 〈북방北方에서- 정현웅에게〉이다. 백석 시 가운데 특정인을 거명하면서 쓴 헌시獻詩로는 유일한 예에 속한다.

아득한 옛날에 나는 떠났다
부여扶餘를 숙신肅愼을 발해渤海를 여진女眞을 요遼를 금金을
흥안령興安嶺을 음산陰山을 아무우르를 숭가리를
범과 사슴과 너구리를 배반하고
송어와 메기와 개구리를 속이고 나는 떠났다

나는 그때
자작나무와 이깔나무의 슬퍼하던 것을 기억한다
갈대와 장풍의 붙드던 말도 잊지 않았다
오로촌이 멧돌을 잡어 나를 잔치해 보내던 것도
쏠론이 십리길을 따러나와 울던 것도 잊지 않았다

나는 그때
아무 이기지 못할 슬픔도 시름도 없이

다만 게을리 먼 앞대로 떠나 나왔다

그리하여 따사한 햇귀에서 하이얀 옷을 입고 매끄러운 밥을 먹고 단샘을 마시고 낮잠을 잤다

밤에는 먼 개소리에 놀라나고

아침에는 지나가는 사람마다에게 절을 하면서도

나는 나의 부끄러움을 알지 못했다

그동안 돌비는 깨어지고 많은 은금보화는 땅에 묻히고 가마귀도 긴 족보를 이루었는데

이리하야 또 한 아득한 새 옛날이 비롯하는 때

이제는 참으로 이기지 못할 슬픔과 시름에 쫓겨

나는 나의 옛 한울로 땅으로 –나의 태반胎盤으로 돌아왔으나

이미 해는 늙고 달은 파리하고 바람은 미치고 보래구름만 혼자 넋없이 떠도는데

아, 나의 조상은 형제는 일가친척은 정다운 이웃은 그리운 것은 사랑하는 것은 우러르는 것은 나의 자랑은 나의 힘은 없다 바람과 물과 세월과 같이 지나가고 없다 (『문장』, 1940년 7월)

북방에서 친구에게 보낸 감회의 내용치고는 매우 무겁고 심각하다. 그만큼 이들 사이의 담론 수준이 예사스럽지 않았음을 암시한다. 백석의 시세계, 그것도 심각한 시세계를, 공유할 수 있는 친구 사이, 여기서 정현웅과 백석과의 관계를 새로운 각도에서 살피게 한다. 그만큼 이들

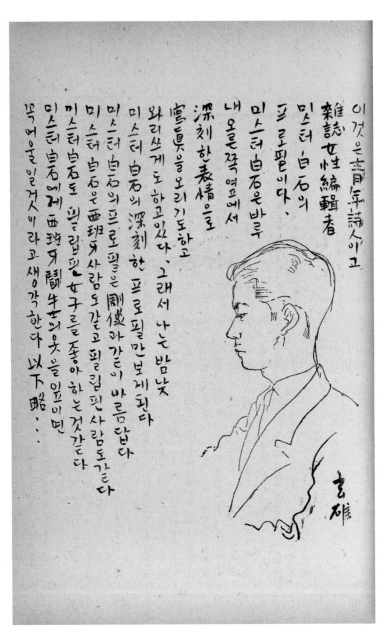

이것은 靑年詩人이고
雜誌女性編輯者
미스터·白石의
프로필이다、
미스터白石은 바루
내 올흔쪽 엽페서
深刻한 表情으로
寫眞을오리기도하고
와리쓰게도 하고잇다、그래서 나는 밤낮
미스터 白石의 深刻한 프로필만 보게된다
미스터 白石의 프로필은 剛毅와 갓이 바름답다
미스터 白石은 西班牙사람도 갓고 필립핀사람도갓다
미스터白石도 필립핀 女子를 좋아하는 것갓다
미스터 白石에게 西班牙 醫牛 웃을 입이면
꼭 어울일것이라고 생각한다 以下略…

정현웅, 〈미스터 백석〉, 1939.7.,『문장』제7집 (임시증간), 문장사은 시인과 화가의 입장에서 예술세계를 호흡할 수 있는 돈독한 사이였다. 시인은 화가에게, 또 화가는 시인에게 예술적 교감을 공유하면서 각자의 작품에 반영시켰다. 여기서 시인과 화가의 특수관계를 헤아리게 한다. 그 가운데 하나가 「북방에서」(1940)라는 시이고, 또 〈대합실의 한 구석〉(1940)과 같은 그림이다. 정현웅은 〈백석의 프로필〉이라는 제목으로 백석의 프로필을 그리고 육필 해설을 다음과 같이 남겼다.

"이것은 청년 시인이고 잡지 여성 편집자 미스터 백석의 프로 필이다. 미스터 백석은 바로 내 오른쪽 옆에서 심각한 표정으로 사진을 오리기도 하고 와리쓰게도 하고 있다. 그래서 나는 밤낮 미스터 백석의 심각한 프로필만 보게 된다. 미스터 백석의 프로 필은 조상彫像과 같이 아름답다. 미스터 백석은 서반아西班牙 사람 도 같고 필리핀 사람도 같다. 미스터 백석은 필리핀 여자를 좋아 하는 것 같다. 미스터 백석에게 서반아 투우사의 옷을 입히면 꼭 어울릴 것이라고 생각한다." (『문장』, 1939, 여름 특집호)

여성 잡지의 편집자 백석, 그의 옆자리를 차지하고 있는 정현웅은 백석의 옆모습을 묘사하고 조소 작품처럼 아름답다고 말했다. 사실 백석의 외모는 수려했고, 그가 광화문에 나타나면 길거리가 환해졌다는 증언도 있다. 미남 백석은 스페인의 투우사 같은 분위기를 자아냈다. 그만큼 이국적 풍모를 띠고 있었다는 의미이다. 따지고 보면 1930년대에 백석처럼 국제감각에 환한 시인도 드물었을 것이다. 일본 유학생 출신으로 그의 영어, 러시아 등 외국어 실력 그리고 시인과 언론인으로서의 역할은 당대 최고 수준의 모더니스트이기에 충분했다. 그와 같은 국제감

각의 소유자가 궁핍한 농촌 현실을 배경으로 한 시작 활동을 했다는 사
실이 특기사항으로 남는다.

뚝섬의 이웃 그리고 백석의 결벽증

정현웅은 10대 말에 이미 조선미전에서 입선하면서 화가로 등단했
다. 그러면서 『삼사문학』(1934) 동인 활동을 했고, 20대 후반부터 『동아
일보』와 『조선일보』에서 삽화가로 출판미술의 새로운 경지를 개척했
다. 그가 그린 신문 잡지의 삽화와 단행본의 표지화 등 장정은 화단뿐만
아니라 문단에서도 화제의 대상이었다. 정현웅이 표지화를 그려 장정한
단행본의 경우, 김광섭의 『동경』(1938), 이광수의 『그의 자서전』, 『사랑』,
박태원의 『소설가 구보씨의 일일』, 『천변풍경』, 채만식의 『탁류』, 이태
준의 『청춘무성』, 한하운의 『한하운 시초』, 황순원의 『별과 같이 살다』
등 주옥과 같은 작품이 적지 않다.

여기서 백석의 시와 정현웅의 그림, 그것의 상호협력 관계를 확인해
보자. 바로 백석의 시 〈나와 나타샤와 흰 당나귀〉(『여성』, 1938. 3), 이것
은 글자 그대로 시화일률의 경지를 보여주는 걸작이다. 정현웅은 검은
색 이외 붉은색 한 가지만으로 눈 내리는 밤의 흰 당나귀와 나타샤의 모
습을, 그것도 선과 면의 대칭적 활용으로 표현하는 기량을 보였다. 풍경
의 특색을 집약적으로 표현한 바, 이는 그림만 보고도 시의 분위기를 짐
작할 수 있을 만큼 시화 동체의 경지를 보여준다. 이는 백석과 정현웅의
동반자적 인간관계가 이룩해낸 성공사례이다.

정현웅은 1940년 4월 서울 뚝섬의 신흥 주택가로 이사했다. 1939년
10월 평양에서 결혼식을 올린 정현웅은 신혼 살림집이 필요했다. 이에
백석은 자신의 동네인 뚝섬을 적극 추천했다. 그렇게 하여 이사 간 곳,

백석 시, 정현웅 그림, 〈나와 나타샤와 흰 당나귀〉, 『여성』, 1938. 3.

거기가 바로 뚝섬의 백석 옆집이었다. 당시 뚝섬은 서울 근교로 완전 농촌이었고 출퇴근 교통편이 불편하기 그지없던 곳이었다. 백석과 정현웅은 밤낮으로 붙어 다니면서 우정을 나누었다. 하지만 백석과 정현웅의 뚝섬생활은 본격적으로 이루어지지 못했다. 백석이 갑작스럽게 만주행을 단행했기 때문이었다. 정현웅의 부인 남궁요안나, 그는 이대에서 피아노를 전공한 인텔리 여성이다. 백수를 앞둔 고령임에도 불구하고 그는 탁월한 기억력을 과시한다. 그가 필자에게 들려준 백석에 대한 증언이다.

"백석 시인의 성품에 대한 대표적 소문은 결벽증입니다. 그는 결벽증 환자처럼 수시로 손을 닦고, 특히 누구나 만지는 문고리는 맨손으로 잡지를 않았어요. 그러니까 아무나 잡는 문고리는

(불결하다면서) 꼭 손수건에 싸서 잡았지요. 그걸 사람들은 별꼴이라고 흉도 보았어요. 특히 그의 시 세계와 비교하면 이상했어요. 아무튼 시인의 모습은 미남이어서 그가 광화문에 나타나면 동네가 다 향기로워진대요. 시인에 비하면 우리 아이들 아버지는 털털하기가 이루 말할 수가 없었지요.

  홍명희 선생의 아들 홍기문이 그런 말을 했대요. '조선 천지에서 모양내지 않으면서 최고 멋쟁이는 정현웅이다.' 백석은 깍쟁이고 미남이고, 우리 집하고 어울릴 것 같지도 않았는데 서로 굉장히 좋아했어요. 두 살 차이지요. 시인이 먼저 뚝섬으로 이사했어요. 거기 새 동네에서 시인이 심심해서 못살겠다며 졸라대니까 백석의 옆집으로 이사 간 것이에요. 시인은 독신이어서 부모님과 함께 살았지요. 그 어머니는 참 단정하게 생겼는데 인물은 아들만 못했어요. 아들은 깨끗하게 생겼는데 어머니는 까무잡잡했지요. 시인이 만주로 떠난 이후 그 어머니하고 이웃으로 곱게 지냈습니다."

  신흥주택가 뚝섬에서의 이웃은 백석과 정현웅의 특수 관계를 짐작하게 한다. 여기서 주목을 요하는 부분은 백석의 결벽증 관련 증언이다. 일반적으로 백석의 시세계는 궁핍한 농촌 정서를 바탕으로 하고 있다. 게다가 일제하 농촌은 현대사회와 달리 위생개념이 희박할 때이다. 그런 환경 속에서 백석은 이색적일 정도로 결벽증을 생활화한 시인이었다. 현실생활과 시 세계와의 괴리를 검토하게 하는 증언이다. 백석의 시는 과연 결벽증의 산물인가. 농촌 배경의 시이면서, 특히 북방 정서의 시이면서, 색채 관련 용어로 백색의 빈도수가 가장 많다는 것은 무엇을 의미할까. 오양호의 연구에 의하면, 백석의 시 120여 편에 나타난 색채 관련 용어 가운데 백색의 빈도수가 무려 70여 군데나 된다. 그러니까 시 2편 가운데 1편 이상은 흰빛 이미지와 관련이 있다. 북방과 농촌을 배경으로 한 시 작품에서 이렇듯 백색 탐닉은 백석의 결벽증과 무관하지 않을 것 같다. 향후 백석 시 연구에 있어 하나의 단초로 제시하고자 한다.

정지용, 박목월, 황순원과 정현웅

정지용, 정현웅, 정인택, 이들은 모두 연일 정씨이다. 그래서 그런지 이들은 '연일 정씨 삼인방'이라고 불리면서 매우 절친하게 지냈다. 그만큼 연일 정씨가 희성이었기 때문에 더욱 끈끈한 관계를 유지하게 했는지 모른다. 이들은 수시로 술집을 드나들면서 우정을 확인했다. 술자리가 파하게 되면 정지용과 정현웅은 귀가 길이 같은 방향이어서 효자동 전차 종점까지 동행했다. 해방 이후 정현웅 가족은 뚝섬에서 원래의 고향이었던 현재의 청와대 영빈관 자리(궁정동 90번지)로 이사했다. 당시 정지용은 자하문 밖에서 살았다. 전차 종점에서도 오래 걸어가야 하는 시인 정지용을 위해 정현웅은 함께 걸었다. 정지용의 집 앞에 도착하자 이번에는 정지용이 정현웅을 위해 다시 화가의 집으로 동행했다. 이렇게 하여 이들 술친구는 마치 연인 사이나 되는 것처럼 밤늦도록 두 집 사이를 왕래했다는 일화를 남겼다.

"부친이 조선일보에서 발행하는 『소년』이라는 잡지사에서 일할 때, 영천에서 금융조합에 다니던 박영종이란 분이 잡지에 독자투고를 열심히 했답니다. 그러면 부친은 윤석중 씨와 함께 동시를 선정했고, 어떨 때는 삽화까지 그려주었대요. 그 박영종이 바로 시인 박목월의 본명입니다. 시를 잘 쓰니까 부친께서 정지용 시인한테 목월을 소개했어요. 이것이 인연이 되어 목월은 1939년 『문장』을 통해 정지용 추천으로 등단했습니다. 뒤에 '청록파' 시인으로 대성하게 되는 길목에서 부친의 역할이 있었던 것이지요. 부친은 해방 이후 목월의 시집 『초록별』의 장정과 삽화를 맡아 인연을 더욱 키우기도 했습니다." (정현웅의 아들 정지석의 증언)

"박목월 선생은 내가 재직하던 정신여고에 강사로 나왔어요. 당시 황순원 씨도 있었지만 인사를 하고 지내지는 않았어요. 어느 날 퇴근하다 황순원 씨가 정현웅 선생 사모님이라고 나를 소개했어요. 그랬더니 박목월 시인이 그 커다란 키를 땅에 닿을 만큼 90도 각도로 숙이면서 인사를 해요. '아이고, 선생님이 저를 키워주셨는데, 무명시절 투고하면 작품을 뽑아주었는데, 몰라뵈어 죄송합니다.' 인사를 해요. 무슨 일인가 하여 학생들은 둘러서서 구경하고 있는데 말이에요. 50년대 말 내지는 60년대 초의 일입니다." (미망인 남궁요안나의 증언)

"해방공간에서 아버지가 제일 자랑스럽게 했던 일은 서울신문사에서 발행한 종합교양지 『신천지』의 편집장 일이었지요. 당시 잡지계를 평정했다고 할 정도로 평판도 좋았고 장수했던 잡지였습니다. 좌우익이 날카롭게 대립하고 있을 때 중도의 입장에서 커다란 역할을 했지요. 특히 신인 발굴을 많이 했거든요. 사실 『신천지』는 45년 10월부터 창간준비를 하다 46년 2월에 창간호를 냈

어요. 당시 서울신문의 고문이었던 벽초 홍명희 선생이 아버지에
게 잡지 편집장을 맡아달라고 부탁을 했지만 아버지는 계속 사양
을 했고, 그러니까 벽초는 아들 홍기문을 통해 편집장 권유를 계
속했어요. 벽초는 편집장 수락을 하지 않는 아버지의 마음을 돌
리기 위해 아예 서울신문 사고로 정현웅의『신천지』발령을 기정
사실화했습니다.

어쩔 수 없이 잡지를 맡으면서 아버지는 한 가지 조건을 내걸
었습니다. 청탁한 원고는 잡지에 실리든 안 실리든 관계없이 무
조건 원고료를 현찰로 지불하라고 했습니다. 이를 벽초가 흔쾌하
게 받아들였지요. 잡지계에서 처음으로 파격적인 원고료의 현금
지불이라는 획기적인 일이 시작되었지요. 그래서 좋은 작가나 필
자들의 훌륭한 원고가 밀려와『신천지』는 좋은 잡지가 될 수 있었
습니다.

소설가 황순원 씨는 평양 순안비행장이 고향이랍니다. 근데 그
부인이 어머니하고 여고 동창이에요. 그러니까 황순원 씨와 그의
부인 그리고 우리 어머니가 모두 1915년생인 동갑내기들이었고,
원래 평양서부터 잘 알고 지냈지요. 아버지가 해방 후『신천지』
편집장으로 계실 때 일입니다. 황순원 씨는 평양에서 꽤 알아주
는 문인이었는데도 불구하고 서울에서 원고를 들고 돌아다녀 봐
야 누구 하나 알아주는 사람 없었다고 그래요. 서울고등학교 국
어선생으로 교편을 잡고 계셨지마는 서울에서는 기반이 없으니
까, 그래서 선생의 부인이 아이를 업고 걸핏하면 우리 집을 찾아
와요. 원고를 들고 와서 우리 남편 작품 좀 제발 잡지에 실어달라
고 부탁했지요. 그래서 어머니가 아버지에게 황순원 소설을 발표

하도록 주선하게 되었지요." (정지석)

『신천지』에 작품 발표 기회를 얻은 황순원은 단편소설이 아니고 중편소설을 들고 왔다. 이에 뻔뻔하게 어떻게 중편을 들고 왔느냐, 하는 욕을 들어야 했다. 하지만 원고료의 현금 즉석 지불 조건은 당시 작가들에게 매력적일 수밖에 없었다. 황순원은 『신천지』에 단편 〈술 이야기〉(1946)를 발표하면서 남한 문단에 이름을 알리게 되었다. 그뿐만 아니라 황순원의 단편집 『목넘이 마을의 개』(1946)와 『별과 같이 살다』(1950) 같은 소설집의 장정은 정현웅이 맡아 꾸며주었다. 6.25전쟁 당시 부산 피난에서 상경한 정현웅 가족은 황순원 집의 2층에서 1년가량 함께 지내는 사이로 발전했다. 『신천지』에 소설을 발표한 소설가는 김동인, 염상섭, 박태원 등 쟁쟁한 이름이 많았다. 김동리와 김동석의 그 유명한 순수성 논쟁도 이 잡지를 통해 일어난 '사건'이었다.

"박태원, 이상, 정인택, 이들 세 사람은 권영희란 여자를 놓고 운명처럼 꼬인 이야기가 있지요. 이상이 권영희란 여자를 좋아했지요. 둘이 연애를 한참 하고 있는데 소설가 정인택이 짝사랑을 했다고요, 권영희를. 이상이 친구한테 여자를 인계해 주어서 결혼식까지 올리게 했지요. 정인택과 권영희의 결혼식 때 이상이 사회를 봤어요. 하객 중에 박태원이 있었고, 당시 사진도 남아 있습니다. 뒤에 정인택과 권영희는 월북했습니다. 그러다가 정인택이 병사하게 되니 박태원이 권영희와 결혼을 해요. 「갑오농민전쟁」을 쓸 때 같이 살았고요. 사람의 운명이란 것, 박태원, 정인택, 이상, 이 셋은 모두 아버지와 가까운 친구였습니다." (정지석)

출판미술가의 대우 그리고 월북

"일제말에도 남편의 일감은 항상 많았어요. 금융조합위원회에
서 3년 동안 표지화를 그리게 했어요. 거기서 다달이 월급 나오듯
30원이 나왔어요. 그리고 신문사 월급이 70원이었지요. 당시 신
문사의 신입사원 초급은 23원인가 그랬어요. 그랬을 때 우리 집
은 70원과 30원을 합친 100원을 벌었으니 꽤 많은 거예요." (남궁
요안나)

해방공간 정현웅은 삽화와 표지 장정 등의 일로 편안한 날이 없었다.
당시 만화가로 김용환이 날리고 있었다. 미망인의 증언에 의하면, 김용
환의 월수입은 14만 원 정도였는데 정현웅은 27만 원 정도였다. 해방공
간에서 정현웅은 일제강점기부터 지니고 있었던 사회주의 사상을 본격
적으로 드러내기 시작했다. 하여 해방 직후 결성된 조선미술건설본부
서기장이 되었는가 하면, 조선미술동맹에서 사업부장이나 아동미술부
위원으로 활동했다. 6.25전쟁 직후 정현웅은 조선미술동맹 서기장으로
선임되어 맹활약을 했고, 이로 인해 9월에 퇴각하는 인민군을 따라 월
북의 길을 선택해야 했다. 정세 관계로 일시적 피신이라는 것이 분단 고
착과 함께 영구 이산가족으로 남게 된 배경이다. 그러니까 정현웅은 10
년 결혼생활의 부인과 4남매와 헤어지는 아픔을 안아야 했던 것. 월북
하는 날, 부인이 잠깐 외출하고 없었던 오후 4시경 정현웅은 집에 들러
아이들을 보고 머나먼 길을 떠났다.

"그전부터 (평양으로) 가야겠다고 하셨어요. 돈은 많이 있었지만

들고 갈 수 없어 오메가 시계를 가져가라고 했어요. 그리고 니콘 카메라 두 개를 줬어요. 이걸 가져가면 몇 끼라도 먹을 수 있을 것이라고. 그런데 저녁때 집에 돌아와 보니, 아이들이 아빠가 엄마 드리라고 했다면서 그걸 두고 올라갔대요. 그리고 동네에서 아이들에게 빵을 사주고 갔대요." (미망인 남궁요안나의 회고)

"북에 계신 아버지의 생사가 궁금하여 미국에 있는 형이 평양으로 편지 두 통을 보냈습니다. 주소를 모르니까 그냥 홍기문 선생과 박태원 선생 앞으로 하여 보낸 것이지요. 두 사람은 북한에서 이름만 대면 다 아는 사람들일 테니까요. 아버지와 홍기문 씨는 워낙 가까운 사이였고 또 박태원 씨는 편지가 닿기만 하면 연락이 될 거라는 생각이었지요. 1989년 12월 편지를 보냈는데 90년 4월에 답장이 왔어요. 답장은 북에서 재혼한 부인한테서 편지가 온 거예요." (정지석)

1956년경 정현웅은 당국의 권유로 재혼했다. 두 여성 가운데 선택한 여성은 인민배우 남궁련이었다. 남에 두고 온 부인의 성씨도 남궁 씨였는데, 희성임에도 불구하고, 북에서 선택한 새 부인의 성씨도 남궁 씨였다. 하지만 평양의 사회 체제는 한 예술가의 창작활동을 원만하게 할 수 없도록 급변되었다. 정현웅은 숙청의 광풍을 피해 고구려 고분벽화 모사 작업 등에 정열을 쏟아부었다. 역사화나 아동화 그리고 출판미술에 주력하면서 생활했다. 미술계의 전면과 거리를 둔 행동이었다.

해방이 되자 백석은 고향 정주로 돌아왔다. 하지만 급변하는 정세는 백석으로 하여금 예전처럼 시를 쓸 수 없게 했다. 체제와 거리를 둔 백

석, 그는 점차 시의 세계와
멀어지면서 해외문학 번역
작업으로 많은 시간을 보냈
다. 한편 아동문학에 주력하
여 출판한 동화시집 『집게네
네 형제』(1957), 이 책에서 드
디어 백석과 정현웅의 북에
서의 재회가 본격화되었다.
백석의 동화시집에 정현웅은
서울에서처럼 책의 표지화와
저자 초상화를 그렸다. 절친
한 친구의 재회, 서울과 평양

정현웅, 〈백석 초상〉, 1957, 『집게네 네 형제』
의 뒷표지 그림

에서의 만남, 이들의 감회는 남다른 깊이가 있었을 것이다. 체제를 달리
하는 사회에서 시인과 화가의 재회, 그들은 현대사의 현장을 온몸으로
껴안으면서 말년을 보내야 했다.

　　"가난한 내가
　　아름다운 나타샤를 사랑해서
　　오늘밤은 푹푹 눈이 나린다
　　나타샤를 사랑은 하고
　　눈은 푹푹 날리고
　　나는 혼자 쓸쓸히 앉어 소주를 마신다
　　소주를 마시며 생각한다
　　나타샤와 나는

눈이 푹푹 쌓이는 밤 흰당나귀 타고
산골로 가자 출출이 우는 깊은 산골로가 마가리에 살자

눈은 푹푹 나리고
나는 나타샤를 생각하고
나타샤가 아니 올 리 없다
언제 벌서 내 속에 고조곤히 와 이야기 한다
산골로 가는 것은 세상한테 지는 것이 아니다
세상 같은 건 더러워 버리는 것이다

눈은 푹푹 나리고
아름다운 나타샤는 나를 사랑하고
어데서 흰당나귀도 오늘밤이 좋아서 응앙 응앙 울을 것이다"

(백석,「나와 나타샤와 흰 당나귀」전문)

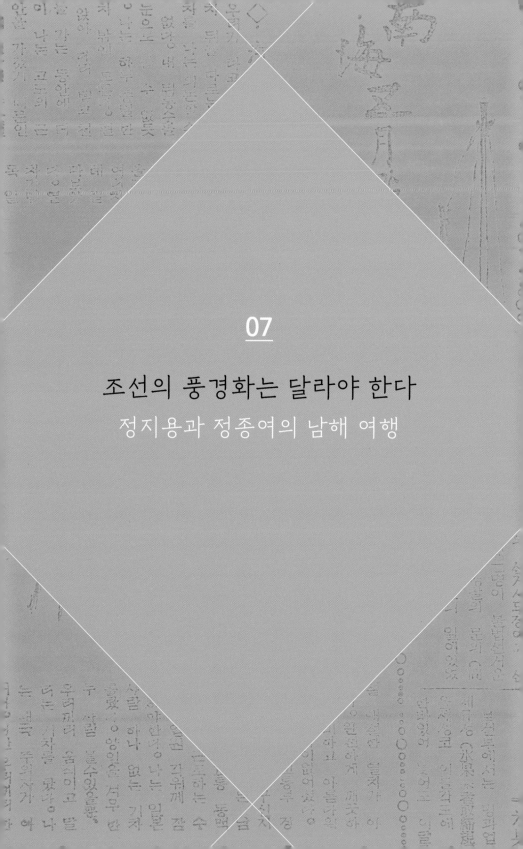

07

조선의 풍경화는 달라야 한다
정지용과 정종여의 남해 여행

정지용과 정종여의 남해 화문기행

진주 기생집, 시인과 화가, 그들의 질펀한 술판은 아무도 말릴 수 없었다. 그것도 일주일가량의 주연酒宴, 그러던 어느 날 밤, 드디어 사건이 터졌다. 사건? 무슨 사건? 여자문제가 아니다. (미안하지만) 그림 이야기다. 술좌석에서 화가가 잠깐 자리를 비운 사이, 시인은 화가의 스케치 북에서 그림을 꺼내 아가씨들에게 나누어주었다. 어허, 화가의 뜻과 무관하게 벌어진 그림 선물, 있을 수 없는 일이었다. 시인은 기생들에게 큰소리를 쳤다. '이 그림은 10년만 지나면 모두 보물이 될 것이다.' 보물을 받은 아가씨들은 다른 방에다 그림을 숨겨놓고 되돌아왔다. 기생들은 더욱 신바람이 나서 노래하고 춤을 추었다. 여란이란 기생의 춤은 정말 일품이었다. 이 장면을 화폭에 담고자 화가는 스케치 북을 꺼냈다. 늘 하던 그의 습관이었다.

어허, 이게 무슨 일인가. 그동안 정성 들여 그렸던 그림들이 모두 없어졌으니. 화가는 너무 놀랐다. 할 수 없이 선심을 쓴 시인이 나섰다. '내가 아가씨들에게 선사했으니 놀라지 마라.' 시인은 염소수염을 쓰다듬으면서 너털웃음을 웃었다. 화가는 주책없는 사람은 피해야 하는데 그렇지 못한 내 잘못이라고 말했다. 그러면서 화가는 전시 끝내고 돌려주겠다면서 아가씨들에게 그림 반환을 요구했다. 하지만 누구 하나 그림을 꺼내오지 않았다. 그 그림들은 곧 부산에서의 시화전 출품을 위한 것, 정말 난감한 일이지 않을 수 없었다.

1950년 6월 초 진주에서 있었던 실화이다. 여기서 시인은 정지용이고, 화가는 정종여였다. 이 자리에 동석했던 진주농대 교수 이병주(소설가)의 증언이다(〈지용과 청계의 남해 기행〉, 『월간미술』, 1989, 1). 흥미로운 일화가 아닐 수 없다. 당시 정지용과 정종여는 남해를 여행하면서 신문에 화

정종여, 〈남해 기행 스케치〉, 연도미상, 개인소장

문畵文 기행을 연재했다. 그러면서 부산에서의 전시를 준비했다. 바로 6.25 전쟁이 발발하기 직전의 일이었다. 정지용鄭芝鎔(1902~1950?) 시인과 청계靑谿 정종여鄭鍾汝(1914~1984) 화가. 이들 두 예술가를 한자리에 묶는 일은 이색적인 일이다. 하지만 이들은 끈끈한 관계로, 전쟁 발발 상황을 직접 맞이해야 했고, 결국 월북작가라는 공통분모를 안고 있다.

이 무슨 운명이란 말인가. 이들은 6.25 전쟁이 발발하던 순간 부산에서 전시를 개최하고 있었다. 더불어 지역신문인 『국도신문』에 〈남해 오월 점철點綴〉이라는 꼭지의 글과 그림을 연재하고 있었다. 전쟁이 난 6월 25일, 바로 그날의 연재는 제17회 연재로 진주 이야기였다. 하지만

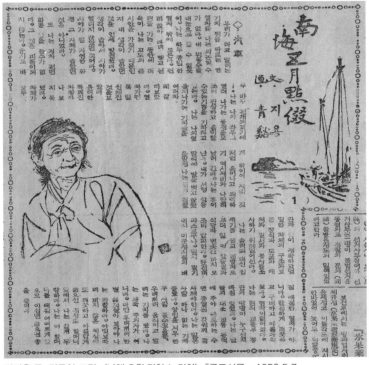

정지용 글, 정종여 그림, 〈남해 오월 점철 1. 기차〉, 『국도신문』, 1950.5.7.

전쟁은 6월 26일에 18회 연재를 마지막으로 중단시켰다. 이는 두 예술가로 하여금 남한사회에서 공식적 작품 활동의 종지부를 의미했다.

〈남해 오월 점철點綴〉은 『국도신문』의 기획으로 연재를 시작했다(1950. 5. 7). 글은 정지용, 그림은 정종여가 맡았다. 이들은 부산을 거쳐 통영과 진주를 여행했다. 연재는 5월과 6월의 신문 지면을 장식했다. 총 18회의 연재, 6월 25일을 통과하고 연재는 도중하차했다. 정지용은 형식과 무관하게 각 지역의 풍물을 소개하면서 시인 특유의 감성을 발휘했다. 정종여는 유려한 필치로 본문과 관련된 소재의 스케치를 선보였다. 화문畵文 기행의 아름다운 결합이었다. 정지용은 이런 문장을 남겼다.

> "나는 남쪽의 대소 교통 동맥에 주야 근로하는 수만 종업원 조원께 감사해야 한다. 나는 일본 사람 하나 없는 기차를 탔다. 양인을 겨우 한 두 사람 볼 수 있을 뿐, 우리끼리 움직이고 달리는 기차를 탔다. 나는 쇄국주의자가 아니다. 다만 우리 겨레끼리 한번 실컷 살아보아야 나는 쾌활하다. 야밋보따리 끼지 않은 세상에도 깨끗하고 아름답게 늙으신 경상도 할머니 앞에서 나는 감개무량하다. 나는 이 할머니를 배워 어여쁘게 앞으로 이십년 늙으면 좋을 뿐이다." (〈기차〉 연재 1, 1950. 5. 7.)

> "경상도 색시는 호담하고 소박하고 툭 털어놓는데 천하제일이다. 최극한으로 인정적이다. 맘껏 손님 대접한다. 싱싱한 전복 병어 도미 민어회는 먹은 다음 날 제 시각에 돌아오니 과연 입맛이 다셔지는 것이었다. 취하고 보니 다리가 휘청거리는 것이 무슨

큰 죄랴. 쓰윽 닿고 보니 영도 향파댁이 아니고 어딜까 보냐! 담지
국이 왜 맑은 것이냐? 담지(홍합)가 심기어 맑은 것이다. 술은 내일
부터 안 먹는다. 오늘은 마시자! 어찌 들어누었는지 불분명하다.
술 깨자 잠도 마저 깨니 빗소리가 또드락 동당거린다. 가야금 소
리 같은 빗소리… '청계야! 청계야! 비 온다! 비 온다!" (〈부산 1〉 연
재 3, 1950. 5. 12.)

"영도 향파댁 남창 유리가 검은 새벽부터 흔들린다. 새벽이 희
여지자 유리창 밖 가죽나무 가지가 쏠리며 신록 잎 알들이 고기
새끼들처럼 떤다. 나는 저윽이 걱정이다. 바람이 이만해도 통영
까지의 나의 배 멀미가 겁이 난다. 청계 말이 괜찮다는 것이다. 일
백팔십 톤짜리 발동선이 뽀오-를 발하자 쾌청! 하기 구름 한 점
없이 우주적이다. 배 타보기 십여 년 만에 나는 바다라기보다 바
다의 계곡지대인 다도해 남단 코스를 화통 옆에서 밟아 들어간
다. 바다는 잔잔하기 이른 아침 조심스럽던 가죽나무 잎 알만치
떨며 열려 나갈 뿐이다." (〈통영 1〉 연재 8, 1950. 5. 26.)

정지용과 정종여는 부산에서 다도해를 거쳐 통영과 진주 쪽으로 행선
지를 잡았다. 이들은 통영에서 청마 유치환과 어울렸다. 청마는 이런 말
을 남겼다. 정지용 일행은 청마의 집에서 일주일 남짓 저녁마다 모여 술
판을 벌여놓고 즐거운 시간을 가졌다는 것(〈예지를 잃은 슬픔〉, 1963). 시인
과 화가의 술잔치, 증거물이 남아 있다. 현재 거제의 유치환기념관은 희
귀한 작품을 소장하고 있다. 바로 〈모란이 피기까지는〉, 눈길을 끈다.
정지용은 김영랑의 시 〈모란이 피기까지는〉을 친필로 쓰고, 정종여는

그림을 그렸다. 머리 부분에는 '청마 형'에게 기증한다고 표기했고, 말미에는 '경인庚寅 5월' '청령장蜻蛉莊에서 그린다'고 밝혔다.

　정지용은 유치환에게 기념 시화를 선네주년서, 하필이닌 사작시나 청마시가 아닌 김영랑의 시를 선택했을까. 흥미로운 부분이다. 김영랑의 고향은 전남 강진, 통영 바다와 남해안으로 연결되는 지리적 공통점이 있다. 그럼에도 불구하고 두 시인은 자신들의 시가 아닌 선배의 시를 선택하여 지필묵을 들었다는 점, 예사스럽지 않다. 유치환기념관에는 〈파초입하芭蕉立夏〉라는 묵화를 가지고 있다. 이 그림은 정종여의 파초 그림으로 '청마 댁'에서 '경인 5월'에 그린 것이다. 역시 청마를 위해 제작한 즉흥 작품으로 청계의 그림에 지용의 제題를 가지고 있다. 구김살 없이 활달한 필치로 그려낸 파초, 이는 정지용, 유치환, 정종여, 3인의 우정을 시사하는 것 같다.

전쟁과 도중 하차 그리고 정종여

　정지용과 정종여의 남해 기행 연재는 부산 5회, 통영 6회, 그리고 진주 5회를 발표하고 중단되었다. 마지막 연재인 6월 26일 자는 그림 없이 글만 발표되었다. 여기에는 나름대로 사연이 있다. 당시 정종여는 부산에서 전시를 개최하고 있었다. 전시장을 지키고 있던 정종여는 일시 상경했다. 하나밖에 없는 아들의 생일을 맞아 축하해 주기 위해서였다. 6월 25일의 일이었다. 전쟁은 화가의 발목을 잡았고, 결국 9.28 서울 수복까지 칩거해야 했다. 그러던 어느 날. 화가 이건영이 인민군 2명과 함께 청계의 집을 찾았다. '잠깐 나가자'라는 이건영의 말에 평상복 차림의 정종여는 이들에 이끌려 집을 나갔다. 그리고 영영 귀가하지 못했다. 부산 전시가 끝나면 피아노를 사주겠다는 딸과의 약속도 깨졌다.

정종여의 이름은 월북화가 명단에 올랐다. '도중하차'였다. 화가의 외아들 정상진鄭尙鎭은 강조했다. 아버지는 월북이 아니라 납북이었다(『충청일보』, 1988, 10, 29). 이건영은 청전 이상범의 아들, 청전은 네 아들에게 '영웅호걸'의 돌림자를 주었으니 건영은 큰아들이었다. 청전 문하에서 그림공부를 했던 정종여, 스승의 아들인 동료화가의 이끌림에 의해 정종여의 운명은 달라졌다.

미망인은 아들 보고 '너 때문에 아버지가 납치되었다'라는 원망어린 푸념도 했다. 아들 생일 축하차 전시중인 부산에서 상경했기 때문이었다. 하지만 '납치'가 어디 아들 때문이었겠는가. 정종여는 득남하게 되자 기쁨의 표현으로 기념비적 대작 〈독수리〉(6곡 병풍)를 그렸다(1948). 소나무 위에 앉아 있는 거대한 독수리, 핍진할 정도의 사실적 묘사에 의한 걸작이었다. 아마 하늘의 제왕인 독수리처럼 아들이 성장하기를 바란 화가의 심정을 그렇게 표현한 것 같다.

뒤에 이 그림은 서예가 김기승 집에 맡겨졌다. 전쟁으로 인한 피난길에 김기승은 정종여 가족에게 가정상비약 상자를 챙겨줄 정도로 가까운 사이였다. 월북자 가정, 전쟁 이후의 청계 가족은 글자 그대로 고난의 세월을 보내야 했다. 1988년 월북 예술가 해금조치가 있기 전에는 더욱 그랬다. 어려웠던 시절, 화가의 아들 부부는 김기승을 찾았다. 문제의 〈독수리〉를 되찾기 위해서였다. 하지만 김기승의 반응은 싸늘했다. 해금 기념 정종여 회고전(1989)에 〈독수리〉는 출품되지 않았다. 청계의 득남기념 걸작은 김기승에 의해 연세대로 기증되었다. (『김기승 기증작품 도록』, 연세대 박물관 발행, 1991). 연세대의 상징은 독수리, 게다가 정종여 아들의 모교 역시 연세대였다. 화가의 아들 정상진은 유전공학을 전공했고, 청주대 교수를 지냈다(63세 별세).

정종여, 〈독수리〉, 1948

2014년은 정종여 탄생 100주년의 해이자, 그의 작고 30주년을 맞는 해였다. 이를 기념하기 위한 전시 하나 마련하지 못한 한국 미술계의 상황이었다. 과연 그래도 되는가. 청계 정종여는 지필묵의 삼총사로 이응노, 김기창과 더불어 화단의 이단아였다. 이상범, 변관식 등 이른바 6대가 이후 새로운 화풍의 대가급 화가였다. 절친했던 운보 김기창은 이렇게 증언했다.

"청계는 당시 동양화가들이 주로 남화를 그리고 있을 때, 남화와 북화를 혼합한 듯한 독특한 그림을 그렸다. 그의 작품은 산수, 화조, 인물, 불화 등 다양했으며, 서예에도 일가견이 있었다. 특히 그는 이야기하면서도 쉬지 않고 스케치를 할 정도로 열심히 그림을 그렸다." (『청계 정종여 도록』 신세계미술관, 1989)

정종여(우)와 고유섭(중)

김기창과 정종여의 우정은 남달랐다. 해방 직후 운보의 결혼식 사진을 보면 청계가 들러리로 이들 결혼을 축하했음을 알 수 있다. 김기창과 박래현 부부화가의 결혼 뒤에는 정종여의 역할도 적지 않았다는 전언도 내려온다. 젊은 시절의 운보와 청계는 개성 여행도 함께 했는데, 당시 이들은 개성박물관을 방문했다. 박물관에서 고유섭 관장과 만나 기념촬영도 함께했다. 이 같은 사실은 획기적인 일이다. 일제 식민지 시대에 유일하게 미학과 미술사를 전공했던 선구자, 우현 고유섭과 신예 화가들과의 회동 사실은 주목을 요한다. 나는 이 사진을 청계 유족의 앨범에서 발견하고 경악한 바 있다. 운보는 월북 이후의 청계 가족을 보살피면서 화우와의 우정을 잊지 않았다. 청계의 미망인이 회갑을 맞자 기념 축화를 보냈는가 하면, 생활이 어려울 때면 팔아 쓰라고 그림을 보내기도 했다. 운보의 인간미를 헤아리게 하는 부분이지 않을 수 없다.

정종여의 회화세계는 무엇보다 묘사력 등 기초가 탄탄하다는 특징을 지니고 있다. 이는 서예에 집중하면서 필력을 길렀기 때문이었고, 여타의 채묵화가와 달리 정통 미술학교 출신이라는 점을 주목하게 한다. 게다가 김기창도 증언했듯 정종여는 쉴 새 없이 꾸준하게 스케치를 하면서 자신의 예술세계를 구축했다. 현재 유족이 보관하고 있는 스케치 약

280점은 이 점을 입증한다. 정종여는 법고창신法古創新의 화가로 전통과 창작의 조화를 이루었다. 채색에 의한 정통 초상화와 불교회화로부터 수묵 산수화에 이르기까지 장르의 다양성을 보인 화가였다. 그는 춘향전과 같은 고전의 조형화 작업에도 일가를 보였지만 보통 사람의 일상 생활 현장을 중시여기기도 했다. 한마디로 정종여는 대가형 작가였다. 그동안 분단과 월북이라는 사실이 이 점을 방기하게 했을 뿐이었다(윤범모, 〈청계 정종여의 예술세계〉, 『국립현대미술관 자료집』, 2014).

정지용의 서정시와 젊은 시절의 고뇌

"넓은 벌 동쪽 끝으로 옛이야기 지즐대는 실개천이 휘돌아나가고, 얼룩백이 황소가 해설피 금빛 게으른 울음 우는 곳, 그곳이 차마 꿈엔들 잊힐리야."

국민 애창곡 〈향수〉의 머리 부분이다. 이 노래만 듣고 있어도 고향 생각이 저절로 난다. 아, 나에게도 고향이 있었구나. 고향! 어느 누가 이렇듯 예쁜 시를 썼을까. 바로 정지용이다. 충북 옥천에 가면 정지용문학관이 있어 그의 체취를 느낄 수 있다. 새삼스럽게 정지용에 대하여 설명할 필요가 있을까. 다만 근래 일본 유학시절의 정지용 초기시가 대거 발굴되어 눈길을 끌고 있다.

채플린을 흉내 내
엉덩이를 흔들며 걷는다
모두가 와르르 웃었다
나도 웃음을 터뜨렸다
얼마 가지 않아

엉덩이가 허전해졌다
채플린은 싫어!
화려한 춤이야말로
슬픈 체념
채플린이 될 수도 있다고 생각했다

희극배우 채플린의 흉내, 하지만 화려한 춤은 슬픈 체념, 젊은 시절 정지용의 내면세계를 일러주는 것 같다. 〈채플린 흉내〉를 비롯 새로 발굴된 일본시절의 작품은 15편이고 더 추가될 가능성이 있다. 서정시인으로 가기 이전의 모색기, 정지용은 이러저러한 다양한 고뇌 속에서 창작의 세계를 달구었다. 발굴된 산문 〈센티멘털한 독백〉 가운데 〈일본의 이불은 무겁다〉는 흥미롭다(『한겨레신문』, 2014. 7. 28).

"어울리지 않는 기모노를 입고 서툰 일본어를 지껄이는 내가 참을 수 없이 외롭다.… 조선의 하늘은 언제나 쾌청하고 아름답다. 조선의 아이들 마음도 당연히 쾌청하고 아름답다. 걸핏하면 흐리기 쉬운 이 마음이 저주스럽다. 추방민의 씨앗이기에 잡초와 같은 튼튼한 뿌리를 가져야 한다. 어디에 심어도 아름다운 조선풍의 꽃을 피워내야 한다."

오, 멋지다. 정말 섬나라인 일본은 쾌청한 날씨가 한반도에 비하여 적다. 아름다운 자연환경은 그 속에서 사는 사람들도 아름답게 한다. 일본의 풍경화와 조선의 풍경화가 달라야 하는 조건이다. 추방민 시인은 일본에서 살면서, 그것도 서툰 일본어를 지껄여야 하는 시인으로서, 흐려

정지용 글, 정종여 그림, 시화, 1950년경

지는 마음이 저주스러운 것이다. 하지만 어느 곳에 뿌리를 내리더라도 잡초처럼 아름다운 조선풍의 꽃을 피워야 한다는 각오, 정말, 멋지다. 젊은 정지용의 각오, 이와 같은 각오가 있었기에 뒤에 서정시로 일가를 이룰 수 있었을 것이다. 음지를 모르는 사람이 어떻게 양지를 제대로 알까. 구름의 존재는 태양의 존재를 새롭게 각인시킨다.

1950년 6월, 시인 정지용과 화가 정종여는 남해 여행을 했다. 이들은 신문에 화문기행을 연재하면서, 또 부산에서 전시를 개최했다. 연재 도중, 아니, 전시회 도중, 6.25 전쟁의 발발은 이들의 꿈을 뿌리째 앗아갔다. 무슨 운명인가. 전쟁은 이들로 하여금 월북 예술가 명단에 끼게 했고, 그동안 이들의 예술가적 행적은 묻혀야만 했다. 특히 화가 정종여의 예술세계는 망각의 늪에서 헤어나지 못하는 안타까움을 안고 있어야 했

다. 정지용과 정종여의 우정을 생각하면서, 여기 정지용의 육성을 인용
하는 것으로 마무리하고자 한다.

"편벽된 관찰이 아닐지 모르겠으나, 같은 레콤 음악을 듣는데
도 문인이 화가보담 둔재바리가 많다. 이유가 어디 있을까? 화가
는 입문 당초부터 미美의 모방이었고 미의 연습이었고 미의 추구
요 제작인 것이 원인일 것이니 따라서 생활이 불행히 미 중심에
서 어그러질지라도 미美에 가까워지려는 초조한 행자行者이었던
것이요 순수한 제작에 손이 익은 것이다. 한 가지에 능한 사람은
다른 부문에 들어서도 비교적 수월한 것이니, 화畫에 문文을 겸한
다는 것이 심히 자연스런 여력餘力이 아닐 수 없다.

운동의 요체를 파악한 선수는 보통 야구 축구 농구쯤은 겸할
수 있음과 다를 게 없다. 문인인 자 반드시 반성할 만한 것이 그대
들은 미적美的 연금煉金에 있어서 화가에 미치지 못하고 지적智的 참
모參謀에 있어서 장교를 따르지 못하는 어중간에 쩔쩔매는 촌놈
이 대다수다. 하물며 주량酒量에 인색하고 책을 펴매 줄이 올바로
나리지 못하고 붓을 들어 치부致富 글씨도 되지 못하고도 하필 만
만한 해방된 언문 한자가 그대들을 얻어걸린 것인가. 시니 소설
이니 평론이니 하는 그대들의 '현실'과 '역사적 필연'의 사업에 애
초부터 '미술'이 결핍되었던 것이니, 온갖 문학적 기구를 짊어지
고도 오즉 한 개의 '미술'을 은혜 받지 못한 불행한 처지에서 문학
은 그대들이 까맣게 쳐다볼 상급의 것이 아닐 수 없다. 문학은 '미
술'을 발등상으로 밟고도 그 위에 다시 우월한 까닭에!" (〈시선후詩
選後〉, 『문장』, 1939. 10.)

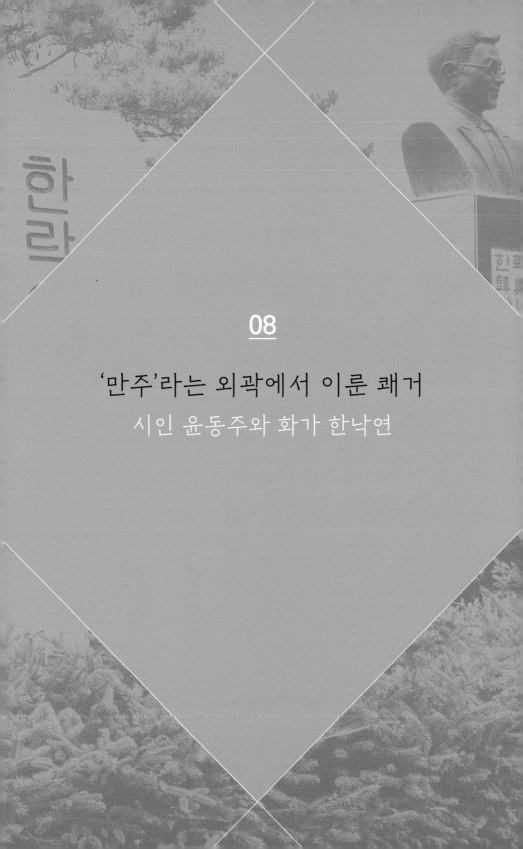

08

'만주'라는 외곽에서 이룬 쾌거
시인 윤동주와 화가 한낙연

저항시인 윤동주와 만주 용정

죽는 날까지 하늘을 우러러
한 점 부끄럼이 없기를
잎새에 이는 바람에도
나는 괴로워했다

별을 노래하는 마음으로
모든 죽어가는 것을 사랑해야지
그리고 나한테 주어진 길을
걸어가야겠다

오늘밤에도 별이 바람에 스치운다

(윤동주, 〈서시〉, 1941)

대한민국 보통 시민이라면 윤동주의 〈서시〉 정도는 알고 있을 것이다. 아니, 애송시 목록의 하나로 꼽고 있을지 모른다. 그만큼 국민적 사랑을 받고 있는 윤동주, 사후에 출판된 그의 유일한 시집 『하늘과 바람과 별과 시』의 머리에 수록된 시, 그것이 바로 〈서시〉이다.

"윤동주 시인의 이 〈서시〉 한 편만이라도 우리는 그의 시적 재질에 대해 탄복하지 않을 수 없을 것이다. 백여 년에 한 번씩이나 나올 수 있겠는가 할 정도로 높이 평가받는 이 명시는 세인이 공인하는 바요, 그의 기타 시들은 시의 화단에 영원히 피어 있을 꽃이 될 이 〈서시〉로 말하면 꽃잎으로 여겨져야 할 것이다. 다른 말로 바꾼다면 이 〈서시〉의 진실을 지켜주는 시들이라 하겠다. … 윤동주 시인의 시들에는 밤하늘의 정경과 함께 별, 바람이라는 시어가 아주 많다. 연변지역의 밤하늘, 특히는 가을의 밤하늘에서 뭇별들이 쏟아져 내리는 듯한 그 야경을 보지 못하고는 윤동주가 읊조린 하늘이요 별들에 대해 이해하기 힘들 것이다. 바람에 대해서도 역시 마찬가지이다. 겨울의 달밤은 그처럼 맑고 은은하며 동지섣달 휘몰아치는 삭풍의 매운 맛은 뼈를 에는듯한데 이러한 것들을 경험해 보아야 달과 바람이라는 참뜻을 감지할 수 있을 것이다." (김성호, 〈민족시인 윤동주 님을 기리며〉, 『하늘과 바람과 별과 시』, 흑룡강조선민족출판사, 2002)

조선족 자치주가 있는 중국 연변지역에서 윤동주의 평가는 바로 '중국 조선족 문학의 선구자'이다. 다만 중국 조선족 시인이라고 '뒤늦게 떠드는 것은 어찌 보면 형세에 뒤떨어진 진부한 사고방식의 표현'일 정도이다. 윤동주에 대한 현지에서의 평가는 이렇다.

"시집 『하늘과 바람과 별과 시』에서 시인 윤동주는 간악한 일제 통치를 저주하고 비운에 모대기는 겨레를 개탄하면서 민족에 대한 자아반성과 참회의식, 굳은 민족의 지조와 순절정신, 미래에 대한 열렬한 동경, 속절없이 솟는 향토애, 사랑하던 이에 대한 끝없는 추억 등 광범위한 생활내용을 다각적으로 다룬 금싸라기보다 더 귀중한 옥고들로서 전반 시편의 밑바닥에 전일적으로 일관

되고 있는 것은 민족에 대한 불같은 사랑이다." (전광하, 〈윤동주-암흑속의 시성〉, 앞의 윤동주 시집, 흑룡강조선민족출판사)

　'저항시인 윤동주는 명동촌이 낳은 아들이요, 명동촌에서 솟은 밝은 별이다.' 윤동주의 생가가 있는 용정의 명동촌에 가보자. 생가 입구의 대문 옆에 세운 직사각형 화강암 표지석, 거기에 "중국 조선족 애국시인 윤동주 생가故居", 이렇게 표기되어 있다. 윤동주를 '조선족 애국시인'이라 표기하여 논란이 많았다는, 바로 그 표지석이다. 그렇다면 윤동주는 중국 국적의 조선족이었던가. 현재의 중국 당국은 윤동주를 '조선족'으로 표기하여 특화 시키는 것을 좋아하지 않는다. 물론 동북삼성 지역의 많고도 많은 항일 관련 기념관(혹은 박물관)에 가면, 일제시대의 '조선인'은 한반도의 출신지역으로 표기하고, 중국 정권 수립 이후의 중국 거주 '조선인'은 '조선족'이라고 표기하고 있다. 연변의 조선족자치주라는 공식 명칭도 그와 같은 맥락의 하나이다. 물론 현지의 '조선족'은 윤동주를 '조선족'에서 이제 '세계인'으로 평가하고자 한다. 윤동주의 고향 용정은 윤동주에 대한 추앙의 마음으로 가득하다. 우선 윤동주 생가를 찾아가 본다. 〈윤동주 생가 옛터〉라는 안내판은 다음과 같다.

　"시인 윤동주 생가는 1900년경에 그의 조부 윤하현 선생이 지은 10칸과 곳간이 달린 조선족 전통 구조로 된 집이었다. 윤동주는 1917년 12월 30일 이 집에서 태어났다. 1932년 4월 윤동주가 은진중학교로 진학하게 되자 그의 조부는 솔가하여 룡정으로 이사하고 이 집은 매도되어 다른 사람이 살다가 1981년 허물어졌다. 1993년 4월 명동촌은 그 력사적 의의와 유래를 고려하여 룡정시

　　정부에서 관광점으로 지정하였다. 이에 지신향 정부와 룡정시 문
　　련은 연변대학 조선연구중심의 주선으로 사단법인 해외한민족
　　연구소의 지원을 받고 국내외 여러 인사들의 정성에 힘입어 1994
　　년 8월 력사적 유물로서 윤동주 생가를 복원하였다. 1994년 8월
　　29일 룡정시 지신향 인민정부 룡정시 문학예술계련합회"

　윤동주 생가는 하나의 성역처럼 정리되어 있다. 드넓은 마당에 5칸
기와집이 있고, 그 내부는 작은 기념관처럼 꾸며 놓았다. 초가 마을에
서 기와집이라는 존재는 이색적이지 않을 수 없다. 윤동주 가문의 경제
력을 짐작하게 한다. 특히 생가 내부에는 시인 서거 70주기 추모 제단
이 차려져 있어, 방문객의 심금을 잔잔하게 울리게 하고 있다. 물론 생
가 마당에는 시인의 대표작 시들을 새긴 조형물들이 놓여 있다. 한글과
한문으로 된 시, 생가는 시림詩林이기에 충분했다. 시비詩碑들 사이에 사

윤동주 생가, 중국 옌볜 조선족 자치주 룽징시 명동촌

윤동주 기념관, 중국 옌볜 조선족 자치주 룽징시 용정중학교

각모를 쓴 대학생 차림 시인의 반신 부조와 〈서시〉가 새겨져 있어, 마치 실물을 대하는 듯 분위기를 자아내고 있다. 이렇듯 외진 동네에서 한국문학의 거장이 탄생했다니, 이는 놀라운 일이지 않을 수 없다. 만주라하면, 일제 침략에 따른 암흑기에 고향을 등지고 이주한 동포들의 새로운 터전이지 않았던가.

용정시내에 '대성중학교 옛 터'가 남아 있다. 윤동주의 모교로 이 건물은 연변조선족자치주 중점 문화재 보호단위로 지정되어 있다. 이 건물은 '룡정중학 력사전시관'으로 활용하고 있는바, 용정의 꽃이기도 하다. 전시실의 〈머리말〉에 다음과 같은 기록이 있다.

"20세기 초부터 룡정을 중심으로 설립된 연변지역의 조선족 사립학교들은 이주민들에게 근대교육을 실시하는 한편 항일투사를 육성하는데 주력함으로서 민족해방운동의 구심점이 되었다.

애국애족의 민족교육을 통해 항일민족 의식을 키운 항일투사들과 이주민들은 민족해방을 위해 적극적으로 항일투쟁에 가담하였고, 중국내 기타 민족들과 함께 광복의 그날까시 시속적인 항일무장투쟁을 전개하였다. 광복전 룡정은 연변지역의 민족문화교육의 발상지였으며, 반일민족해방운동의 책원지였다. 수많은 항일투사들은 민족의 해방을 위하여 교귀한 생명을 바쳤다. 광복전 룡정에 건립된 대성, 은진, 동흥, 광명, 명신녀고와 광명녀고 등 6소중학은 바로 민족의 수난기에 창립된 력사가 유구하고 항일의 우량한 전통을 갖고 있는 학교들이였다. 력사의 변천과 함께 이 6소중학은 합병되어 길림성립 룡정중학으로 되었다. 이 전시관을 통하여 연변의 력사를 펼쳐보면 연변조선족은 불굴의 항일투쟁정신과 근로 용감하고 슬기로운 우수한 품성을 지닌 민족임을 알 수 있다. 따라서 이 전시관은 우리 민족 후대들에게 향토애, 민족애, 조국애를 키워주는 훌륭한 교육기지로 될 것이다."

용정중학의 윤동주 기념관 진열실. '저항시인 윤동주'의 전시품들은 주로 사진 판넬이었지만, 윤동주 관련 자료를 일목요연하게 정리하여 학습효과를 높여주고 있다. 전시실은 붉은 저고리와 남색 치마를 입은 안내원 아가씨의 독특한 연변 사투리가 이국정서를 건드리기도 한다. 용정중학 건물 입구에 화강암으로 새긴 윤동주의 흉상이 있다. '별의 시인 윤동주(The Poet of Star Yoon Dong Zhu)'라고 표기되어 있고, 〈서시〉 등 시비詩碑도 있다. 용정중학 주차장은 한국인을 태운 대형 관광버스가 쉴 사이 없이 출입하고 있다. 이는 윤동주 체취가 연변지역 방문의 핵심임을 의미한다. 윤동주, 그는 오늘날 한국인의 가슴 속 깊이 살아있다.

　　연희전문학교 졸업을 앞둔 윤동주는 1941년 11월에 3편의 시를 창작했다. 그것은 〈별 헤는 밤〉(11월 5일), 〈서시〉(11월 20일), 〈간肝〉(11월 29일)이다. 그러니까 윤동주는 서울생활의 마무리 단계에서, 대학 교정을 떠나면서, 불후의 명편 3점을 제작한 바, 그 가운데 하나가 〈서시〉였다. 문제는 〈서시〉와 더불어 태어난 〈간〉을 주목해야 한다는 연구서가 있어 눈길을 끈다. 〈서시〉가 자존의식을 지키려는 속죄양 의식으로서 희생정신의 표현이라면, 〈간〉은 조선의 주권을 빼앗은 일제를 징벌 대상으로 한 저항의식의 내용이라는 것이다.

　　　바닷가 햇빛 바른 바위 우에
　　　습한 간肝을 펴서 말리우자

　　　코카사쓰 산중에서 도망해 온 토끼처럼
　　　둘러리를 빙빙 돌며 간을 지키자

　　　내가 오래 기르든 여윈 독수리야!
　　　와서 뜯어먹어라, 시름없이

　　　너는 살지고
　　　나는 여위어야지. 그러나

　　　거북이야!
　　　다시는 용궁의 유혹에 안떨어진다

푸로메디어쓰 불상한 푸로메디어쓰
불 도적한 죄로 목에 맷돌을 달고
끝없이 침전하는 푸로메디어쓰

　윤동주의 〈간〉은 문단에서 오랫동안 오독誤讀했기 때문에 진의가 제대로 전달되지 않았다는 주장이다. 이 시는 프로메테우스 신화의 수용과 〈토끼전〉과 〈수궁가〉 같은 조선 후기 이야기를 통하여 일제에의 저항정신을 표현했다는 것이다.

> "의인의 상징인 '프로메테우스'와 악인의 상징인 '푸로메디어쓰와 푸로메드어쓰'에 대한 오해를 검증하고 해결하는 방안으로, 『신약성서』에 등장하는 어린이를 실족시킨 자에 대한 강력한 징벌의 비유를 근거로 하여 '푸로메디어쓰와 푸로메드어쓰'를 악인의 상징으로 형상한 것이고, 이는 일제에 대한 풍자를 위한 작가의 의도적 인물 창조하는 사실을 입증하였다. 또 그리스 신화의 주역인 '프로메테우스'를 사칭한 일제를 악인의 상징인 '푸로메디어쓰와 푸로메드어쓰'로 작명은 일제가 조선인들에게 강요한 창씨 개명에 대해 풍자한 것으로 보았다." (설성경, 『윤동주의 간肝에 형성된 '푸로메드어쓰' 연구』 새문사, 2013)

　윤동주는 〈서시〉를 쓸 무렵 또 다른 걸작 〈간〉을 썼다는 사실, 흥미롭지 않을 수 없다. '저항 시인'이라는 수식어를 작품으로 구체적 입증시킬 수 있어 더욱 그렇다. 하지만 시인은 1943년 7월 교토에서 형사에게 체포되었고, 결국 후쿠오카 형무소에서 옥사했다. 1945년 2월 16일

오전 3시 36분, 윤동주의 나이 불과 27년 2개월, 너무 아까운 요절이었다. 시인은 운명의 마지막 순간에 외마디 소리를 질렀다고, 일본인 간수가 전했다. 윤동주의 외마디, 그것은 시사하는 바 적지 않다(박용일 편저, 『고향으로부터 윤동주를 찾아서』, 흑룡강 조선민족출판사, 2007). 일제의 만행은 문학사를 바꿀 시인을 요절이라는 비극으로 마감시켰다. 참으로 안타깝고 안타까운 일이었다. 오래전 나는 후쿠오카 형무소를 방문한 바, 예전의 모습은 모두 사라졌음을 확인했다. 역사 지우기, 정말 무서운 일이었다.

용정 출신 화가 한낙연과 낙연공원

길림성 용정은 시인 윤동주 이외 화가 한낙연의 고향이기도 하다. 국내에서 윤동주의 명성만큼 대중적 인지도는 낮을지 몰라도 한낙연이라는 존재를 외면할 수 없다. 무엇보다 용정은 시내 복판에 공식적으로 '낙연樂然 공원'을 개설하여 한낙연을 기리고 있기 때문이다. 중국 당국의 입장에서는 윤동주보다 한낙연을 더 높게 평가하려 할 것이다. 윤동주는 '한글로 시를 쓴 조선인'이었지만, 한낙연은 중국 현대사의 물결과 동행한 '인민 예술가'이자, '중국 공산당 동북지구 창시자'로 맹활약을 했기 때문이다. 그래서 윤동주보다 한낙연 관련 기념에 '공식적 예우'의 높이를 더 짐작하게 한다.

우선 '낙연 공원'부터 산책하기로 하자. 공원 부근에 해란강이 흐르고 있다. 아, 해란강! 그렇다면, 일송정으로 유명한 〈선구자〉 노래의 공간이지 않은가. 사실 낙연공원에서 일송정이 있는 산 정상이 보이기도 한다. 선구자, 선구자의 이름 가운데 하나로 한낙연을 꼽을 수 있다. 바로 용정 시내의 낙연공원에서 말이다.

공원 입구는 화강암의 '낙연 공원' 표지석이 있다. 공원의 공식명칭으

로 '조선족'의 이름을 내세우면서
기리는 일, 매우 이례적이지 않을
수 없다. 중국의 공식 기념관의 경
우, 외국인으로 하얼빈에 있는 안중
근기념관 그리고 중국 군가를 작곡
한 정율성기념관이 있다. 이들은 항
일운동 관련 주인공이다. 기념관의
경우와 다르지만, 한낙연은 공원 형
식으로 기리고 있다. 그 공원 한가
운데 '낙연정樂然亭'이라 명명한 우
람한 3층 팔각지붕의 정자가 있다.

〈한낙연 흉상〉

물론 정자 앞에는 한낙연의 모습을 새긴 조형물이 서 있다. 넥타이를 맨
양복차림으로, 안경 쓰고 살프시 웃고 있는 모습이다. 흉상의 주인공 이
름은 '한락연/韓樂然/HAN LE RAN/1898~1947', 이렇게 표기되어 있
다. 한글 이름을 앞세웠고, 한자 이름은 뒤에 두었다. 조형물 옆에 한낙
연을 소개하는 안내문이 한글과 한문으로 병기되어 있는 바, 그 내용은
다음과 같다.

"한락연(1898~1947), 원명은 광우 길림성 연길현(현 룡정시) 사람. 걸
출한 조선족 정치활동가이고 인민예술가로서 〈중국의 피카소〉로
불리우고 있다. 1923년에 중국 공산당에 가입한 최초의 조선족 당
원이며 동북 조기 건당 령도인의 한 사람이다. 그는 전통문화와
예술을 회화와 고고문화를 일체화한 대량의 촬영과 회화작품들
을 창작했다. 1947년 7월에 비행기 사고로 조난당했다. 새 중국이

성립된 후 혁명렬사로 추앙받았다. 중공룡정시위원회/ 룡정시 인
민정부/ 2010년 9월 22일 세움"

한낙연의 원명은 광우光宇이다. 그는 중국 공산당의 최초 조선족 당원
黨員이었고, 동북 조기早期의 건당建黨 영도자이자 혁명열사였다. 특히 화
가로서 그는 '중국의 피카소'라고 불릴 정도로 재능을 발휘했다. 연변
소설가 김혁은 그의 『한락연 이야기』(2013)라는 청소년용 전기에서, 한
낙연을 인민예술가, 정치활동가, 반反 파쇼 투사, 중국 공산당 동북지구
초기 창시자, 조선족을 대표하는 세계적 예술가 등으로 요약했다. 이렇
듯 훌륭한 '조선족' 화가가 존재했었다니, 그저 놀라울 따름이다.

한낙연은 1930년대 후반 프랑스 유학을 했고, 1940년대는 서역에서
문화유산을 조사 정리하는 사업에 열중했다. 고비사막 즉 만리장성의
서쪽 끝자락이 있는 가욕관 부근에서 비행기 사고로 급서하기까지, 그
의 인생은 역동의 중심에서 일렁거렸다. 49세의 단명, 그는 200여 점의
유작을 남겼고, 이는 유족에 의해 중국 국가에 기증되었다. 이들 유작은
서울 예술의 전당 미술관과 덕수궁미술관에서 공개 전시된 바 있다.

내가 한낙연이란 이름을 처음 안 것은 놀랍게도 타클라마칸 사막에
위치한 키질 석굴에서였다. 타클라마칸, '한번 들어가면 나올 수 없는
곳', 이런 뜻의 사막, 정말 오지 중의 오지가 아닌가. 북에는 천산天山산
맥이 있고, 남에는 곤륜崑崙산맥이 있어, 만년설을 안고 있다. 이 만년설
이 녹아 오아시스를 이루니 쿠차 역시 오아시스 도시이다. 사막과 만년
설의 히말라야에 미쳐 있을 때, 즉 내가 실크로드 여행의 전문가가 되어
'오지'에 꽂혀 있을 때, 그 오지에서 한낙연을 만났다니, 놀라운 일이지
않을 수 없다. 일찍이 한낙연은 키질 석굴을 조사했고, 또 그와 같은 사

연을 동굴 속에 기록으로 남겨놓았다.

그렇다면 키질 석굴이란 무엇인가. 타클라마칸 사막의 서쪽 자락 즉 신강성의 고도古都 쿠차에서 65km 떨어진 지역의 무잘트渭干강 왼쪽의 망우타거明屋達格 산 중턱에 있다. 히말라야 서쪽 파밀 고원의 카라코룸 하이웨이와 연결되는 고대 실크로드. 즉 남쪽의 카쉬 카르와 호탄에 이어 북상하면 트루판의 고창왕국과 이어지는 사막의 왕국. 인도 문화의 중국 전래의 길목이다. 키질 석굴 역시 초기의 중국 석굴 가운데 하나이다. 현장 스님의 『대당서역기』에 의하면, 7세기 전반의 쿠차는 1백 개 이상의 사원과 5천 명 이상의 승려들이 거주했다고 기록했다. 또한 신라의 혜초 스님 저서 『왕오천축국전』에 의하면, 쿠차 불교의 특징은 대승불교라기보다 소승불교라 했다.

타클라마칸 사막 지역은 석굴사원의 보고寶庫여서 14개 지역에 8백 군데의 석굴이 있었다. 키질 석굴은 천불동이라고 불리는 것처럼 다수의 석굴을 지니고 있는바, 현재 236개의 석굴이 발견되었고, 그 숫자는 늘어날 전망이다. 이 가운데 벽화가 있는 석굴 75개, 이들은 3~9세기 사이에 조성된 것이다. 화풍상 서역 기법이 돋보인다. 수당시대의 전성기 6~7세기의 그림들, 황홀하다. 여기 석굴의 10호굴에 한낙연의 제자題字가 있다.

한낙연은 1940년대 후반, 즉 교통편조차 어려웠던 시기에 사막을 가로질러 와 오지의 석굴을 본격 조사했다. 그는 키질 석굴의 각 굴마다 번호를 부여하면서, 석굴을 조사 정리하면서, 역사적 의의를 되새김질했다. 물론 그는 화가였기 때문에 석굴 관련 내용을 비롯하여 서역지역의 풍물을 화면에 담았다. 때문에 한낙연 회화 작품의 특징은 소재부터 이색적이었고, 이는 일반인의 상상을 뛰어넘는 '저 너머'의 무엇이었다.

처음 내가 키질 석굴을 방문했을 때, 정말 한적했고, 정비조차 제대
로 되어 있지 않았다. 그후 몇 년 뒤에 다시 가니 키질 석굴은 관광지
로 바뀌어 어수선해졌고, 석굴 입구에 이 지역 출신 구마라습鳩摩羅什
(Kumarajiva, 344~413년)의 조형물도 건립되어 있었다. 구마라습, 그는 현
장玄奘, 구라나다拘羅那陀와 더불어 중국 3대 역경승譯經僧으로 꼽히고 있
다. 물론 그는 쿠차龜玆 출신으로 천축 출신 부친과 쿠차 왕국의 공주 출
신 모친 사이에 태어나 7세에 출가했다.

그는 40대에 장안으로 가 70세 입적 때까지 국사國師로서 역경사업과
더불어 5천여 명의 제자를 양성했다. 그는 장안 생활 10년간 경전 35
부 294권을 번역했고, 『유마힐경維摩詰經』 번역 때는 1만 2천 명의 번역
가가 공동 참여했다. 그의 번역 문장은 쉽고도 정확한 것으로 유명하다.
키질석굴, 이와 같은 키질석굴의 초기 조사 연구자로 한낙연의 이름을
올릴 수 있다는 역사적 사실, 흐뭇하지 않을 수 없다.

만주의 용정 출신 한낙연, 그리고 윤동주, 이들은 서로 존재감을 알지
못했을 것이다. 하지만 현재 용정은 이들 역사적 거장을 기리는 조형물
로 이색공간을 연출하고 있다. 만주라는 외곽에서 이룩한 쾌거, 만주는
결코 먼 곳에만 존재한다고 불 수 없게 한다. 만주의 용정, 거기에 가면
오늘도 시인 윤동주와 화가 한낙연의 빛나는 숨결을 공유하게 한다.

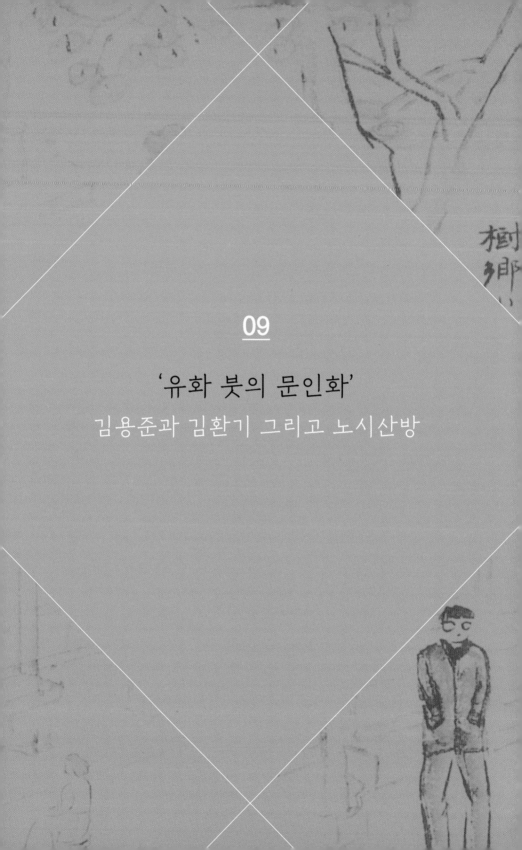

09

'유화 붓의 문인화'

김용준과 김환기 그리고 노시산방

성북동의 노시산방 이야기

노시산방老柿山房, 무슨 택호宅號가 늙은 감나무 집일까. 집안 마당에 70~80년쯤 늙은 감나무 두세 그루가 있는 집. 늦은 봄이면 푸른 잎이 돋고, 여름이면 시꺼멓게 그늘 만들어 주는 감나무, 그런 나무가 있는 집. 집주인은 생각한다. 감나무가 주인을 위해 사는 것이 아니라 주인이 감나무를 위해 사는 형편이라고. 이쯤 되면 감나무 예찬의 주석은 더 이상 필요하지 않을 것 같다. 사람의 집이라기보다 감나무의 집, 거기 주인은 감나무를 모시고 산다. 그래서 집 이름을 노시산방이라 했다. 늙은 감나무이니 고시古柿라고 불러야 한다고 친지가 권했지만, 주인은 젊은 나이임에도 불구하고 노경老境의 경지를 좋아하기에 노시산방이라고 명명했다. 노자老子의 '늙을 노'라는 글자도 연상하면서. 하지만 노시산방으로 이사하기를 결정하자 부인은 무주구천동 같이 외진 곳이라면서 반대했다. 그래도 주인은 부인을 설득한 바, 그 배경에는 역시 감나무 때문이었다.

"무슨 화초 무슨 수목이 좋지 않은 것이 있으리요마는 유독 내가 감나무를 사랑하게 되는 것은 그놈의 모습이 아무런 조화가 없는데도 불구하고 고풍스러워 보이는 때문이다. 나무껍질이 부드럽고 원초적인 것도 한 특징이요, 잎이 원활하고 점잖은 것도 한 특징이며, 꽃이 초롱같이 예쁜 것이며, 가지마다 좋은 열매가 맺는 것과, 단풍이 구수하게 드는 것과, 낙엽이 애상적으로 지는 것과, 여름에는 그늘이 그에 덮을 나위 없고, 겨울에는 까막까치로 하여금 시흥詩興을 돋우게 하는 것이며, 그야말로 화조花朝와 월석月夕에 감나무가 끼어서 풍류를 돋우지 않는 곳이 없으니, 어느

편으로 보아도 고풍스러워 운치 있는 나무는 아마도 감나무가 제
일일까 한다."

　감나무 예찬이 이 정도면 충분히 택호를 노시산방이라고 지을만하
겠다. 노시산방! 당시의 주소, 경기도 고양군 숭인면 성북리 65-2. 아
하, 김광섭 시인의 『성북동 비둘기』의 현장 성북동, 거기도 예전에는 경
기도였구나. 하기야 감나무 집주인이 살 때만 해도 뒤뜰에 꿩이랑 늑대
가 내려올 정도라고 했으니, 깊은 산골이었음에 틀림없다. 서세옥 화가
의 증언에 의하면, 노시산방이 있는 동네 고양군 성북동은 삼선교까지
의 개울이 일품이었는데 바닥이 전부 노들바위여서 층층이 폭포를 이루
며 흘러갔다. 특히 노시산방 문 앞에도 개울물이 흘렀는데 징검다리를
건너야 대문 안으로 들어갈 수 있었다. 삼선교와 성북동 길에는 수백 년
된 소나무와 전나무가 서 있는 아름다운 풍경을 이루었다. 운치 하나만
은 일품이었지만 눈이 오나 비가 오나 이 길을 걸어 다녀야 했던 거주자
들의 고생은 말이 아니었을 것이다.

노시산방 주인 김용준

　노시산방 주인, 그의 이름은 근원近園 김용준金瑢俊(1904~1967)이다. 화
가, 미술평론가, 미술사학자, 수필가, 교육자 등등, 근원을 어떻게 성격
지우는 것이 좋을까. 경북 선산 출생, 도쿄미술학교 서양화과 졸업, 귀
국 이후 중앙고보와 보성고보 등에서 미술교사 생활, 해방 이후 서울대
미술학부 동양화과 교수, 동국대 사학과 교수, 6.25 전쟁 이후 월북, 평
양미술대학 교수, 조선미술가동맹 조선화분과 위원장, 과학원 고고학연
구소 연구원 등 역임. 김용준의 저서는 남한사회에서 장기간 스테디셀

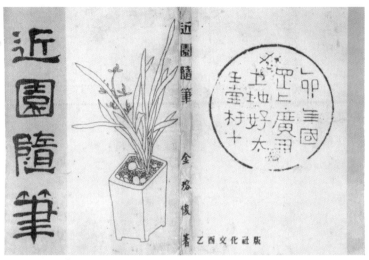

김용준 수필집, 『근원수필』, 1948

러인 『근원수필』(1948)을 비롯 『조선미술대요』(1949), 『고구려 고분벽화
연구』(1958) 등이 있다.

　김용준은 원래 유화가로 미술계에 입문을 했으나 전통적 수묵화가로
전향했다. 김용준의 사회적 성격을 규명하는데 이 점은 주요한 핵심어
이다. 서구적 어법인 유화 세계를 버리고 수묵에 의한 문인화 세계에의
진입, 그것도 일제 식민지 치하에서 펼쳐진 족적이어서 시사하는 바 적
지 않다. 하지만 김용준을 본격 화가라고 보기에는 약점이 없는 것은 아
니다. 다루는 매체가 동·서양 어느 것이라 해도 작업량이 많지 않기 때
문이다. 김용준은 화가라는 직업으로 생애의 승부를 걸었다고 볼 수 없
게 한다. 오히려 그는 작품제작보다 문필활동에 더 주력했고, 사실 업
적도 이 분야에서 찾는 것이 더 빠르다. 그것의 실체는 『근원 김용준 전
집』(총6권, 열화당 발행)으로 확인할 수 있다.

　미술비평가 김용준, 그의 논리 전개는 무엇보다 편차가 심하다는 점

을 지적하게 한다. 1920년대 후반 프롤레타리아 예술론을 주장하면서 현실의식을 강조하던 그는 이내 전통론으로 회귀하면서 거속론去俗論을 거쳐 신문인화론으로 전향했다. 김용준의 초기 미술론, 그것은 화가 투사론鬪士論 즉 화가는 투사가 되어야 한다는 주장, 더불어 동적動的 예술가여야 한다고 강조했다. 그는 부르주아 예술론을 비판하고 혁명예술운동을 전개해야 한다고 주장했다. 부르주아 예술은 방탕한 향락과 자기도취로 인하여 아편과 같은 존재라고 비판했다. 이렇듯 프롤레타리아 예술론을 주장한 김용준은 불과 몇 개월 뒤 자신의 이론을 뒤엎는 글을 발표했다. 곧 프롤레타리아 예술을 비판하기 시작하면서, 마르크시즘은 인간, 예술, 도덕, 종교 등 아무 것도 없고 다만 최대의 권력자와 허수아비 경제만 남는다고 주장했다(1928). 그의 거속론은 조선미론에서 구체적으로 부상되었다.

> "고담枯淡한 맛, 그렇다. 조선인의 예술에는 무엇보다 먼저 고담한 멋이 숨어 있다. 동양의 가장 큰 대륙을 뒤로 끼고, 남은 삼면이 모두 바다뿐인 이 반도의 백성들은 그들의 예술이 대륙적이 아닐 것은 물론이다. 대륙적이 아닌 데는 호방한 기개는 찾을 수 없다. 웅장한 화면을 바랄 수는 없다. 호방한 기개와 웅장한 화면이 없는 대신에 가장 반도적인, 신비적이라 할 만큼 청아한 맛이 숨어 있는 것이다. 이 소규모의 깨끗한 맛이 진실로 속이지 못할 조선의 마음이 아닌가 한다." (김용준, 〈회화로 나타나는 향토색의 음미〉, 1936)

김용준의 조선미론은 한마디로 고담미론枯淡美論이다. 고담이라는 용어는 사전식으로 풀이하면, 속되지 않고 아취가 있다는 뜻이다. 문제는 이 같은 고담미는 야나기 무네요시柳宗悅의 조선 비애미론悲哀美論과 상통한다는 점이다. 조선의 미적 특징을 슬픔의 미로 파악한 야나기의 주장, 이를 수용한 미론이 고담미론이지 않을까. 고담은 곧 거속去俗 즉 현실부재의 논리와 상통한다. 프롤레타리아 예술을 주장하던 김용준의 미론이 도달한 궁극적인 세계, 그것은 현실의식의 배제에 따른 복고취미였다. 그래서 김용준은 유화 붓을 버리고 지필묵으로 문인 세계로 진입할 수밖에 없었다. 문인화에서 최고 덕목으로 치는 품격品格 그것은 곧 거속의 세계였고, 은사隱士의 현장부재 정신과 맥락을 같이 했다. 이른바 '근원 그룹'의 멤버로 화가의 경우는 수화 김환기를 들 수 있고, 문인으로 소설가 이태준을 들 수 있다. 이들의 신문인화론 입장은 근원의 논리와 함께한다. 표현하는 방식만 달랐지 지향하는 세계는 상통했다.

노시산방의 승계자 김환기

김용준의 〈노시산방기記〉에 의하면, 5년 전에 이사하여 이제 기묘년(1939)이 되었다고 했다. 그러니까 김용준은 1934년경 노시산방에서 살기 시작했을 것이다. 그는 29세인 1933년 부모를 모두 여의고, 보성고보 미술교사로 취직하여 1938년까지 근무했다. 거처인 성북동과 직장인 혜화동은 지근거리로 노시산방에 정착한 이유를 이해하게 한다. 그는 노시산방에서 살면서 화가 활동을 적극적으로 펼쳤고, 이태준 등 문학가와 친분을 두텁게 했다. 하지만 김용준의 노시산방 시절은 오래 가지 않았다. 김용준 만 40세(1940), 노시산방을 수화 김환기에 넘기고 그는 경기도 의정부 반야초당半野草堂으로 이사했다.

"좋은 친구 수화樹話에게 노시산방을 맡긴 나는 그에게 화초들을 잘 가꾸어 달라는 부탁을 하고 의정부에 새로 마련한 삼간두옥三間斗屋에 두 다리를 쭉 뻗고 누웠다. 한 채 있던 십마서 팔아먹고 이렇다는 직업도 없이 훨훨 날 것처럼 자유스러운 마음으로 천석고황泉石膏肓이 되어서 자고 먹고 하다 보니 기껏해야 고인古人의 글이나 뒤적거리는 것이 나의 일과일 수밖에 없었다." (육장후기)

"서울로 올라온 뒤로 한 번은 노시산방의 새 주인 수화를 만났더니 그의 말이 '노시산방을 사만 원에 팔라는 작자가 생기고 보니' 나에게 대해 '대단히 미안한 생각이 난다'는 것이다. 그리고 그 후로 수화는 가끔 나에게 돈도 쓰라고 집어 주고 그가 사랑하는 좋은 골동품도 갖다주고 하는 것이다. … 인생이란 세상에 태어날 때 털올 하나 가지고 온 것이 없다. 우리가 세상을 떠날 때도 털올 하나 가지고 갈 수는 없다. 물욕物慾의 허망함이 이러하다. 많은 친구를 사귀어 보고 여러 가지 일을 같이 경영해 보았으나 의리나 우정이나 사교란 것이 어느 것 하나 이욕利慾의 앞에서 배신을 당해보지 않은 것이 없다. 순수하다는 것을 정신의 결합에서밖에는 찾을 길이 없다. 이 정신의 결합을 가능하게 하는 것은 오직 종교의 세계와 예술의 세계에서 뿐이다. 수화는 예술에 사는 사람이다. 예술에서 산다는 간판을 건 사람이 아니요, 예술을 먹고 예술을 입고 예술 속에로 뚫고 들어가는 사람이다." (육장후기)

김용준은 〈키다리 수화 김환기 론〉에서 '항아리에 미친 사람' 김환기에 대하여 이렇게 말했다. 우선 김환기의 키는 6척 5촌의 키다리인데 자신은 겨우 5척 7촌이고, 체중도 김환기는 29관이 넘는데 자신은 고작 14관 정도, 그러니까 외모는 비교 대상이 아니라는 것. 하기야 김환기는 뉴욕의 거리를 걸을 때, 백인보다도 우뚝 솟을 정도로 키가 큰 거구였다. 김용준이 열네 살이나 연장이면서도 가깝게 지낸 사이, 하지만 김환기는 근원을 보고 늙은이翁 취급을 해 화나게 했다.

> "키가 커서 돈 안 내고 경마구경을 할 수 있어 부럽고 구수한 항아리 그림에 제법 풍류를 싣고 있는 것이 부럽고 문인이 아니면서 일류문인 뺨치게 유려한 산문을 쓰는 것이 부럽고 나처럼 음불과삼사배飮不過三四盃나 취하면 명랑하게 떠들어 대는 호기가 있어 무척 부러운 수화이면서 단 한 가지 그가 키 값을 하느라고 그러는지 멀쩡한 청춘을 보고 '근원옹近園翁이' 어쩌고 하는 것만은 공대가 지나쳐 화가 벌컥 날 지경이다."〈『주간 서울』 1949. 10. 17., 이 글은 『김용준 전집』에 누락된 자료이다〉

정해년丁亥年 불탄절에 김용준은 김환기의 집에 놀러 갔다. 거기서 김용준은 〈수화 소노인 가부좌상樹話少老人跏趺坐像〉(1947)이라는 제목의 김환기 전신 초상화를 그렸다. 즉석 휘호, 키다리 김환기의 앉아있는 모습, 경쾌하게 묘사되어 있다. 나는 이 그림을 1980년대 뉴욕의 김향안 아파트에서 본 적이 있다. 그날따라 향안 여사는 두루마리 족자 그림을 펼치면서 '근원 그림'이라고 했다. 당시만 해도 월북화가에 대해서는 내놓고 언급할 수 없는 때여서 이 같은 새 자료를 보고 놀라지 않을 수 없었다. 지금이야 이 그림은 환기미술관 등에서 대중 공개되어 별다른 긴장감을 주지 않는다. 기념비적 작품이라 한다면, 근원의 또 다른 작품

김용준, 〈수향산방 전경〉, 1944

〈수향산방樹鄕山房 전경全景〉(1944)을 주목하게 한다. 이 작품은 선묘線描
중심의 집 마당에 서 있는 수화와 앉아 있는 향안 그리고 나무와 괴석
등이 있는 뜰을 그린 것이다. 수화와 향안의 집이라는 뜻의 수향산방,
근원은 작정하고 수화 향안 부부와 산방의 앞뜰을 그렸다. 추억어린 장
면이지 않을 수 없다.

　김용준과 김환기의 공통점, 이들은 화가이면서 문장력을 과시한 재사
才士였다. 그러면서 이들은 단행본과 잡지 등의 표지화와 삽화를 잘 그
렸고 문인 친구들도 적지 않았다. 문인과의 교유는 이들 화가의 세계를
폭넓게 하는 데 기여했다. 김용준이 표지화를 제작한 책들, 정지용 시집
『지용시선』(1946), 이태준의 『무서록無序錄』(1941), 박목월, 조지훈, 박두
진의 『청록집』(1941) 그리고 자신의 수필집 『근원 수필』(1948) 등이 있다.
김환기의 표지화 작업은 김동인의 『발가락이 닮았다』(1948), 이헌구의

이태준, 『무서록』, 장정_김용준, 박문서관,
1941

『문화와 자유』(1952) 등이 있
다. 하지만 김용준의 잡지 표
지화 『문장』을 주목하게 한다.
『문장』파 문인 그리고 근원과
수화와의 관계, 이들은 당대
문화예술계를 풍미하면서 하
나의 유파를 형성했다. 특히
김환기의 '유화 붓의 문인화'
는 김용준의 전통주의와 맥락
을 같이하는 바, 김환기의 유
화 작품은 이런 점을 헤아리게
한다. 김환기의 백자, 매화, 보
름달 등 단골소재, 이는 김용
준식 문인화 소재와 유사하다. 그러니까 김환기는 김용준 논리에 공감
했고, 결국 자신의 회화작품으로까지 연결했을 것이다. 이 부분은 매우
흥미롭다.

『문장』파 문인들 그리고 이태준

　　(도쿄 유학시절) "와세다에서 하숙 생활을 하던 이태준 군이 있었다.
이 군은 그때 나와 친교를 맺은지 오래되지는 않았으나 피차에 취미
상으로 일맥상통하는 점이 있어 거의 날마다 내왕이 있었다. … 당시
우리들의, 우리하면 어폐가 있을지 모르나, 경향은 어떠하였느냐 하
면, 그때 한참 휩쓸던 소시얼리즘의 사조에는 비교적 냉정하였다. 그

와 정반대라면 반대의 유미적唯美的 사상, 악마주의적 사상, 혹은 니체의 초인적인 사상, 또는 체호프와 같은 적막한 인생관을 토대로 한 사상 등을 동경하는 일종의 파르나시앵『高踏派』들이었다. 태준 군은 그때부터 안톤 체호프, 투르게네프 등을 읽고 나에게 체호프의 단편을 읽기를 권하기도 하였다. 나는 뭉크, 비어즐리 같은 사람의 그림을 몹시 좋아하여 그들에 관한 전기, 평론 등을 읽으려고 애를 썼고, 보들레르, 말라르메, 베르하렌 등의 시집을 탐독하고, 일본의 요절한 천재 무라야마 카이타村山槐多, 세키네 마사오關根正雄 두 사람의 그림과 글들을 찾으러 간다神田 헌책집을 매일같이 쏘다녔다."〈백치사와 백귀제〉)

성북동 간송미술관 동네, 여기의 입구에 노시산방이 있었고, 또 이태준의 고택古宅 수연산방이 있었다. 이태준 집은 현재 한옥 카페로 일반 공개하고 있다. 이태준의 대표작은 〈달밤〉〈돌다리〉 장편소설『황진이』등이 있다. 소설가 이태준, 사실 그는 미술평론가였다. 그는 1930년『매일신보』신

수연산방 앞에서 이태준

춘문예 미술평론 부분에서 〈조선 화단의 회고와 전망〉이라는 평문이 당
선되어 미술평단에 등단했다. 그 무렵 이태준은 녹향회나 서화협전 등
전시평을 발표했다. 이태준은 예술에 있어 국경의 존재를 분명하게 각
인했고, 같은 맥락에서 조선주의를 강조했다. 즉 이 땅에서는 서양화보
다 동양화를, 그것도 동양화의 본질인 정신주의에 입각하여 사군자 등
을 주목해야 한다고 주장했다. 동양화는 선禪이 근간이라며 정신성을
강조한 것, 이는 한마디로 축약한다면 조선주의 미술론이라 할 수 있다.
이태준의 조선주의 미술론과 김용준의 조선 향토색론은 맥락을 같이 하
면서 정신주의로의 회귀임을 보여준다. 다만 전통주의는 지필묵을 중시
여겼고, 이는 심미주의의 근원과도 연계되는 논리였다.

이태준은 문학잡지 『문장』의 대표 작가, 그러니까 『문장』의 표지화를

이태준, 『황진이』, 1938

즐겨 그린 김용준은 이
태준과 더불어 『문장』파
의 거목으로 꼽게 한다.
여기에 김환기도 동참하
게 되니, 결국 성북동 노
시산방의 앞뒤 주인 사
이였고, 이태준은 동네
주민이었다. 그러나 신
기하게도 6.25전쟁 시대
에 프롤레타리아 예술과
적대적 입장을 취하고
있었던 김용준과 이태준
은 월북했고, 김환기는

김용준 표지화, 『문장』, 창간호, 1939   김용준 표지화, 『문장』 제1권 제10호, 1939

서울에 남았다. 국립서울종합대학안(국대안) 파동 당시(1946~47) 미술대 교수로 사표를 낸 경우는 김용준과 김환기 그리고 길진섭이었다. 김용준과 길진섭은 월북했고, 이 과정에서 이태준의 역할이 컸던 것으로 알려졌다. 아무튼 김용준과 이태준은 동갑의 절친한 사이이다. 이들은 일본유학시절 급속도 가깝게 되었음은 앞에서 설명한 바와 같다.

분단과 전쟁은 이들 '동지들' 사이를 갈라놓았는 바, 평양에서의 화가 김용준 존재는 그렇게 높게 평가받지 못한 것 같다. 나는 평양 여행 당시 현지에서 김용준에의 대우를 확인하고 내심 놀라기도 했다. 무엇보다 김용준 작품은 미술관 상설 전시장에 걸려 있지 않았다. 수묵 위주의 문인화를 주장했던 김용준의 처지로 보면 채색 중심의 조선화 사회에서 입지가 좁을 수밖에 없었나 보다. 물론 오늘날 평양화단에서 월북화가의 존재감은 높은 편이라고 볼 수 없다.

후일담 하나, 김용준 자살설. 김정일의 전처 성혜림의 언니 성혜랑이 쓴 것으로 알려진 수기 『등나무 집』(2000). 여기에 김용준의 최후에 대하여 언급되어 있어 눈길을 끈다. 신문에 게재된 김일성 사진은 각별하게 보관해야 하는 데, 김용준은 신문을 폐지로 버렸다는 것. 하여 당으로부터의 문책이 두려워 김용준은 자살을 선택했다는 이야기다. 쉽게 믿어지지 않는 자살설이다. 한 월북화가의 불행한 최후를 연상케 하여 마음이 불편해지는 이야기다.

노시산방, 김용준과 김환기, 이들의 뜨거운 우정과 예술, 새삼 싱그럽게 다가온다. 요즘처럼 각박한 세상의 인심에서 이들의 관계는 결코 퇴색되지 않을 미담일 것 같다. 하지만 격동기의 한계, 이는 분명하게 짚고 넘어가야할 부분, 이것까지 간과할 수는 없으리라.

10

"예술에는 노래가
담아져야 할 것 같소"

김환기, 시정신의 조형적 변주

유화 붓을 든 문인 화가

변동림 아니 김향안은 수화樹話 김환기와 운명적으로 만났다. 당시 김
환기는 '조혼, 이혼, 딸 삼형제'를 둔 '곡절' 많은 남자였다. '전실 소생
이 있는 데는 개가 하는 게 아니다'라는 집안의 만류를 극복하고 김향안
은 1944년 김환기와 결혼식을 올렸다. 화가 고희동의 주례에 사회는 정
지용과 길진섭이 맡았다. 신접살림은 성북동 노시산방老枾山房에서 펼쳤
다. 원래 노시산방은 『근원수필』로 유명한 화가 김용준의 거처였다. 김
용준은 유화가였지만 전통회화에 경도하여 신문인화 운동을 펼쳤다.

특히 그는 이태준 등의 『문장』 잡지를 중심으로 많은 문학가와 교류
하면서 격조 높은 수묵화를 즐겨 그렸다. 김환기 예술세계의 기저에
김용준과의 친연성을 읽게 한다. 김환기는 노시산방을 조선백자로 가
득 채웠다. 달항아리를 비롯 도자기의 세계는 김환기의 벗이자 스승이
었다. 유화 붓을 든 문인화가라 해도 그렇게 틀린 표현은 아닐 것이다.
김환기는 스스로 김홍도나 신윤복 보다 백자를 스승으로 삼아 배웠다
고 실토한 바 있다. 백자는 김환기 고향으로 가는 길목의 이정표이기
도 했다.

성북동에서 살며 김환기는 자연과 보다 가깝게 지냈다. 주위의 친지
들에게도 성북동에서 살기를 권했다. 당시만 해도 성북동은 교통이 불
편한 서울의 '근교'였다. 뒤에 시인 김광섭의 절창 『성북동 비둘기』에
의해 노래된 현장이기도 했다. 성북동과 김환기는 보통의 사이가 아니
었다. "수화도 가고, 이산(김광섭)도 가고 비둘기는 이제 산도 잃고 사람
도 잃었다. 아마 '어디서 무엇이 되어 다시 만나랴' 하시던 수화와 이산
은 저승에서 다시 만났을 것이다"(조요한). 정말 그랬을 것이다. 『성북동
비둘기』를 낳게 한 현장 성북동, 김환기는 그 속에서 살면서 김광섭의

시처럼 자신의 예술과 인생을 일구어 갔다.

　김환기는 문인과 교유하면서 숱한 문학 도서의 표지화를 담당했다. 지난 1993년 환기미술관에서 개최한 〈장정과 삽화〉 전시에 소개한 김환기의 표지화만 해도 70여 점에 이르렀다. 목포에서 발행되었던 『시정신』을 비롯 『문예』 그리고 창간호부터의 『현대문학』과 같은 잡지는 물론 서정주, 김광섭, 조병화, 정비

김환기 표지화, 『현대문학』

석, 황순원, 최정희, 김동리 등 친한 문인들의 저서 표지를 맡았다. 조병화의 표현처럼, 김환기는 호인이라서 누가 청하면 거절하지 않고 표지 그림을 그려 주었다. 많은 문인들은 김환기의 그림으로 자신의 창작집 얼굴로 삼기를 즐겨 했다.

청색에 펼쳐진 시정신

　평생 김환기가 좋아했던 색깔은 파랑, 파랑은 김환기의 회화적 보루였다. 피에르 쿠르티옹은 김환기 예술세계에 대하여 다음과 같이 평한 바 있다.

　　"김환기는 그의 아틀리에에서 청색의 조화 속에서 그림을 그린다. 우리에게 보여준 이젤 위의 작품도 청색이다. 사면의 벽도 청

색이며 도자기 항아리도 청색이다. 모든 것이 청색인 것이다. 그리하여 김환기의 양식은 정묘하게 전조轉調된 면과 함께 장식적이자 동시에 그것으로 그치지 않는 하나의 독창성을 지니게 된다. 그는 깊이에로 스스로를 열고 있는 것이다."

김환기는 이렇듯 청색 천지에서 자신의 조형언어를 엮어냈다. 여기서 한국인의 색채관념에 대한 일단을 생각해 보기로 하자. 한국인은 백색 숭상 민족이란 말이 있다. 즉 한국인이 가장 좋아하는 색깔은 흰색이란 것. 하지만 이 같은 표현방식에는 문제가 있다. 조선왕조 시대의 유물이라 할까. 일반 백성은 일상생활의 현장에서 색채를 사용할 수 없었다. 민가는 단청을 칠할 수 없었다. 원색의 옷감은 관복이나 가능했다. 그래서 남은 색이 백색이었다. 바로 유교문화의 정신과 맞닿아 있다. 한마디로 말해서 현재 한국인이 가장 좋아하는 색깔은 백색이 아니다.

예전에 국립현대미술관에서 한국인의 색채 선호도 조사를 실시한 바 있다. 그 결과 한국인이 가장 좋아하는 색깔은 놀랍게도 파랑이었다. 특히 바닷가 사람들은 예외 없이 파란색을 좋아한다고 답변했다. 하기야 짐작 못할 것도 없다. 어려서부터 본 색깔이, 조석으로 본 색깔이 파랑의 세계였기 때문이다. 하늘 파랗고, 바다 파랗고, 그리고 산 파랗다. 파랑 속에서 평생을 살아가다 보니 가장 익숙한 색깔이 파랑이 될 것은 당연한 일.

김환기는 목포 앞 바다의 기좌도라는 섬 출신이다. 그는 한마디로 파란색 없으면 그림 못 그리는 화가, 파란색을 너무 사랑한 화가였다. 이 대목에서 지구촌의 세계인이 가장 좋아하는 색깔 이름까지 확인해 보자. 사실 어느 민족이 어떤 색깔을 좋아하는지 알아야 상품 수출이라도 제대로 할 것 아닌가. 일본은 지구촌 각 민족의 색채 선호도 조사를 실시했다. 사막 지방으로 수출하는 가전제품이나 자동차를 빨간색으로 칠할 수는 없는 노릇, 지역에 따른 혹은 민족에 따른 기호색은 다를 수밖에 없다. 아무튼 세계인이 가장 좋아하는 색은 역시 놀랍게도 파랑이었다. 현재 한국인이 가장 좋아

김환기, 〈어디서 무엇이 되어 다시 만나랴〉, 1970, 개인 소장, ⓒ(재)환기재단·환기미술관

하는 색깔 파랑은 세계인 가장 좋아하는 보편적인 색채였다.

  한국어의 특징 가운데 하나로 형용사의 발달을 들 수 있다. 특히 색채 표현에 있어 그야말로 세계적 수준의 다채로운 어휘력을 과시한다. 노란색의 경우, 노르스름에서부터 누리끼리까지 외국어로 거의 번역이 불가능할 정도로 화려하다. 그런데 한국어의 색채 용어 가운데 이해할 수 없는 함정이 하나 있다. 바로 그린과 블루에 해당하는 순수 한국어가 구별되지 않는다는 점이다. 블루나 그린이나 모두 파랑이기 때문이다. 블루를 청색이라고 하는 것처럼 그린을 녹색이라 한다. 청색이나 녹색은 모두 한자漢字 단어이다. 청색을 파랑이라 한다면, 녹색에 해당하는 순수 한국어는 무엇인가. 답변이 궁색해진다. 그린의 순수 한국어 단어가

없다? 왜 그럴까. 교차로에서 신호등을 보고, 파란 불이니 건너가자, 이런 말을 자주 듣는다. 하지만 신호등의 색깔은 파란색이 아니고 녹색이다. 녹색을 보고 그냥 파란색이라고 넓게 표현하는 언어습관을 보여주는 사례이다.

한국 미술품으로 세계적인 자랑거리 가운데 하나가 바로 고려청자이다. 사실 자기磁器는 요즘으로 치면 최첨단 IT 산업이나 다를 바 없는 고급 기술이었다. 유럽에서 그렇게 생산해 보려고 아우성을 쳐도 불가능했던 것이 바로 자기 생산이었다. 우리는 고려의 12, 13세기에 국제 수준의 자기를 생산하는 손에 꼽히는 나라였다. 중국에서 들여 온 기술이었지만 상감기법 등 한 차원 업그레이드해 세계 정상급의 자기 생산 기술을 자랑했다.

도기陶器는 1,200도 미만에서 굽는다. 그 이상으로 열을 가하면 그릇이 주저앉게 된다. 그래서 보통의 도기는 1,000도 안팎에서 굽는다. 하지만 자기는 1,300도 정도에서 굽는다. 그래야 흙이 유리처럼 투명하고도 맑게 구워진다. 자기는 소성 온도 뿐만 아니라 흙의 성분부터 다르다. 도기의 흙은 도토陶土 즉 진흙이지만 자기의 흙은 자토磁土라는 돌가루다. 서양에서 오랫동안 자기를 만들 수 없었던 것은 바로 이 자토의 비밀을 찾아내지 못했기 때문이다. 그러니 1709년 독일의 마이센 가마에서 자기 만드는 기술을 처음으로 성공시켰을 때, 그 기쁨은 하늘을 찌를 정도였다. 유럽에서 종이 사용의 속도도 굼뱅이 길을 걸었듯, 자기의 길도 이렇듯 더뎠던 것이다. 마이센 가는 길은 그만큼 험하고도 험한 길이었다. 일찍 자기를 만들 줄 알았던 코리안, 그 긍지만큼은 세계 어느 무대에서 뽐내도 결코 부끄러운 일이 아니라고 본다.

여기서 우리는 청자라는 용어에 대하여 생각해 본다. 고려청자의 특색 가운데 하나가 곧 비색이라고 일컬어지듯 유약의 색깔에도 있다. 쉽게 청자라고 부르고 있지만, 고려청자는 정녕 청색인가. 우리가 보는 고려청자는 한마디로 말해 청색이 아니고 녹색이라고 해야 맞는다. 그러니까 청자青磁라기보다 녹자綠磁라고 불러야 타당하다는 지적이다. 따지고 보면 중국의 청자도 사실은 녹자이다. 언젠가부터 우리는 녹색을 이렇듯 청색으로 통칭하여 부르는 습관을 갖게 되었다. 빨강과 파랑의 두가지 색깔로 색채의 모든 것을 포용했듯이, 단청丹靑이란 단어가 여기에 해당한다.

김환기는 섬 출신, 파랑의 세계에서 자신의 세계관을 구축한 경우의 작가이다. 그는 파리를 거쳐 1963년 뉴욕에 도착했다. 거기서 그는 종신수처럼 작업에 몰두했다. 여태껏 좋아하던 소재들, 산, 달, 구름, 매화, 소나무, 여인, 사슴, 새, 이들은 서정시의 소재와 다름 아니었다. 바둑판과 같은 도시의 맨해튼에서 김환기는 새로운 세계를 만났다. 1970년의 서울, 당시 미술계는 경악, 그 자체였다. 관전官展인 국전의 전횡 시대에 민전民展의 가능성을 안고 출범한 한국미술대상전, 그 첫 번째 대상 작품을 공개했기 때문이다.

대상 작가는 심사위원장을 해도 부족함이 없을 인기 작가 김환기였다. 대학교수에 미술단체 대표까지 역임했고, 뉴욕에서 체류 중인 화가가 공모전에 무명작가와 함께 응모를 했다니, 놀라운 일이지 않을 수 없었다. 하지만 더욱 놀라게 한 것은 바로 작품 내용이었다. 〈어디서 무엇이 되어 다시 만나랴〉라는 제목의 이 작품은 화면을 온통 파란색으로 무수한 점을 찍은 파격, 바로 파격의 작품이었다. 김환기의 〈어디서 무엇이 되어 다시 만나랴〉는 바로 김광섭 시인의 〈저녁에〉라는 시에서 비롯되었다. 문제의 시는 이렇다.

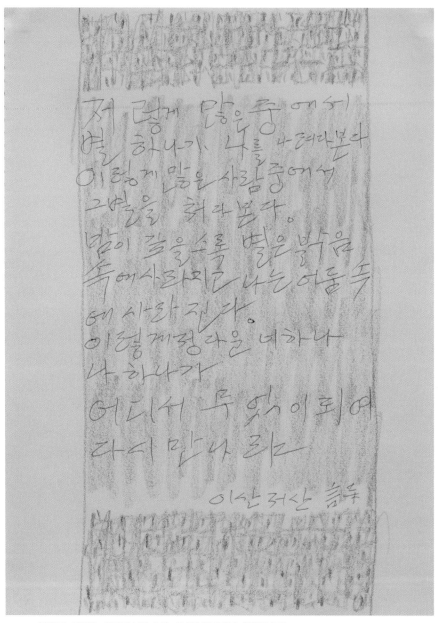

김환기, 〈변환〉, 환기미술관 소장, ⓒ(재)환기재단·환기미술관

저렇게 많은 중에서
별 하나가 나를 내려다본다
이렇게 많은 사람 중에서
그 별 하나를 쳐다본다

밤이 깊을수록
별은 밝음 속에 사라지고
나는 어둠 속에 사라진다

이렇게 정다운
너 하나 나 하나는
어디서 무엇이 되어
다시 만나랴

〈저녁에〉의 발견은 놀라운 사건과 같다. 이렇게 아름다운 서정시를
화면으로 옮겨 대작을 만들 수 있다니! 이는 일찍부터 시화일률의 정신
을 실천하고 있었던 김환기의 성품이었기에 가능했을 것이다. 〈어디서
무엇이 되어 다시 만나랴〉는 무엇보다 기조색이 청색이라는 단일구조
에 의해 성립되었다는 측면을 고려하게 한다. 그 파랑은 하늘일 수도 있
고 바다일 수도 있고, 아니 작가의 푸른 심상일 수도 있다. 분명한 것
은 작가가 밤하늘의 별을 생각하며 숱한 점을 찍어나갔다는 사실이다.
그 별은 언젠가 다시 만날 존재, 현재 서로 쳐다보며 쌍립해 있는 우주
속의 절대 자아自我이리라. 밤하늘 아래서 별을 바라보는 인간은 어느
덧 별이 되어 천상과 지상을 오고간다. 나는 별이 되고 별은 내가 되는

주객일여主客一如의 경지가 새롭게 펼쳐지는 것이다. 김환기의 작품세계 바탕에는 시정신이 스며있다. 김광섭의 시작품이 회화작품으로 변주된 것은 문인정신을 생활화한 작가의 자연스러운 현상이기도 했다. 파리 시절 김환기는 편지에서 다음과 같은 구절을 남기었다.

> "파리에 와서 정말 바쁘기만 하오. 하루 10시간에서 15시간을 일을 하고 있소. 그러잖고는 당해 낼 수가 없구려. 그러기에 친구들께 편지도 못 쓰고 말공부도 못 하고 있소. 내 예술은 하나 변해지지가 않았소. 여전히 항아리를 그리고 있는데 이러다가 종생 항아리 귀신만 될 것 같소. 여기 와서 느낀 것은 시정신詩精神이오. 예술에는 노래가 담아져야 할 것 같소. 거장들의 작품에는 모두가 강력한 노래가 있구려. 지금까지 내가 부르던 노래가 무엇이었다는 것을 나는 여기 와서 구체적으로 알아진 것 같소. 밝은 태양을 파리에 와서 알아진 셈." (파리통신, 1957)

파리에서 김환기가 새삼스럽게 깨달은 내용은 시정신이었다. 그것도 거장들의 작품 속에 노래가 있다는 사실, 운율의 의의를 주목했던 것이다. 그러면서 그 같은 운율은 항아리에 담고자 애를 썼다. 파리까지 가서도 변하지 않은 항아리, 아니 변할까 봐 미술관이나 화랑조차 제대로 다니지 않으면서 붙들고 있었던 항아리(정신), 그것은 바로 시의 정신이었다. 이 같은 항아리는 뉴욕으로 자리를 옮겨 무수한 점으로 바뀌었다. 밤하늘의 별, 별, 별. 캔버스 위의 무수한 점, 점, 점. 어디서 무엇이 되어 다시 만나랴.

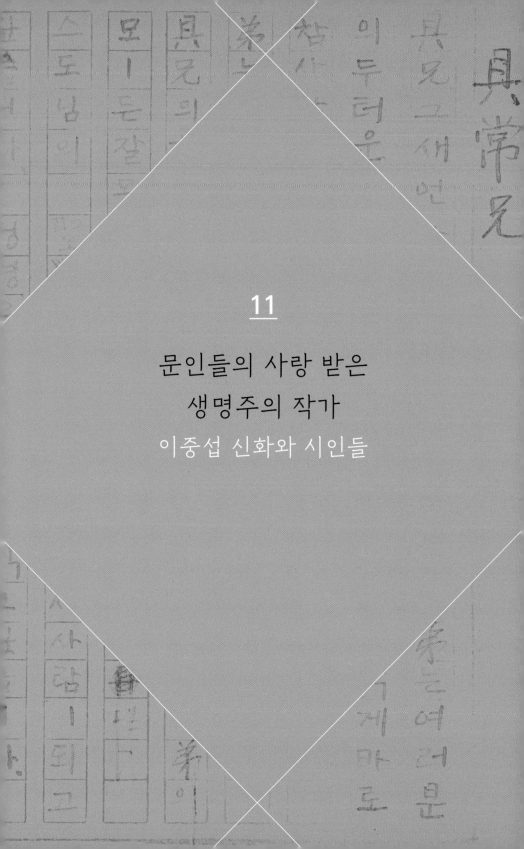

11

문인들의 사랑 받은
생명주의 작가
이중섭 신화와 시인들

왜 이중섭은 국민화가인가

한국 미술시장의 3대 거장이라는 말이 있다. 간단하게 표현하여 '빅
3', 아니 더욱 실감 나게 하는 말로 '보증 수표'. 미술시장에서 보증수표
역할을 하는 작가들, 이들은 투자가치의 대상으로도 관심을 끌고 있다.
바로 박수근, 이중섭, 김환기, 3인이다.

김환기와 이응노는 뉴욕과 파리라는 국제무대에서 활동을 한 대가형
작가에 속한다. 여기서 대가 형이라 함은 무엇보다 다량의 작업량과 더
불어 예술세계와 화풍의 다양성을 바탕에 깔고 있음을 의미한다. 하지
만 박수근과 이중섭의 경우는 좀 다르다. 무엇보다 남아 있는 작품의 숫
자가 적고, 또 화풍조차 비교적 단조로운 편이다. 이들 작가는 6.25 전
쟁 당시 피난민 신분으로 월남했기 때문에 무엇보다 작업 환경이 좋지
않았다. 전쟁은 월남 화가로 하여금 궁핍한 세월을 보내게 했다. 그러니
어떻게 다량의 작품을 남길 수 있겠는가. 작업 내용뿐만 아니라 열악한
환경은 이들의 수명조차 일찍 마감하게 했다. 국내 미술시장이 형성되
기 시작한 것은 1970년대 중반, 하지만 당시 이들 화가는 이미 이승을
떠났기 때문에 경제적 혜택과도 무관했다. 이런저런 의미로 이중섭과
박수근이라는 이름 속에는 불행이라는 그늘이 있다.

한국 미술시장의 형성에 첫 깃발을 들고 나왔던 현대화랑, 그 화랑이
다시 이중섭(1916~1956) 특별전을 개최했다. 전시명은 〈이중섭의 사랑,
가족〉이다. 이번 전시는 이중섭 세계를 집약적으로 보여주는 내용으로
꾸몄지만, 무엇보다 눈길을 끈 것은 미공개 편지와 은지화였다. 처자를
일본으로 보내고 쓴 이중섭의 편지는 잔잔한 감동을 안긴다. 오랫동안
미망인이 비장하고 있다 공개한 아주 귀중한 자료이다. 더불어 뉴욕 현
대미술관MoMA 소장품인 이중섭의 은지화 3점도 특별 대여받아 공개했

이중섭, 〈낙원의 가족〉, 1950, 뉴욕 현대미술관(모마) 소장

이중섭, 〈신문보는 사람〉, 1950, 뉴욕 현대미술관(모마) 소장

다. 때문에 이번 전시는 대중의 발길을 끊이지 않게 하고 있다. 대중은 왜 이중섭을 좋아할까. 아직 그런 출판물은 나오지 않았지만 이중섭을 소재로 하여 쓴 시 작품만 모아도 책 한 권은 충분히 만들 수 있을 것이다. 의외로 많은 시인들이 이중섭을 소재로 하여 시를 지었기 때문이다. 작품 소재로서의 이중섭, 이중섭은 무엇 때문에 시인들에게 매력적 인물로 자리매김 되었을까.

이중섭과 시인 이야기를 하기 전에 미술계 내부의 치부부터 먼저 언급해야 할 것 같다. 많은 사람들이 이중섭을 국민화가라고 부른다. 현재 한국 미술계에서 대표 화가라는 의미와 상통한다. 국민화가라는 호칭과 걸맞게 대중적 관심도는 매우 높다. 하지만 미술 전문가의 입장에서 보면, 왜 이중섭은 국민화가여야 하는가. 아니, 무슨 이유로 이중섭은 국민화가로 등극하여 뜨거운 조명을 받고 있는가. 이 부분이 명쾌하게 정리되어 있지 않다. 그러니까 미술사적 연구의 대상으로 삼기 이전에 이중섭은 너무 대중화, 아니 신화화되었다는 '불편함'도 있다.

문인들의 찬사는 이중섭을 신화화하는데 커다란 역할을 했다. 문인들의 이중섭 신화화 작업과 비교하여 미술사학자들의 연구는 상대적으로 부진했다. 그래서 이중섭 예술세계가 학문적 연구 대상의 본격적 궤도에 올라 있지 않은 현재 상황임을 고백하게 한다. 달리 표현한다면, 문인들의 이중섭 사랑은 미술계 내부의 학문적 연구 대상으로 객관화시키는데 장애 역할도 있었다는 변명이다. 변명은 변명이고, 현 단계에서 분명하게 말할 수 있는 것. 왜 이중섭은 국민화가인가. 이와 같은 질문에 대하여 학술적으로 설명할 근거를 아직 갖추고 있지 않다는 점이다. 그만큼 미술이론보다 문학이 앞서 갔다는 의미도 있다.

이중섭과 구상 그리고 다른 시인들

해방기의 이중섭은 비교적 평탄하게 지냈다. 도쿄 유학시절 미술학교 후배인 야마모토 마사코(이남덕)가 해방 직전 원산으로 찾아와 신혼생활을 즐기고 있었기 때문이다. 하지만 해방 정국의 새로운 정치 환경은 예술가들로 하여금 시련을 안게 했다. 원산에서 일어났던 『응향凝香』 사건도 그런 것 가운데 하나이다. 해방을 기념하여 북조선문학예술총동맹

원산지부 원산문학동맹은 시집 『응향』을 출판했다. 이 시집에 작품을 낸 시인 가운데 하나가 바로 구상具常이었고, 당시 그는 원산여자사범학교 교사였다.

　이중섭은 『응향』의 표지화 〈유희하는 군동상群童像〉을 그렸다. 하지만 『응향』의 시는 다음과 같은 비판을 받아야 했다. "조선 현실에 대한 회의적, 공상적, 퇴폐적, 현실 도피적, 심하게는 절망적 경향을 가졌음을 지적하면서 이에 대하여 비판을 가한다." 구상의 시에 대해서도 '허무한 표현의 유희'와 같은 비판을 받아야 했다. 자기비판을 요구하는 경위 조사기간에 앞서 구상은 월남을 선택했다. 따라서 구상은 좌우익 싸움에서 자유투사 자격을 얻게 되었다. 당시 이중섭의 표지화는 비판의 대상으로 부상되지 않았다. 다만 응향사건은 이중섭과 구상의 이름을 공식적으로 묶어두는 커다란 역할을 했음을 기억하게 한다. 이중섭은 오장환 시집 『나 사는 곳』(1947)의 속표지 그림도 그렸다. 오장환과 이중섭의 우정을 생각하게 하는 대목이다. 화가들은 출판물의 삽화 그리기에 자주 동원되었다. 이중섭도 예외는 아니었다.

　1950년 6.25전쟁은 이중섭의 일생을 뒤집어 놓았다. 같은 해 연말 후퇴하는 국군의 화물선에 올라 이중섭 가족은 부산에 도착했다. 그는 난민 수용소에서 조사를 받고 본격적으로 피난 생활에 들어갔다. 1951년 봄 이중섭 가족은 제주도 서귀포 섶 섬이 보이는 조그만 초가에서 고달픈 피난생활을 이어갔다. 1년도 되지 않는 서귀포 생활, 다시 부산으로 나와야 했다. 30대 중반의 이중섭, 피난지에서 아내는 폐결핵으로 각혈을 했고 생활은 날로 곤궁해지기만 했다. 결국 일본 국적의 아내는 두 아들과 함께 일본으로 돌아갔다(1952). 피난지의 외톨이 이중섭, 그의 이름에 비극이 얹혔다. 특히 가족 사랑이 남달랐던 이중섭의 경우, 외톨이

이중섭, 편지 〈천사만세〉

생활은 하나의 형벌과 다름없었다. 처자를 그리워하며 이중섭은 그림을 그렸고, 또 그 구체적 내용을 편지에 담아 보냈다. 구구절절 그리움의 표현을 담은 편지는 지금 읽어보아도 가슴을 친다.

　　"그대가 사랑하는 오직 한 사람, 아고리 님은 머리와 눈이 더욱 초롱초롱해지고 자신이 넘치고, 넘치고 넘쳐 반짝반짝 빛나는 머리와 눈빛으로 제작, 제작 표현 또 표현을 계속하고 있어요. 한없이 멋지고… 한없이 다정하고… 나만의 멋지고 다정한 나의 천사여… 더욱더 활기차고 더욱더 건강하고, 힘내요. 화공 이중섭 님은 반드시 가장 사랑하는 어진 아내 남덕 님을 행복의 천사로 높고 넓고 아름답게 돋아 새겨 보이겠습니다. 자신이 넘치고 넘칩니다. 나는 그대들과 선량한 모든 사람들을 위하여 참으로 새로운 표현을, 또 커다란 표현을 이어가고 있습니다. 나의 가장 사랑하는 아내 남덕 천사 만세, 만세"

　편지 속의 아고리는 도쿄 유학시절 얻은 이중섭의 별명으로 '턱이 긴 이 씨'의 줄임말로 알려졌다. 그건 그렇고, 이중섭의 연가는 심금을 울린다. '나만의 멋지고 다정한 나의 천사여' 제발 '힘내세요'. 하여 '나의 가장 사랑하는 아내 남덕 천사 만세 만세'. 아하, 천사여 만세! 더 이상 무슨 말이 필요할까. 피난지에서 일본으로 가족을 보낸 외톨이 이중섭의 편지는 행간마다 그리움과 사랑으로 가득 차 있다. 이와 같은 생활 속에서 이중섭은 일본행을 기도한다. 더불어 이중섭은 친구 구상의 도움으로 나날을 버텨나갔다. 대구의 구상은 이중섭의 일본행을 위해 힘을 보태주었다. 그래서 이중섭의 편지에 구상의 이야기가 나온다.

"구상 형에게도 확실하게 갈 수 있도록 부탁했더니 대구에서 연락이 있으면 바로 와달라는 통지가 있었소. 이번엔 반드시 갈 테니 안정하면서 건강하고 활기차게… 더욱 마음을 밝게 가져주시오. 그대가 꿈이라고 생각할 정도로 그대를 멋지게… 하늘에 자랑할 만큼 뜨겁게 사랑할 테니… 힘을 내어, 최대의 긍지를 가지고 기다려주오." (1954년 10월 하순)

이중섭은 일본행 자금을 마련하기 위해 개인전을 개최했다(1955). 하지만 경제적 성과는 의도대로 되지 않았다. 이중섭이 시인 박용주에게 보낸 편지는 당시의 상황을 잘 알려준다.

"제가 일본 애들한테 갈 여비를 만들려고 습작 45점을 걸고- 이중섭 작품전이라고 써 부치고 작품전을 열었습니다. 그때 박 형 주소를 몰라서 알리지 못하고 (한)묵 형께로 전해달라고 편지 냈습니다. 외㕵 부산 내려가는 군인 한 사람과, 또 한 사람한테, 전람회 목차를 열 매 이상씩 부탁해 보냈는데 받아보셨는지요. 박 형 또 여러 형들의 원조와 염려지감念慮之感에 수무 점쯤 매작賣作 되었습니다. 수금이 잘 안돼서- 여태껏 서울서 우물쭈물하고 머물렀습니다. 내일모레(24일)께는 대구에 내려가겠습니다. 대구 가서 장사가 잘되면 하부시下釜時 빈대떡이나 잔뜩 먹고 술 많이 마시도록 합시다. 동경에서 기다리는 처자가 그리워 못살겠습니다. 매일 사진만 꺼내보며 지냅니다." (1955. 2. 22.)

1월의 서울 개인전에 이어 이중섭은 4월에 대구에서 개인전을 개최

했다. 대구 전시의 안내장에 의하면 출품작은 〈소〉 등 26점으로 표기되
어 있다. 김광림 시인, 김요섭 시인 등과 지역의 예술인들이 전시를 도
왔다. 하지만 전시는 성공했지만 판매는 실패한 전시였다. 따라서 일본
행은 멀어져 갔다. 이중섭의 '비정상'은 서서히 고개를 들기 시작했다.
당시 전시장 풍경을 묘사한 구상의 증언을 보자.

> "그는 현재의 자기 작품을 가짜라고 불렀다. 전람회장에서 어
> 쩌다가 빨간 딱지가 붙을 양이면 '잘해. 잘해. 또 한 사람 업어 넘
> 겼어(속였다)' 하고 친구들에게 귓속말로 속삭이고는 나서는 상대
> 방에게 가서 아주 정중히 '이거 아직 공부가 다 안 된 것입니다.
> 앞으로 정말 좋은 작품 만들어 선생이 지금 가지고 가시는 것과
> 바꿔드리렵니다.' 이런 투로 부도수표(?)를 떼고 자기 현재 작품에
> 대한 불만과 장래 할 대성에 극도의 초조를 가지고 있다가 그만
> 꼴깍 가버렸다."

어쩌면 구상의 증언은 이중섭의 본질을 표현한 것 같다. 순진무구의
모습이 이중섭의 삶과 작품 속에서 느껴지기 때문이다. 이중섭은 병상
의 구상을 위하여 천도복숭아를 그려가지고 와 복숭아를 먹고 얼른 나
으라고 했다. 복숭아 그림을 내미는 이중섭의 표정은 그야말로 '순하디
순한 표정'이었다. 개인전을 마친 이중섭은 상경하지 않고 구상과 최태
응 집에 기식하면서 지냈다. 〈시인 구상의 가족〉(1955)이라는 그림 역시
이런 분위기에서 그려진 것이다. 구상의 증언.

> "통영, 서울 등지를 한 1년 떠돌다가 54년('55년)부터는 대구에 피

이중섭, 〈시인 구상의 가족〉, 1955, 개인소장

난해 있는 나에게 의탁해 와 있었다. 당시 나는 영남일보 주필로 일하고 있었는데 마침 고향에서 이 역시 남하한 가톨릭 분도 수도원이 왜관에다 자리 잡는 것을 보고 나도 그곳에다 조그만 집을 하나 사서 가족을 옮겨놓고 주말은 거시서 보냈다. 이것이 현재까지도 남아 있는 나의 시골집 관수재觀水齋로서 중섭도 발병 직전 그곳에 머물렀는데 그때 우리 집 〈가족사진〉을 하나 만들어준다고 그린 것이 바로 이 그림이다."

이중섭의 가족 사랑과 범생명주의

"어두운 새벽부터 일어나 전등을 켜고 제작을 계속하고 있소. 나의 가장 사랑하는 사람이여!!! 마음속으로부터 기쁘게… 서둘러 편지를 정리해 주시오. 하루라도 빨리 함께 살고 싶소. 이번에

야말로 반드시 성과를 올려주오. '두드려라 그러면 열릴 것이다' 그리스도의 말이오. 하루에도 몇 번이나 몇 번이나 마음속으로 소중하고 멋진 당신의 모든 것을 포옹하고 있소. 당신만으로 하루가 가득하다오. 빨리 만나고 싶어 견딜 수 없을 정도요. 세상에서 나만큼 자신의 아내를 광적으로 그리워하는 남자가 또 있겠소. 만나고 싶어서, 만나고 싶어서, 또 만나고 싶어서 머리가 멍해져버린다오. 한없이 상냥한 나의 멋진 천사여!!!"

"아고리는 그대처럼 멋지고 사랑스러운 아내와 오직 하나로 일치해서 서로 사랑하고, 둘이 한 덩어리가 되어 참인간이 되고, 차례차례로 훌륭한 일(참으로 새로운 표현을 시도하는 것, 계속해서 대작을 제작하는 것)을 하는 것이 염원이오. 자신이 가장 사랑하는, 소중한 아내를 진심으로 모든 걸 바쳐 사랑할 수 없는 사람은 결코 훌륭한 일을 할 수 없소. 독신으로 제작하는 사람도 있지만, 아고리는 그런 타입의 화공은 아니오. 자신을 바르게 보고 있소. 예술은 무한의 애정 표현이오. 참된 애정으로 차고 넘쳐야 비로소 마음이 맑아지는 것이오." "나의 유일한 사람, 한없이 상냥한 진정한 사람, 나만의 큰 기쁨, 멋진 남덕 군. 언제나 당신만을 마음 가득 채우고 제작하고 있는 대화공 중섭을 확신하고, 도쿄 제일의 자랑과 활기를 가져주오. 언제나 마음을 밝게, 건강하게 지니고 있어주오." (1954년 12월말경 편지 추정)

이중섭의 처자를 그리워하는 편지들, 정말 애절하다. 하지만 이중섭은 일본행을 위한 자금 마련 개인전까지 개최했지만 간절한 뜻은 이룰 수 없었다. 그럴수록 가족에의 그리움은 더 높게 쌓였고, 이는 병으로 연결되었다. 자학, 자학, 그 자체일지도 모를 일이 나타났다. 이중섭은 자신의 그림을 불태우거나 우물 속에 처넣었다. 그렇지 않아도 그의 그림을 훔쳐 가는 사람들이 많았는데, 화가 스스로 자신의 그림을 폐기처분하고 있으니, 이는 예사스러운 일이 아니었다. 1956년 초여름, 이중섭은 정신병원에 입원했다. 다시 한번 구상의 증언을 들어보자.

> "대구에서 처음 발병했을 때 그의 정신은 이러한 상황의 자학으로 나타났다. '나는 세상을 속였어! 예술을 한답시고 공밥을 얻어먹고 놀고 다니며 후일 무엇이 될 것처럼.' '남들은 저렇게 세상을 위하여 자기를 위하여 바쁘게 봉사하는데.' '내가 동경에 그림 그리러 간다는 게 거짓말이었다. 남덕이와 어린 것들이 보구 싶어서 그랬지.' 그는 이날부터 일체 음식을 거절하기 시작했고 병원에 드러누웠다가 외부에서 자동차 지나가는 소리나 사람들의 발걸음 소리만 요란해지면 벌떡 일어나서 비를 들고 누웠던 이층서부터 아래층 변소까지 쓸고 물을 퍼다 닦고 길에 노는 어린애들을 모조리 수도가로 불러다 손발을 씻어주고 닦아주고 하는 것이었으며 동경과의 음신音信을 단절하고 만 것이다."

1956년 9월 6일 오후 11시 45분, 이중섭은 눈을 감았다. 주위에는 아무도 없었다. 이중섭은 그렇게 혼자서 이승을 떠났다. 외톨이 이중섭, 무연고자 이중섭, 이중섭은 그렇게 혼자서 갔다. 이중섭의 그림 속에 나타난 특징 가운데 하나는 바로 끈이다. 끈은 등장인물들 사이를 연결해주는 역할을 한다. 인물끼리만의 연결이 아니다. 어린아이와 물고기 혹

이중섭, 〈길 떠나는 가족〉, 1954, 개인소장

은 게 등에 이르기까지 만물의 연결, 바로 이중섭 세계의 특징이다. 박수근 작품 속의 등장인물들은 대개 떨어져 있다. 고립감 속의 인물들, 그들은 소외되어 있거나 격리되어 있다. 비록 시장 풍경이라 해도 떠들썩한 분위기와 거리가 멀다. 행상조차 우두커니 기다리고 있는 인고忍苦의 아낙네일 따름이다. 하지만 이중섭의 등장인물은 각자 연결되어 있다. 강강술래 춤처럼 손을 잡고 있거나 아니면 끈으로라도 상대방과 연결해 일체감을 부여한다.

　가족 사랑으로부터 시작한 그림 내용들, 이는 이중섭 그림의 발단이다. 특히 생사가 뒤바뀌는 전쟁 통의 생명성 문제, 이는 예술적 주제로 부상될 수밖에 없었다. 이중섭은 피난지에서 멀리 떨어진 가족에의 그리움을 화면에 담았다. 〈길 떠나는 가족〉과 같은 작품은 이를 입증해 준다. 하지만 가족애에서 출발한 이중섭의 예술은 결국 범생명주의로 확대되었다. 아이들과 물고기를 동급에 두어 범생명성을 도해했기 때문이다. 전쟁기에 태어난 생명사상은 이중섭 예술의 기반이었다.

문제는 이중섭 예술을 학문적으로 연구하기 이전에 문인들 사이에서 먼저 관심의 대상으로 대중화 작업에 앞장을 섰다는 점이다. 시인들의 직관은 한 화가의 진면목을 드러내는데 커다란 역할을 했다. 그래서 이중섭 신화의 탄생까지 이어졌다. 고은 시인의 『이중섭 평전』도 커다란 역할을 차지했다. 하지만 문단의 이중섭 사랑과 비교하여 미술사학계의 연구 성과는 별무였다. 아직 이중섭 언어의 실체가 학문적으로 규명되어 있지 않다. 그래서 갈 길은 멀다. 이번 현대화랑의 이중섭 전시는 이런 문제점을 다시 한번 환기시킨 계기이기도 했다.

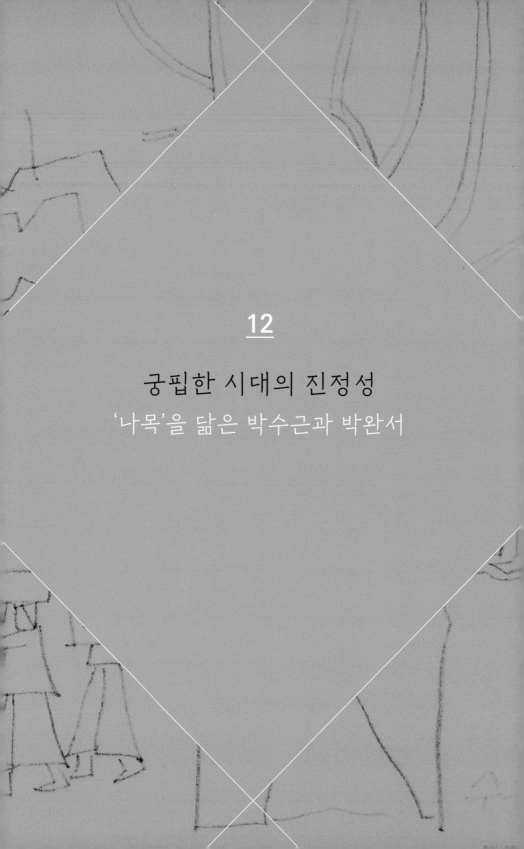

12

궁핍한 시대의 진정성
'나목'을 닮은 박수근과 박완서

박완서의 등단소설『나목裸木』과 박수근

미8군 PX 초상화부, 네 명의 '환쟁이들'이 초상화를 그리고 있다. 그들은 바쁘다 해봐야 미군 봉급날인 월 말의 일주일 정도뿐. 환쟁이들은 초상화를 그린 숫자만큼 보수를 받았으니 주급 5만 원 미만의 형편없는 수입이었다. 그나마 감지덕지할 것은 전쟁 통에 '화가'로서 돈벌이할 곳은 어디에도 없었다는 것. 어느 날 초상화부에 '우람한 사나이'가 합류했다. 화가 옥희도였다. 그를 위해 접수 담당 미스 리는 초상화부의 운영 규칙을 설명했다.

"붓이나 물감은 제공하기로 돼 있어요. 헝겊도 제공하기는 하지만 망쳐 놓으면 배상하셔야 되고요. 스카프 하나 망쳐 놓으면 그림 두 장 값이 날아가게 되니까 까딱 잘못하면 하루 종일 헛수고하게 되죠. 그래도 망쳐 놓은 만큼의 물감 값은 따지지 않으니 관대하다고 봐야겠죠. 그리고 참 손님이 그림이 마땅치 않아 하면 몇 번이라도 고치든지 멋하면 아주 새로 그려 줘야 되고요. 아무튼 제일 중요한 건 닮게 그리는 거예요. 아시겠어요?"

초상화부의 접수 담당 아가씨는 대학을 다니다 전쟁이 나는 바람에 생업 전선에 나서야 했다. 그는 초상화부 소속 화가들을 간판쟁이라고 얕보면서 거만스럽게 행동했다. 그러던 어느 날, 아가씨는 단순히 간판쟁이인 줄 알았던 옥희도의 '작품'을 보고 작은 충격을 받았다. 화가의 작품을 처음 본 순간의 여주인공 느낌은 이랬다.

"나는 캔버스 위에서 하나의 나무를 보았다. 산뜻한 느낌이었다. 거

의 무채색의 불투명한 부우연 화면에 꽃도 잎도 열매도 없는 참담한
모습의 고목枯木이 서 있었다. 그뿐이었다. 화면 전체가 흑백의 농담으
로 마치 모자이크처럼 오톨도톨한 질감을 주는 게 이채로울 뿐 하늘
도 땅도 없는 부우연 혼돈 속에 고목이 괴물처럼 부유하고 있었다. 한
발旱魃에 고사한 나무─ 그렇다면 잔인한 태양의 광선이라도 있어야 할
게 아닌가? 태양이 없는 한발─ 만일 그런 게 있다면, 짙은 안개속의
한발… 무채색의 오톨도톨한 화면이 마치 짙은 안개 같았다. 왜 그런
잔인한 한발이 고사시킨 고목을 나는 그의 캔버스에서 보았을까?"

　고목에 대한 여주인공의 묘사는 정말 인상적이다. 하지만 주인공 화
가의 죽음에 이은 유작전에서 아가씨는 이렇게 생각했다.

　"나는 좌우에 걸린 그림들을 제쳐 놓고 빨려들 듯이 곧장 나무 앞으
로 다가갔다. 나무 옆을 두 여인이, 아이를 업은 한 여인은 서성대고
짐을 인 한 여인은 총총히 지나가고 있었다. 내가 지난날, 어두운 단
칸방에서 본 한발 속의 고목枯木, 그러나 지금의 나에겐 웬일인지 그게
고목이 아니라 나목裸木이었다. 그것은 비슷하면서도 아주 달랐다. 김
장철 소스리바람에 떠는 나목, 이제 막 마지막 낙엽을 끝낸 김장철 나
목이기에 봄은 아직 멀건만 그의 수심엔 봄에의 향기가 애닲도록 절
실하다. 그러나 보채지 않고 늠름하게, 여러 가지枝들이 빈틈없이 완
전한 조화를 이룬 채 서 있는 나목, 그 옆을 지나는 춥디추운 김장철
여인들. 여인들의 눈앞엔 겨울이 있고, 나목에겐 아직 멀지만 봄에의
믿음이 있다. 봄에의 믿음─ 나목은 저리도 의연毅然하게 함이 바로 봄
에의 믿음이리라. 나는 홀연히 옥희도 씨가 바로 저 나목이었음을 안

다. 그가 불우했던 시절, 온 민족이 암담했던 시절, 그 시절을 그는 바
로 저 김장철의 나목처럼 살았음을 나는 알고 있다. 나는 또한 내가
그 나목 곁을 잠깐 스쳐 간 여인이었을 뿐임을, 부질없이 피곤한 심신
을 달랠 녹음을 기대하며 그 옆을 서성댄 철없는 여인이었을 뿐임을
깨닫는다. 〈나무와 여인〉 … 그 그림은 벌써 한 외국인의 소장으로 돼
있었다."

 고목은 거의 죽은 나무, 하지만 나목은 겨울 풍경으로 다만 이파리만
없는 것. 소설 속의 여주인공은 고목과 나목의 차이를 섬세하게 정리하
고 있다. 나목은 결과적으로 화가의 자화상이었다. 박완서의 등단 장편
소설 『나목』의 이야기다. 뒤에 이 소설을 출판하면서 박완서는 '저자 후
기'에서 다음과 같이 말했다.

 "나는 처녀작 『나목』을 사십 세에 썼지만, 거의 이십 세 미만의
젊고 착하고 순수한 마음으로 썼다고 기억된다. 그래 그러니 그
것을 썼을 당시가 육 년 전 같지 않고 아득한 젊은 날 같다. 그 당
시 『나목』을 읽는 사람들 사이엔 주인공인 화가가 고 박수근 화백
일 거라고 알려진 듯 거기에 대한 질문을 나는 꽤 많이 받았다. 이
기회에 거기에 대해 밝히고 싶다. 『나목』은 어디까지나 소설이지
전기傳記가 아니다. 『나목』을 소설로 쓰기 전에 고 박수근 화백에
대한 전기를 써 보고 싶었던 건 사실이지만, 내가 그를 알고 지낸
게 그나 내가 가장 불우했던 동란動亂 중의 일 년 미만의 짧은 시
간이었기 때문에 전기를 쓰기엔 그에 대해 아는 게 너무 없었다."
 (박완서, 『나목』, 열화당, 1976)

　박완서의 등단소설에 나오는 '간판쟁이' 화가 옥희도는 바로 박수근을 일컫는다. 다만 박완서의 주장처럼 소설 속의 옥희도 이야기는 단순 허구이지 현실 속의 실화는 아니란다. 그럼에도 불구하고, 우리는 소설 『나목』을 통하여 전쟁기의 미군 상대 초상화 제작 환경과 화가 박수근에 대한 이해도를 넓힐 수 있다. 『나목』은 박수근의 전기는 아니지만 전쟁 시기 열악한 환경 속의 박수근을 이해하는데 커다란 도움을 준다. 박수근이 초상화를 그렸던 미8군의 PX는 현재 서울 신세계백화점 자리에 있었다. 당시 그 부근의 커다란 건물들은 모두 소실되었기 때문에 폐허 그 자체였다. 그런 황량한 풍경 속에서 '간판쟁이들'은 미군 상대로 초상화를 그려 연명했다. 물론 박수근도 그런 간판쟁이 가운데 하나였

다. 아니, 박수근은 초상화를 그려 저축한 돈 35만 환으로 창신동에 아담한 주택을 구입할 수 있었다. 미군 초상화가 안겨준 '보금자리'였다. 전후시기의 어려운 사회 환경에서 박수근의 생활 단면을 짐작하게 하는 일이다. 그렇다면 박완서는 박수근에 대하여 어떻게 생각했는가. 소설이 아닌 자신의 진솔한 육성을 직접 들어본다.

박수근, 〈나무와 여인〉, 1962, 박수근 유가족 제공

"초상화부엔 다섯 명 정도의 궁기가 절절 흐르는 중년 남자들이 그림을 그리고 있었는데, 업주는 그들을 홋두루 간판쟁이들이라고 얕잡고 있었다. 전쟁 전엔 극장 간판을 그리던 사람들이라고 했다. 박수근 화백도 그중의 한 사람이었다. 나는 그가 딴 간판쟁이와 다른 점을 알아보지 못했다. 그의 염색한 미군작업복은 매우 낡고 몸집에 비해 비좁았고 말이 없는 편이었다. 내가 초상화부에서 할 일은 물론 그림을 그리는 일은 아니었다. 화가들 뒷바라지를 하면서 미군으로부터 초상화 주문을 맡는 일이었다. 제 발로 걸어와서 초상화를 그리겠다고 주문하는 미군은 거의 없었다. 내가 먼저 말을 걸어 초상화를 그리도록 꾀는 일이 나의 주된 업무였다. 그 일은 물건을 파는 일보다도 훨씬 어려웠다. 영어도 짧은 데다가 꽁하고 교만한 성격도 문제였다. 오죽했으면 식구가 다 굶어죽는 한이 있어도 그만두어 버릴까 보다고 매일 아침 벼를 정도였다. 나에겐 전혀 맞지 않는 일이어서 그림 주문이 거의 끊기다시피 했다. 업주가 뭐라기 전에 화가들이 아우성을 치기 시작했다. 나는 월급제였지만 그들은 작업량에 따라 일주일에 한 번씩 그림 삯을 타게 되어 있었다. 내 식구뿐 아니라 화가들 식구의 밥줄까지 달려 있다는 무서운 책임감이 조금씩 내 말문을 열게 했다. 화가들이 나에게 갖은 불평을 다 할 때도 그는 거기 동조하는 일이 없었다. 남보다 몸집은 크지만 무진 착해 보여서 소 같은 인상이었다. 착하고 말 수가 적은 사람이 자칫하면 어리석어 보이기가 십상인데 그는 그렇지가 않았다. 그러나 그 바닥은 결코 착하고 점잖은 사람을 알아볼 만한 고장이 아니었다. 나부터도 그랬다. 내가 말문이 열리고 또 어느 만큼 뻔뻔스러워지기도 해서 돼먹지 않은 영어로 미군에게 수작을 걸 수 있게 되고, 차츰 그림 주문도 늘어날 무렵부터 화가들에게 안하무인으로 굴기 시작했다. 내 덕에 그들이 먹고 살 수 있다는 교만한 마음이 그들을 한껏 무시하고 구박하게 했다. 그들은 거의 사십대로 나에겐 아버지뻘은 되는 어른인데도 나는 그들을 김 씨, 이 씨 하고, 마치 부리는 아랫사람 대하듯이 마구 불러댔다.

초상화부에서 박수근은 '하나의 박 씨'에 지나지 않았다. 그것도 대학 중퇴 여학생의 천대를 감내해야 하는 초라한 존재였다. 그런 환경에서 박수근은 미군들이 의뢰한 초상화로 생존문제를 해결했다. 미군들은 대개 애인이나 아내 혹은 딸의 사진을 맡기면서 초상화로 그려 달라고 주문했다. 당시 인기 품목은 스카프였다. 인조견 조각의 원가는 1달러 30센트였다. 나염한 용과 대각선 되는 곳에 초상화를 그려 6달러를 받았다. 만약 그림 그리다 실패하면 스카프 가격 1달러 30센트를 물어내야 했다.

어느 날 그가 화집 한 권을 옆구리에 끼고 출근을 했다. 나는 속으로 '꼴값하고 있네. 옆구리에 화집 낀다고 간판쟁이가 화가될 줄 아남'하고 비웃었다. 순전히 폼으로만 화집을 끼고 나온 것은 아닌 모양이었다. 그가 화집을 펴들고 나에게로 왔다. 얼굴에 띤 망설이는 듯 수줍은 듯한 미소가 어찌나 인상적이었던지 지금까지도 선명하게 떠올릴 수가 있다. 마치 선생님에게 칭찬받기를 갈망하는 국민학교 학생처럼 천진무구한 얼굴이었다. 그가 어떤 그림 하나를 가리키며 자기 작품이라고 했다. 촌부가 절구

질하는 그림이었다. 선전鮮展에 입선한 그림이라고 했다. 당시 내가 일제시대의 관전을 그렇게 대단하게 여겼던 것 같진 않다. 그러나 간판쟁이 중에 진짜 화가가 섞여 있었다는 건 사건이요 충격이었다. 나는 부끄러움을 느꼈고, 내가 그동안 그다지도 열중한 불행감으로부터 문득 깨어나는 기분을 맛보았다. 그리고 나의 수모를 말없이 감내하던 그의 선량함이 비로소 의연함으로 비치기 시작했다." (박완서, 〈초상화 그리던 시절의 박수근〉, 『박수근 1914~1965』, 열화당, 1985)

박완서와 박수근, 미8군 PX에서 인간적으로 가까워지기 시작했다. 이들은 퇴근길에 다방을 자주 들리기도 했고, 명동 노점상에서 장난감 구경을 즐겼다. 길에서 군밤이나 호콩을 사 먹으면서 전차 정류장까지 걷기도 했다. 당시 1952년의 서울은 전운戰雲이 감도는 최전방 도시였다. 박완서의 기억 속에 박수근과 함께한 계절은 겨울 풍경만 남아 있었다. 바로 나목의 계절이었다. 살벌하게 보이던 겨울나무가 늠름하고 정겹게 비치는 풍경, 바로 박완서가 박수근을 그린 나목의 세계였다.

박수근의 나목 그리고 예술세계

가난한 화가 박수근(1914~1965), 그는 강원도 양구 출신이다. 양구라 하면 '오지'라는 인상을 주어 뭔가 스스로 해결해야 하는 곳 같다. 양구는 '고립'이라는 단어를 연상시키고 있는 바, 바로 박수근이라는 '국민화가'를 배출하기 위한 환경을 제공했다. 박수근의 삶과 예술은 '고립'이라는 개념, 달리 표현한다면 '고독한 자아'라는 분위기를 자아낸다. 하기야 빈곤 가정 출신의 박수근은 교육 혜택과 거리가 멀었고, 평생 사회적 각광을 받아 본 바 없다. 식민지, 분단, 전쟁, 피난, 궁핍, 인고忍苦, 소외 등등, 이와 같은 단어와 친연성이 강한 인생, 바로 박수근이었다.

　박수근은 이웃집 처녀를 짝사랑했다. 어느 날 처녀는 부잣집으로 시집간다고 했다. 이런 소식을 들은 박수근은 식음을 전폐하고 앓아누웠다. 박수근의 모친은 이런 사실을 이웃집에게 전했다. 가슴 저린 사연을 들은 처녀, 결국 부잣집으로 시집가는 것을 포기했다. 약혼 파기로 평생 가난함으로부터 헤어나지 못한 박수근 가문의 일원이 되었다. 부인이 회상한 박수근 초상, 바로 박수근의 청혼 편지는 그의 성품을 이해하는 데 도움을 준다.

　　　"나는 그림 그리는 사람입니다. 재산이라곤 붓과 팔레트 밖에 없습니다. 당신이 만일 승낙하셔서 나와 결혼해 주신다면 물질적으로는 고생이 되겠으나 정신적으로는 당신을 누구보다도 행복하게 해드릴 자신이 있습니다. 나는 훌륭한 화가가 되고 당신은 훌륭한 화가의 아내가 되어 주시지 않겠습니까? 귀여운 당신을 내 아내로 맞이한다면 그보다 더한 행복은 없겠습니다. 내가 이제까지 꿈꾸어 오던 내 아내에 대한 여성상은 당신과 같이 소박하고 순진하고 고전미를 지닌 여성이었는데 당신을 꼭 나의 배필로 하느님께서 정해주신 것으로 믿고 싶습니다. 나는 나 혼자 당신을 모델로 그림을 그려 보기도 합니다." (김복순, 〈아내의 일기〉, 『선미술』 1980, 봄호)

　재산이라곤 오로지 붓과 팔레트 밖에 없다는 고백, 가슴을 친다. 하지만 물질적 고생은 피할 수 없으나 정신적으로 행복하게 해줄 수 있다는 자신감은 돋보인다. 훌륭한 화가가 될 결심을 바탕에 깔고 있었기 때문일 것이다. 독학의 박수근은 화풍을 스스로 수립해야 했다. 바로 이 점이 여타의 화가와 차별상을 갖게 하는 요소이다.

일본 유학생 중심의 미술계 편재는 '무연고'의 박수근으로 하여금 마냥 외롭게 했다. 1957년 국전에서 박수근은 낙선이라는 좌절의 쓴맛을 보아야 했다. 비슷한 또래의 일본 출신 기득권 화가들의 심사에서 소외받은 결과였다. 하지만 당시 박수근으로 하여금 좌절이라는 독배를 들게 했던 화가들, 오늘날 그들의 이름은 묻혔거나 희미해지고 있다. 반면에 박수근의 명성은 날로 하늘로 치솟고 있는 중이다. '국민화가'라고 부르는 세태는 박수근의 명성을 상징적으로 일러준다. 사실 박수근의 그림 값은 '단군 이래' 최고가격을 기록하고 있다. 그의 작품 〈빨래터〉는 한국 미술품 경매 사상 최고가격인 45억 2천만 원을 기록했다. 겸재 정선, 단원 김홍도는 물론 이중섭과 같은 근현대시기의 그 어떤 화가들도 박수근의 그림 값 기록을 깨지 못하고 있다. (뒤에 김환기의 작품이 경매 기록을 깼다.) 평생 궁핍함 속에서 살았던 화가의 사후死後 영광이었다.

> "나는 인간의 선함과 진실함을 그려야 한다는, 예술에 대한 대단히 평범한 견해를 가지고 있다. 따라서 내가 그리는 인간상은 단순하고 다채롭지 않다. 나는 그들의 가정에 있는 평범한 할아버지와 할머니 그리고 물론 어린아이들의 이미지를 가장 즐겨 그린다."

박수근의 예술관은 자신의 표현처럼 '평범한 견해'였고, 그 내용은 인간의 선함과 진실함을 그리는 것이었다. 박수근이 선택한 인간상은 평

박수근, 〈빨래터〉, 1954, 박수근 유가족 제공

범 그 자체였지만, 주로 아낙네를 즐겨 그렸고, 그리고 노인과 아이들을 그렸다. 소재별로 분석하면, 박수근 그림의 소재는 과반수 이상은 인물상이 차지하고 있다. 그 가운데 압도적 비중을 차지하고 있는 부분은 촌부村婦, 즉 도시 변두리거나 시골의 아낙네들이다. 이들 아낙네들은 도시의 유한부인 이미지와 거리가 멀다. 그들은 궁핍한 시대에 가정을 이끌고 가는 그야말로 생활력 있는 민중이었다. 그래서 그들은 시장에 가거나 집으로 돌아오는 모습이 대부분이고, 아니면 행상의 모습으로 나타난다. 시장풍경이라 하여 군중으로 덮인 것도 아니고, 외롭게 뭔가 기다리고 있는 모습, 즉 인고忍苦의 인간상이다. 거래를 하거나 환담을 나누고 있는 모습도 아닌, 외롭고 쓸쓸한 모습, 그러면서도 생활을 담보해야 하는 성실한 의무감의 인간상, 바로 박수근의 인간상이다.

　그런데 박수근의 인간상 가운데 '생략'된 부분이 있다. 바로 노동력이 있는 청장년층의 남자라는 부분이다. 노동력이 없는 노인이나 아이들만 즐겨 나오지, 젊은 남자들은 '유고有故' 상태다. 그러니까 박수근 인간상 속에서 가장家長 부재의 사회상을 읽을 수 있다. 이는 식민지와 분단 그리고 전쟁을 겪은 혼란과 모순의 시대를 상징한다. (물론 청소부처럼 예외가 없는 것은 아니다.)

박수근의 상징적 도상은 나목裸木이다. 박수근의 나무는 무엇보다 정상 발육상태와 거리가 멀다. 나뭇가지가 필요 이상으로 절단되었고, 그나마 꿈틀꿈틀 '갈등'의 모습이다. 이렇듯 심한 전지剪枝와 갈등은 시대 상황의 반영이다. 박수근의 나목은 이파리 하나 허용하지 않는 궁핍한 시대의 상징이다. 그렇다고 그 나무들은 죽은 것도 아니다. 그렇기 때문에 박수근 나무는 대개 겨울풍경이다. 이른 봄의 녹음綠陰을 기대하게 하는 인고忍苦의 자세이다. 바로 전쟁 이후의 궁핍했던 시대상황의 조형적 표현이다.

박수근 회화의 특징은 소재의 차별상을 검토하게 하지만 무엇보다 표현기법을 주목하게 한다. 박수근의 색채 세계에서 원색은 무시되어 있다. 아니, 무채색의 회색조가 주종을 이루고 있다. 그러니까 박수근의 세계는 화사한 색깔조차 허용하지 않는 겨울 풍경 속의 궁핍한 세계이다. 박수근은 색채 연구에 남다른 일가견을 가지고 있었다. 하지만 색채 연구의 결과, 그것은 바로 색채의 거부였다. 하기야 암흑기 1940년대와 1950년대라는 사회 속에서 어떻게 화려한 색채를 구사할 수 있었을까. 회색조로 남은 시대 환경, 상징성이 강할 수밖에 없다.

박수근 회화의 표현기법으로 질감質感 표현을 주목하게 한다. 캔버스 표면을 우둘투둘 표현하는 기법은 박수근의 특징이다. 이를 위해 화가는 캔버스를 십자十字 모양처럼 가로 세로 새워놓고 기름기 없는 물감을

창신동 시절의 박수근과 그의 가족, 박수근 유가족 제공

그대로 바른다. 10번 이상 반복하면 캔버스 바탕은 올에 따라 요철이 생긴다. 회색조의 요철 때문에 마치 마애불과 같은 분위기를 띈다. 사실 화가는 화강암 조각을 화실로 가지고 와 의도적으로 돌의 질감을 화면에 표현하려고 노력했다.

한중일 삼국의 문화적 성격, 바로 돌, 흙, 나무로 상징화시킬 수 있다. 즉 중국이 흙의 문화라 한다면, 일본은 나무의 문화이고, 한국은 돌의 문화라는 특징을 지니고 있다. 박수근은 체질적으로 우리 민족의 미적 감성으로 석조문화를 주목했다. 우둘투둘한 질감의 회색조 바탕 위에 화가는 단순하면서도 거의 직선에 가까운 선으로 대상을 묘사했다. 바로 특유의 박수근 표 회화작품이 되는 것이다. 의미 부여하자면, 민족미의 구현과 맥락을 함께하는 경지의 결과이리라. 물론 박수근 회화에서 치열한 현실주의 정신을 찾기 어렵다는 지적도 할 수 있다. 그럼에도 불

구하고 식민지 암흑기와 분단과 전쟁 시기의 궁핍했던 시대 상황을 소
박한 어법으로 증거했다는 점, 이를 어떻게 간과할 수 있을까.

　전쟁이 할퀴고 간 매우 어려웠던 시절의 박수근, 그 시절의 분위기를
실감나게 표현해 준 박완서의 등단 작품 『나목』, 오늘도 우리들 곁에서
싱싱하게 살아 꿈틀거리고 있다. 나목은 박수근의 자화상이기도 했지
만, 암흑기 우리 고향의 자화상이기도 했다. 시대의 진솔한 상징성은 그
만큼 예술적 울림이 크다. 인고의 아낙네와 그 곁에 서 있는 나무, 이파
리 하나 허용하지 않은 앙상한 겨울나무들, 궁핍한 시대의 진정성은 예
술작품 속에서 살아 증거하고 있다.

13

모두의 '고향의 노래'
이원수와 김종영, 꽃대궐의 현장

이원수 노래 〈고향의 봄〉의 현장

어렸을 때는 〈아리랑〉처럼 민요인줄 알았다. 바로 〈고향의 봄〉을 두고 하는 말이다. 〈고향의 봄〉, 한국인치고 이 노래를 모르는 이는 없을 것이다. 이 노래의 작사는 아동문학가 이원수의 작품이다. 우선 작은 목소리로 노래부터 불러보자.

> 나의 살던 고향은 꽃피는 산골
> 복숭아꽃 살구꽃 아기 진달래
> 울긋불긋 꽃대궐 차린 동네
> 그 속에서 놀던 때가 그립습니다
>
> 꽃동네 새 동네 나의 옛 고향
> 파란 들 남쪽에서 바람이 불면
> 냇가에 수양버들 춤추는 동네
> 그 속에서 놀던 때가 그립습니다

이원수의 고향은 꽃동네였고, 그것도 꽃대궐이 차려진 동네였다. 이 같은 풍경은 어찌 이원수만의 고향이었을까. 우리네 모두의 고향풍경이지 않을까. 그런데 〈고향의 봄〉에 나오는 꽃대궐이 특정 지역을 의미하고 있어 우리의 관심을 이끌고 있다. 꽃대궐은 어디에 있는가. 바로 조소작가 김종영의 창원 생가라는 것. 이는 우리들에게 안기는 커다란 놀라움, 바로 그 자체이다. 우선 이원수의 고백부터 들어보자.

"창원읍에서 자라며 나는 동문 밖에서 좀 떨어져 있는 소답리라는 마을의 서당엘 다녔다. 소답리는 작은 마을이었지만 읍내에 서도 볼 수 없는 오래되고 큰 기와집의 부잣집들이 있었다. 큰 고목의 정자나무와, 봄이면 뒷산의 신날래와 칠쭉꽃이 이우러져 피고, 마을 집 돌담 너머로 보이는 복숭아꽃 살구꽃도 아름다웠다. 나는 이 마을 서당엘 다니며 『몽문선습』『통감』『연주시』등 한문 책을 배웠다. 『천자문』은 집에서 아버지가 미리 가르쳐 주셨기 때문에 이미 알고 있었다. 집에서 가까운 동문은 석벽이 남아 있었고 성문은 없었지만 성문을 드나드는 기분으로 다녔다. 동문 밖에 있는 미나리 논, 개울을 따라 내려가면 피라미가 노는 곳이 있어 나는 그 피라미로 미끼를 삼아 물가에 날아오는 파랑새를 잡으려고 애쓰던 일이 생각난다. 봄이 되면 남쪽 들판에 물결치는 푸르고 윤기나는 보리밭, 봄바람에 흐느적이며 춤추는 길가의 수양버들, 나는 그런 그림 같은 경치 속에서도 그것들이 아름답다는 생각은 해보지 못하고 이웃에 사는 동무아이와 같이 즐겁게 놀며 자랐던 것이다 … 그런 것들이 그립고 거기서 놀던 때가 한없이 즐거웠던 것 같았다. 그래서 쓴 동요가 〈고향의 봄〉이었다."

(원수, 〈흘러가는 세월 속에〉, 1980)

이원수는 1922년 마산으로 이사를 했고, 거기서 초등학교를 다녔다. 그는 1925년 『어린이』 잡지에 동시를 투고했는데, 그 작품이 바로 〈고향의 봄〉이었다. 작가의 나이 14세에 불과했다. 만 14세에 발표한 노래, 그 노래가 민족의 노래로 자리매김 될지 누가 알았을까. 더군다나 작가가 50년 세월을 넘기면서 아동문학가로 명성을 드높일 줄 누가 알았을까. 이원수는 동시, 동화, 평론 등 1천 편이 넘는 작품을 남기면서

김종영 생가 사미루

문학사에 우뚝 솟았다. 그런 문학가의 출발을 알린 작품이 바로 〈고향의 봄〉이었으니, 이 어찌 기록적 작품이 아니겠는가.

소답동의 꽃대궐은 뒤에 천주산을 병풍처럼 두고, 진달래 같은 꽃으로 꽃동산을 이루었다. 창원이라는 도시 자체가 산으로 둘러싸인 분지이다. 그것도 바다를 끼고 있어 풍광이 아름답다. 1970년대 후반부터는 임해공업단지로 조성되기 시작하여 창원은 산업도시로 발전했다. 소답동 고가(창원시 소답동 131-14)는 이와 같은 창원의 배경 아래 전통가옥으로 주목을 받았다. 현재는 문화재청 지정 등록문화재인 바, 대한민국 근대문화유산 200호로 보호받고 있다. 고가의 본채는 정면 5칸, 측면 4칸

형식에 곁채를 덧댄 ㄷ자형의 건물이다. 사미루四美樓는 독특한 건축구
조로 정면 3칸에 측면 1칸의 3문형식의 건물이다. 그러니까 솟은 지붕
아래 누다락이 있는 2층 문루 형식이어서 2층에 오르면 사방을 조망할
수 있는 구조이다. 이런 구조의 건물은 읍성 형식이어서 1926년의 상
량문대로 이건移建 가능성도 점치게 한다. 사미루 현판은 석촌 윤용구의
글씨로 눈길을 끈다. 사미루는 '네 가지의 아름다움을 갖춘 집'이라는
뜻, 사미四美에 대해 정섭鄭燮은 그의 『판교집板橋集』에서 다음과 말했다.
"사계절 동안 변하지 않는 난초, 백 마디가 푸르른 대나무, 만고에 변하
지 않는 돌, 천추에 변하지 않는 사람, 이것이 네 가지 아름다움이다."
사미, 참으로 근사한 말이지 않을 수 없다.

　그렇다면 소답동 고가 즉 김종영 생가는 어떻게 하여 조성되었을까.
김종영의 증조부(김영규)는 1903년 대한제국의 관직을 벗고 낙향했고,
1926년 본가를 신축했다. 이때 한옥의 본채, 사랑채, 문간채를 지었고,
1940년 같은 울타리 안에서 현재의 자리로 이전했다. 옮긴 집은 곁채를
덧붙여 유리문을 다는 등 근대 주택으로서 편리성을 도모했다. 김종영
은 옮기기 전의 건물에서 태어난 셈이다. 하지만 김종영 생가는 1994년
도로공사로 인해 본채와 별채인 사미루 사이에 신설도로가 생겨 '분단'
되어 있다. 그러니까 '꽃대궐'은 현재 불구의 몸으로 두 토막 상태인 셈
이다. 다행히 수백 년 묵은 느티나무와 꽃나무들이 있어 과거의 영화를
조금이라도 짐작하게 하고 있다.

김종영과 그의 조소 예술세계

　소답동 고가, 즉 〈고향의 봄〉 현장, 그것도 예술계의 거장인 두 인물
과 인연이 있는 현장, 흥미롭지 않을 수 없다. 대지주의 아들인 김종영

그리고 빈곤 가정 출신의 이원수, 이들의 만남은 흥미를 유발한다. 이원
수는 김종영 주택 인근에서 거주했다. 하지만 이 양자의 만남에 대한 구
체적 기록은 별무 상황이다. 그럼에도 불구하고 이들의 남다른 인연을
생각하게 한다. 김종영(1915~1982)과 이원수(1911~1981). 소답동 고가를
중심으로 하여 빛나는 예술이라는 탑을 높게 쌓을 수 있었던 곳, 이들의
고향 공유의식은 남다를 수밖에 없다.

이원수는 경남 양산읍에서 출생했지만 만 1년도 되지 않아 창원으로
이주했다. 그는 만 5세에 소답리 서당에 다니면서 한문 공부를 했다. 바
로 〈고향의 봄〉의 무대가 되는 동네와의 본격적 인연을 쌓기 시작한 것
이다. 하지만 만 10세에 김해로 이사했다가 이내 마산으로 또다시 이사
했다. 이원수는 마산에서 초등학교에 편입했고(1923), 여기서 〈고향의
봄〉을 발표했다. 그는 마산공립상업학교를 졸업하고 함안금융조합의
서기로 취직되어 마산을 떠났다(1931). 그리고 〈오빠 생각〉의 최순애와
결혼했다(1936).

김종영은 소답리의 만석꾼 부잣집 집안에서 장손으로 출생했다. 그
는 고향에서 사대부 가풍의 교육을 받다가 1930년 상경했다. 휘문고등
보통학교에서 미술교사 장발張勃을 만났고, 동학으로 이쾌대, 윤승욱 등
을 만날 수 있었다. 그러니까 유년시절의 김종영과 이원수는 겹치는 세
월이 별로 없었던 듯하다. 무엇보다 가정환경이 이 점을 짐작하게 한
다. 김종영은 10대 후반에 미술가의 길로 들어섰고, 이어 도쿄미술학
교 조각과에 진학했다(1936). 이 학교는 1925년 김복진이 근대기 최초
의 조각가로서 졸업했던 곳이다. 그럼에도 불구하고 1920년대의 신미
술 혹은 근대적 조소예술은 일반화되지 않은 특수 분야였다. 특히 미술
가를 폄하하던 유교사회의 유습이 강하게 남아 있던 분위기로 볼 때,

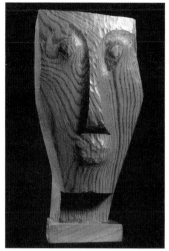 

김종영, 〈자각상〉, 1971　　　　　　　　김종영, 〈자화상〉, 1975

양반가 출신으로서 조각 전공은 이례적이지 않을 수 없다. 이미 결혼
한 김종영은 1943년 귀국하여 고향에서 칩거하면서 전쟁기의 암흑 세
월을 견뎌내야 했다. 해방 이후에도 여전히 고향에서 은둔하고 있던 김
종영을 상경시킨 이는 장발이었다. 서울대 미술대 학장이었던 장발은
제자 김종영을 불러 미술대 교수직을 맡겼다(1948). 김종영은 정년퇴임
(1980)으로 서울대를 떠날 때까지 교육자로서 혹은 조소작가로서 많은
역할을 담당했다.

　김종영의 예술세계는 애초 구상작품으로 출발하여 점진적으로 추상
세계로 진입했다. 그의 작품은 단순한 형태라는 외형적 특징을 가지고
있고, 더불어 응축된 내면세계의 품격을 유지하고 있다. 김종영의 어록
하나를 인용한다.

"아름다운 것이란 무엇인지 나는 잘 모른다. 미를 알려고 하거나 그것을 추구하는 것은 지극히 허황한 일이다. 절대적인 미를 나는 아직 본 일도 없고 그런 것이 있다고 믿지도 않는다. 다만 정직하고 순수하게 삶을 기록할 따름이다. 그것이 희망이고 기쁨이기를 바란다. 나는 작품을 창작한다는 것 –아름다운 예술품을 만드는 것– 이런 따위의 생각은 갖고 싶지 않다. 기술과 작품의 형식은 예술을 위해서 사용되는 방법이기 때문에 가능한 단순한 것이 좋다. 표현은 단순하게 내용은 풍부하게" (〈아름다운 것〉에서)

김종영의 작품은 단순미의 결정체이다. 이는 조각도를 든 문인화가와 같은 분위기를 자아내고 있다는 점에서도 그렇다. 어떤 경우는 고도의 선풍禪風을 감지하게도 한다. 그만큼 수도승의 분위기를 작품 속에 담았기 때문이다. 그의 조각 작품 이외 눈길을 끄는 부분이 있다. 바로 서예 작품과 드로잉이다. 무엇보다 김종영은 수준 높은 드로잉 작품을 상당수 남겼는 바, 드로잉 그 자체로 완결미를 지니고 있어 독립적 장르로 분류하게 한다. 조각도를 잡은 조각가의 붓그림들, 그의 필력을 짐작하게 한다. 더불어 그의 서예작품을 눈여겨보게 한다. 격조 높은 붓글씨에서 작가의 고고孤高한 위상을 느끼게 한다. 현재 김종영의 예술세계를 직접 확인하고자 한다면, 서울 평창동 소재의 김종영미술관에 가면 쉽게 뜻을 이룰 수 있다.

이원수·최순애 부부와 아동문학

창원에는 이원수문학관이 건립(2003) 되어 이원수 문학의 실체를 경험하게 하고 있다. 더불어 사단법인 고향의봄기념사업회(회장 김일태)가 창립되어 〈고향의 봄〉 선양사업에 앞장서고 있다. 이원수문학관은 이원수 관련 자료가 전시중이나, 최순애 코너도 있어 눈길을 끈다. 최순애는 누구인가.

최순애(1914~1998)하면, 누구인지 모르는 사람이 많을 것이다. 하지만 동시 〈오빠 생각〉하면 대한민국 사람은 대개 알 것이다. 최순애는 〈오빠 생각〉의 작가이다. 그런데 흥미로운 사실은 최순애는 이원수의 부인이었다는 점이다. 사실 국민적 애창곡은 〈고향의 봄〉보다 〈오빠 생각〉이 더 위에 있는지 모른다. 그만큼 한국인의 정서에 맞는 노래이고, 또 오늘도 무수한 곳에서 불러지고 있는 노래라는 공통점을 지니고 있다. 이원수의 장남(이경화)의 회고에 의하면, 자신은 하모니카 연주를 즐긴다고 했다. 그런데 그가 유튜브에 올린 〈오빠 생각〉과 〈고향의 봄〉의 경우, 방문자의 숫자가 현격한 차이를 보이고 있단다. 〈오빠 생각〉은 10만 명을 넘어섰고, 〈고향의 봄〉은 4만 명 정도였단다. 전자는 국내 방문자가 80%를 넘는 반면, 후자는 해외 동포들이 56% 정도 방문을 해 향수를 달랜다는 것, 흥미로운 증언이지 않을 수 없다.

최순애는 1925년 『어린이』 잡지에 〈오빠 생각〉을 발표한 바, 이는 이원수의 〈고향의 봄〉보다 1년 앞선 기록을 갖게 했다. 불행하게 최순애의 동시작품은 해방 이후 원고 망실 관계로 현재 10여 편만 남아 있다.

"1923년에 소파 방정환 선생이 펴낸 『어린이』라는 잡지가 있었다. 내가 열여섯 살이 되던 1926년에 나는 이 잡지에 '나의 살던 고향은 꽃 피는 산골…'로 시작되는 〈고향의 봄〉을 써 보냈는데 이 동시가 실리게 되었다. 세상에 발표한 내 첫 작품이었다. 그런데 그 전 해에 이 잡지에 수원에서 사는 최순애라는 여자가 '뜸북뜸북 뜸북새 논에서 울고…'로 시작되는 〈오빠 생각〉이라는 동시를 발표했었다.

나는 그 동시가 무척 좋아 내가 같은 잡지에 글이 실렸다는 것을 핑계로 편지를 썼더니 답장이 왔다. 이때부터 나와 최순애는 서로 편지를 주고받았다. 처음에는 안부를 묻고, 문학 이야기를 하는 것으로 그쳤는데 일고여덟 해를 계속해서 편지와 사진까지 주고받게 되자 우리는 점차로 혼인할 뜻을 굳히게 되었다. 이렇게 계속해서 편지로만 사귀어 오다가 1935년에 드디어 우리는 수원에서 만날 약속을 했다. 사진으로 얼굴을 익히고는 있었지만 속으로 불안했던 나는 이러이러한 옷차림한 사람이 수원역에 내리면 난 줄 알라고 편지를 보냈다. 그런데 어이없게도 만나기로 약속한 그날에 나는 검거되어 외부와의 연락이 끊어지게 된 것이었다. 예심이 끝난 가을에야 겨우 편지를 낼 수 있었고, 그제서야 최순애의 편지를 받았다. …

1936년 6월에 우리는 장인이 아는 서울 견지동의 작은 교회에서 혼례를 치렀다. 우리 집에서는 아무도 올라오지 않았고 아내의 집식구들만 참석한 초라한 혼례였다. 식을 올리자마자 수원으로 내려온 나와 아내는 신혼여행을 가는 셈 치고 곧장 마산으로 갔다. 나의 신혼생활은 행복과 고통이 뒤범벅된 것이었다. 실직자로서의 불안한 나날을 신혼의 달콤한 즐거움으로 덮으며, 나는 마산시의 동쪽에 있는 산호동에서 셋방살이를 했다. 그때의 산호동은 지금과는 달리 외딴 동네였고 집 뒤로는 바로 용마산이 있었다." (이원수, 〈털어놓고 하는 말〉, 1980)

최순애는 수원 매향학원 졸업생, 이 학교는 원래 삼일여학당이었다.

바로 나혜석의 모교이다. 나혜석은 근대기 최초의 여성 유화가이자 소설가이며 독립운동가였다. 여권운동의 대모代母라고 추앙받고 있는 선각자이다. 수원 출신 나혜석과 최순애가 농장이라는 사실은 내우 흥미롭다. 각각 선구자로서 역사의 한 페이지를 장식하고 있기 때문이다.

꽃대궐, 다시 보기

꽃대궐, 이원수의 〈고향의 봄〉 무대가 창원 소답동의 김종영 생가라는 사실, 이는 진정 놀라운 일이지 않을 수 없다. 고향의봄기념사업회 회장 김일태 시인은 나에게 '꽃대궐' 현장을 설명하면서 기리는 사업을 보다 활성화시켜야 한다고 강조했다. 현재 김종영 생가를 중심으로 한 기념사업은 본격화하지 않고 있다. 아니 고향의 봄 기념사업과 김종영 기념사업은 각자 별도의 노선을 걷고 있는 듯하다. 하지만 이들은 '꽃대궐'이라는 공통점을 공유하고 있는 역사적 현실이다. 따라서 두 인물과 현장을 같은 반열에 두고 기리는 사업을 공동주최할 만하다. 비록 개인적 친분관계는 두텁지 않았다 해도 '꽃대궐'을 중심으로 한 기념사업은 이들 두 예술가의 세계를 보다 넓게 기리는데 기여도가 클 것이다.

한마디 더 첨언한다면, 〈고향의 봄〉은 한국인의 애창곡으로 꼽히고 있는바, 그 노래의 현장은 이제 군이 소답동 김종영 생가를 뛰어넘어 한국인의 고향으로 승화시킬 수 있다. 소답동은 대한민국 도처에 산재해 있다고 믿고 싶기 때문이다. 거기, 꽃대궐에 서 있는 두 거장, 바로 이원수와 김종영, 이들을 한자리에 두고 기리는 것, 매우 흥미롭지 않을 수 없으리라. 꽃대궐의 현장, 김종영의 생가터에 대한 평가를 인용하고자 한다.

　"400년 전 우성 김종영의 7대 조부이자 김해 김씨 삼현파의 적
자인 삼족당 김대유가 경북 청도에서 창원으로 이주하여 이곳 새
터 소답동에 정착함에 따라 삼현파 후손의 세거지가 되어 오늘에
이르렀다. 소답동 남쪽 지귀동에 김해 김씨 효자비가 있고 사파
정동에는 김해 김씨 열녀비가 있어 이 땅이 김해 김씨의 향리로
써 삼현파 후손의 세거지임을 알 수 있다.

　우성 김종영의 고향 새터인 소답동은 오랜 세월 창원의 중심지
였다. 창원 대도호부 읍성지로 오랜 세월 5일장이 열려 성시를 이
루었고 또 향교가 자리 잡고 있었으며 향교 동쪽 길에 지새미라
는 샘이 있는데 옛날 용이 이 물을 먹고 컸으며 새터 동쪽의 백옥
산에서는 기우제를 지내던 고을로 소답동은 창원의 뿌리였다."
(이강근, 『새터 마을 소답 꽃집』)

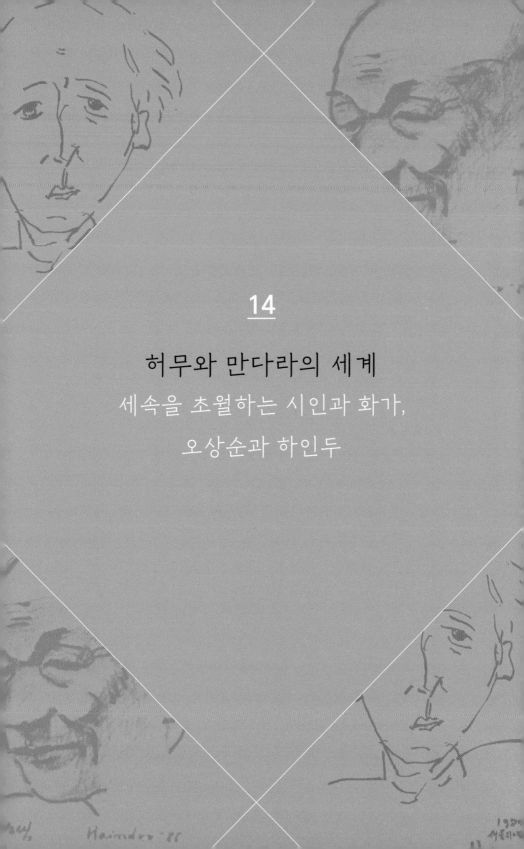

14

허무와 만다라의 세계

세속을 초월하는 시인과 화가,

오상순과 하인두

시인 오상순의 기행奇行

"허무와 독신의 사상 속에 유랑하는 공초를 붙잡아 둘 수 있는 사람은 아무도 없었다." 시인 이동주는 그의 실명實名소설 『빛에 싸인 군무群舞』에서 공초空超 오상순 시인(1894~1963)을 위와 같이 단정했다. 유랑하는 시인 공초, 애연가 공초, 아니 담배가 얼마나 좋았으면 아호까지 '꽁초'라 했을까. 평범한 삶을 거부했던 시인의 기행奇行, 그것은 상상 밖의 일이기도 했다. 실명소설에 나오는 일화이다. 길을 가던 수자화주樹州 변영로卜榮魯는 우연히 공초를 만났다. 수주는 공초를 이끌고 한강으로 갔다. 게서 이들은 뱃놀이를 했다. 뱃사공까지 잠이 든 철야 뱃놀이였다. 이들이 소비한 소주만 해도 무려 소두 한 말이었고, 한강물에 던진 꽁초만 해도 90가치에 달했다. 그야말로 주신酒神과 초선草仙의 일화였다. 광풍狂風의 세월이었다.

이런 정도의 일화는 약과일지 모른다. 한 번은 변영로, 오상순, 염상섭, 이관구 등 주당酒黨 4명이 회동했다. 이들은 동아일보 송진우 사장에게 거금 50원을 마련하여 성균관 뒷산에서 술자리를 마련했다. 술판은 거나해졌고, 여름 소나기는 몰아쳤고, 더위는 가셨다. 이에 오상순은 제안했다. 대자연과 인간과의 사이를 이간시키는 구실만 하는 옷, 그 옷을 찢어버리자. 기상천외였다. 그러면서 공초는 옷을 벗어던졌다. 알몸이 된 공초를 따라 나머지 주당들도 옷을 벗었다. 이들은 고성방가에 고주망태가 되어 하산하던 중 소를 발견했다. 소 등에 올라탄 나체의 주당, 신선이 따로 없는 듯 호기를 부렸다. 이들은 명륜동 큰길까지 나섰다. 하지만 그다음 수순은 행인들의 경악, 바로 그것이었다. 결국 순사의 제지로 시내 한복판까지 진출하려던 주당의 계획은 무산되었다. 알몸으로 소를 타고 행군하는 주당들, 풍류인가. 이런 일화를 소개한 변영로의 『명정酩酊 40년』
기록은 흥미롭다.

화가 하인두가 소개한 공초
관련 일화 역시 눈길을 끈다.
자연紫煙으로 무상無常을 달래
던 공초, 하루 2백 개비의 담배
를 피운다는 공초, 그의 입에
서 담배가 떨어지는 일이 없었
다. 그렇다면 공초는 어떤 인물
인가. "죽은 제자의 유골을 수
건에 싸서 들고 다니면서 어떤
술자리에서 그 유골에 술잔을

하인두, 〈오상순 초상〉, 1988

권하던 그 공초, 자기의 담뱃불이 이불에 붙어 불이 나서 여관에 소동이
나도 자기만은 남의 불구경인 양 초연히 바라보며 계속 담배를 태우던
그 얼굴." 공초는 이런 인물이었다. 그런데 여기서 주목을 요하는 부분
은 제자 유골을 들고 다니면서 함께 술을 마신다는 일화이다. 어찌, 이
런 일이! 상식을 부시는 행위가 아닌가.

다음은 시인 김춘수의 증언이다. 공초는 호주머니 속에 가득 꽁초를
주워 모았다. 그러면서 공초는 쌍나팔을 불었다. 꽁초 2개를 물었던 것
이다. 파이프 담배는 절대로 피지 않았다. 그를 만나면 뭔가 대접을 해
드리고 싶은 생각이 절로 난다. 다방에 마주 앉아 있을 때, 신문팔이 아
이가 오면 으레 한 부 놓고 가라 한다. 다른 신문팔이가 오면 또 한 부 놓
고 가라 한다. 문제는 신문값을 공초 본인이 내는 것이 아니라 동석한
다른 사람이 내야 한다. 찻값도 본인은 무감각이다. 호주머니 사정이 좋

지 않을 때 공초의 손짓에도 불구하고 그에게 갈 수 없다는 점이 안타
까웠다.

> "공초 선생님께서는 울타리를 늘 무너뜨리고 계셨다. 우리는 울타
> 리 안엣 것만 자기 것으로 생각하고, 자기 것이 남의 것보다 풍부해
> 보일 때 흐뭇하지만, 선생님께서는 그 감각이 없으시다. 높은 데서
> 내려다 보시고, 허 그 참 경치 좋다! 하시면 안계眼界에 들어오는 건
> 모두가 선생님의 것이다. 그리곤 또 곧 그걸 잊으신다. 전연 구애되
> 지 않으신다." (김춘수, 〈대도大道는 무문無門이다〉, 『시대고時代苦와 그 희
> 생』, 1979)

허무혼의 시인 오상순. 그는 일본 유학을 다녀온 지식인이었다. 그
는 김억, 황석우 등과 『폐허』 동인(1920)으로 활동했다. 그러니까 공초는
1920년대의 시인 가운데 하나였다. 공초空超라는 아호는 이른 시기부터
사용했다(1926). 기독교에서 불교로 귀의한 그는 1946년 서울 안국동
선학원과 조계사에서 거주했다. 전쟁 이후 서울 환도 후에는 『청동산
맥』 모임을 주재했다. 사후에 『공초 오상순 시집』 출판했다(1963). 공초
의 초기시 가운데 〈허무혼의 선언〉은 공초 문학세계를 알려주는 좋은
자료가 된다. 그 내용은 이렇다.

> 물아
> 쉬임 없이 끝없이 흘러가는
> 물아
> 너는 무슨 뜻이 있어

그와 같이 흐르는가

이상스레 나의

애를 태운다

끝 모르는 지경으로 나의 혼을

꾀어 간다

나의 사상의 무애無碍와 감정의 자유는

실로 네가 낳아준 선물이다

오- 그러나 너는

갑갑다

너무도 갑갑해서 못견디겠다

…

바람아

오- 폭풍아 흑풍아

그 불꽃을

불어 날려라

쓸어 헤치라

몰아 무찔러라

오- 위대한 폭풍아

세계에 충일한 그 불꽃을

오- 그리고

한없고 끝없는

허공에 춤추어 미쳐라

허무야

오- 허무야

불꽃을 끄고
바람을 죽이라!
그리고 허무야
너는 너 자체를
깨물어 죽여라!

"공초 오상순의 시업詩業을 대표하는 말은 '허무虛無'와 '적멸寂滅'이
다. 허무는 실체實體와 차별상差別相을 부정하며, 적멸은 속계俗界의 고
苦와 집集을 벗고 열반涅槃 위락爲樂의 경지에 듦으로써 고통, 번뇌, 대
립, 갈등이 해소된 세계를 뜻하는 말이다. 사람을 만나면 뜨겁게 손
을 잡고 '반갑고 고맙고 기쁘다'던 공초의 면모(구상 시인의 증언)는 그
가 삶을 통해 적멸의 세계를 체현體現해 보이려 한 증거다." (김봉군,
〈허무와 적멸의 시학詩學〉, 『허무혼의 선언』 해설, 1987)

'오, 허무야!'를 외쳤던 공초. 그의 세계는 허무와 적멸의 세계란다. 하
기야 적멸 앞에 허무니, 고통이니, 갈등이니, 기쁨이니, 다 무슨 소용이
있겠는가. 세속의 모든 단계를 초월한 경계, 거기가 적멸의 세계가 아닌
가. 공초 시인은 불교적 세계관으로 시를 썼고, 또 무애無碍의 철학으로
인생을 영위했던 것 같다. 공초의 대표작 하나를 더 살펴본다. 〈아시아
의 마지막 밤 풍경〉의 머리 부분이다.

아시아는 밤이 지배한다. 그리고 밤을 다스린다.
밤은 아시아의 마음의 상징이요 아시아는 밤의 실현이다.
아시아의 밤은 영원의 밤이다. 아시아는 밤의 수태자이다.

　　　밤은 아시아의 산모요 산파이다.

　　　아시아는 실로 밤이 낳아준 선물이다.

　　　밤은 아시아를 지키는 수인이요, 신이다.

　　　아시아는 어두움의 검이 다스리는 나라요 세계다.

　　　아시아의 밤은 한없이 깊고 속 모르게 깊다.

　　　밤은 아시아의 심장이다. 아시아의 심장은 밤에 고동 한다.

　　　아시아는 밤의 호흡기관이요 밤은 아시아의 호흡이다.

　아시아는 아직 밤이다. 아시아는 대낮이 아니기 때문이다. 아시아의
어려운 현실을 바탕에 둔 공초의 세계관, 거칠면서도 선언적 시구절은
쉽게 읽힌다. 과장법이 심하여 겉돌게 할 정도로 호흡이 크다. 공초는
시대의 아픔을 얼마나 배려했을까. 〈시대고와 그 희생〉는 3.1운동 직후
공초의 심경 표현한 것으로 알려졌다. 로맹 롤랭의 감성에 의탁한 공초
의 생각이었다는 평도 있다.

　　　"나는 허무와 싸우는 생명이다. 밤에 타는 불꽃이다. 나는 밤은
　　　아니다. 영원한 싸움이다. 어떠한 영원한 운명이라도 이 싸움을
　　　내려다보지 못한다. 나는 영원히 싸우는 자유의지이다. 자, 나와
　　　함께 싸우자. 타거라 부단히 싸우지 않으면 안 된다. 신神도 부단
　　　코 싸우고 있다. 신은 정복자이다. 비유하면, 육肉을 탐식하는 사
　　　자와 같다."

화가 하인두가 본 공초 시인

하인두河麟斗(1930~1989)는 독특한 회화세계를 이룩했던 화가이다. 특

히 그는 글 솜씨가 좋아 몇 권의 저서를 남겼는바, 『지금, 이 순간에』
(1983), 『혼불, 그 빛의 회오리』(1989), 그리고 사후死後에 『당신 아이와 내
아이가 우리 아이 때려요』(1993), 『청화 수필』(2010) 등이 있다. 우선 시인
과 남다른 인연을 맺었던 하인두의 고백부터 들어보자.

　　"누가 말했던가. '시는 목적이 아니라 정열'이라고. 시인의 정열
　은 '사람 곧바르게 살아감의 정열'이란 뜻이 되겠고 나아가 그 뜨
　거움은 언제나 사회의 부정不正을 부정否定하는 준엄한 순정의 몸
　짓-양심-이어야 한다는 뜻일게다. 지금, 현역으로 시작詩作 활동
　을 하는 많은 시인들 중에도 나는 친한 분들이 많은 편이다. 인
　간적으로, 시인으로 가장 존경하는 분으로 구상 선생을 먼저 꼽
　을 수 있고, 김상옥, 정한모, 조병화, 황금찬, 이봉래, 문덕수, 권일
　송 등과 친분이 있다. 나의 초창기 미술 초년병 시절부터 나의 미
　술 활동을 지켜봐 준 시인으로는 박희진, 성찬경, 고은, 김규태, 허
　만하, 김해석, 김동빈, 손경하, 박성룡, 박재삼 등이 있다. '신바이
　처'라고도 부르는 지금은 명침名鍼으로 뭇 주위 환자의 무료진료
　를 도맡고 있는 신동문, 나도 많은 마음 빚을 지고 있다. 또 우리
　집 식구들의 주치의 격으로 늘 그의 한방 치료 신세만 지고 있는
　김해석. … 낯익은 시인들의 시를 읽으면 그들의 호흡 맥박을 나
　름대로 짚을 수가 있고, 또 그리움도 일고하는 것이다. 요새는 되
　도록 시란의 시들은 모조리 빼놓지 않고 다 읽고 있는 셈이다. '아
　아, 내가 이렇게 마음눈이 흐려져 있구나! 속물 다 되었구나' 또는
　'아아, 내가 너무나 일상에 무감동해 있구나!'하는 감탄의 뉘우침
　을 일게 해준다. 시를 맛보면 그런 일침이 가슴팍을 저미게 하고,

쌓인 마음 먼지를 털게, 눈을 비벼서 세상 새롭게 보게 하는 새 눈
을 뜨게 하기도 한다." (하인두,『당신 아이와 내 아이가 우리 아이
때려요』, 1993)

　많은 시인들과 교유했던 화가 하인두, 그가 가깝게 지냈던 시인 가운
데 공초 오상순을 들 수 있다. 그는 해방 직후 서울에서 공초를 처음 만
났다. "어느 곳에 어느 때 할 것 없이 주기적으로 자주 만날 기회가 있었
다. 대구의 상록암말고도 부산의 금잔디다방, 청원다방, 금강다방 등 공
초가 진을 쳤다 하면 나는 후속 부대의 일원으로 자리를 옮겨 따라가곤
하였다." 피난시절 부산에서의 일이다. 장소는 중앙동 40계단 왼쪽 동
양호텔이란 이름의 여
관, 하인두의 형은 사
업차 그곳을 숙소로 정
해 놓고 진을 치고 있었
다. 그런 여관 맨 구석
방을 공초에게 할애했
다. 하여 하인두는 여관
구석방에서 공초와 동
거(?) 하게 되었다. 당시
"공초의 짐은 트렁크 하
나도 없었다. 허름한 보
자기 하나 정도, 거기엔
주로 영자 신문-타임,
뉴스위크 따위로 가득

하인두, 〈자화상〉, 1957, 국립현대미술관 소장

하고 또 양담배 갑도 더러 눈에 띄었다. 칫솔, 치약, 면도칼은 코트 주머
니에 간직하고 다녔다." 정말 할 일 없었던 시인과 화가는 문자 그대로
'유유자적'의 세월이었다. 이들은 아침 식사로 겸상을 받았고, 식욕이
왕성한 공초는 밥은 물론 반찬까지 남김없이 모두 들었다. 식후에 공초
는 아침 치장에 정성을 들였다. 면도도 열심히 했고, 양바지 줄 세우기
에도 정성이었다. 물론 그의 아지트인 금잔디다방으로 출근하기 위해서
였다. 공초의 일상생활에서 특이한 사항, 바로 끽연이다. 공초는 세수할
때도 담배를 끄지 않았다. 그러니까 공초는 세수하다 말고 담배를 한 모
금 빨았다. (오, 세수할 때도 담배를 피워야 하는 골초(?), 놀라운 일이지 않을 수 없다.
과연 '꽁초' '空超', 모든 것을 초월한 경지?)

   공초의 대구시절. 대구 덕산동 한길가의 조그만 초가집, 그곳의 마
당에 상록수 한 그루가 있었다. 거기서 공초는 '대구보살'이라고 불리
던 집주인과 함께 살았다. 대구보살은 부산 출신의 과부였고, 공초 40
대부터 알고 지낸 사이라 했다. 공초는 방 두 칸의 그 집을 '상록암'이라
고 불렀다. 이 상록암 식객으로 하인두, 그리고 야담계의 선구자라는 유
추강 노인이 함께했다. 상록암은 낮에도 불을 켜야 할 정도로 침침했다.
그런 상록암에서 공초는 몇 날 며칠이고 방에 누워서 지냈다. 어쩌다 손
님이 와도 수인사만 하고 방으로 들어갔다.

   "공초는 낮밤 없이 그의 오랜 때 묻은 침실—어머니 자궁 속 같
   은—에 들어와 물어 죽일 것 같은 폭풍같이 부는 허무의 불길을
   스스로 잠재우고 있는지도 모를 일이었다. 그 〈허무혼의 선언〉의
   산실도 그 방이었고, 〈아시아의 마지막 밤 풍경〉의 산실도 그 방
   이었다. 공초의 진면목이 펄떡이는 그 시편들은, 지금 다시 귀소

해서 공초가 누운 채 있는 그 방에서 산고의 진통을 겪고 태어나
곤 했던 것이다." (하인두, 『당신 아이와…』)

　하인두와 공초와의 인연은 서울생활에서도 그대로 이어졌다. 이른바
청동시대의 측근이 되어 공초를 보살폈다. 하지만 공초는 이런 사람이
었다. "'청동'과는 선을 이어 놓고 '돌체'의 명곡도 시시해지면 공초의
곳으로 들리곤 하였다. 소녀들의 아성에 파묻혀 희희낙락하시던 공초는
나를 보면 손을 번쩍 들고, 옆자리를 권하였다. 그 흔한 소녀들을 옆에
앉혀놓고서도 인사 한 번 시켜주는 걸 못 봤다"(『청화 수필』에서). 아무튼
화가 하인두의 공초에 대한 평가는 이렇다.

　　"지난 일을 슬쩍 쉬이 넘겨버리고 무심자약無心自若하는 공초, 그
　것이 어쩌면 공초다운 공空과 초超의 진면목일지 모르는 것이다.
　언젠가 공초가 나에게 일러준 말이 있다.
　　'집執을 끊어라. 하지만 참으로 집을 끊기 위해선 무쇠같이 강하
　고 끈끈한 집착의 밧줄로 자기를 얽어매 놓을 줄 알아야 한다. 그
　런 시련의 연후에 끊어진 집이 사람을 자유케 한다.'
　　공초의 아집은 대단하다. 한 치의 양보도 에누리도 없는 빡빡
　이 터지도록 그득 찬 아집 덩어리. 그런데 공초는 한편 너무나 아
　집 – 주장이 없는 무심 그대로 마음을 비워 놓길 잘 한다. 공空이란
　만滿의 연후에 이룩되는 현상과 같다고나 할까. 또는 그득 찬 거
　나 텅 빈 거나 어쩌면 같은 뜻인지도 모른다. 고苦가 락樂의 동의어
　가 되듯이…" (하인두, 『당신 아이와…』)

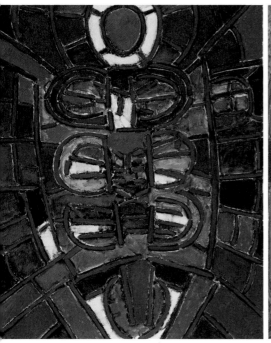 

하인두, 〈혼불〉, 1988, 국립현대미술관 소장   하인두, 〈환중1〉, 1984, 국립현대미술관 소장

하인두의 공초 시인에 대한 증언은 흥미롭다. 해방기와 전쟁기 그리고 환도 후 어려운 시절의 측근으로 시인을 지켜본 경험담이어서 더욱 값진 것 같다. 하인두는 현대미술 운동에 앞장서는 등 화단활동도 활발했다. 하지만 그에게 불행이 찾아왔다. 반공문화의 기치가 드세던 시절의 산물이었다. 하인두는 길에서 우연히 옛 친구를 만났다. 4.19가 난 1960년의 가을 어느 날의 일이었다. 하인두는 친구를 집으로 데려가 묵게 해주었다. 친구에 대한 우정의 표현이었다. 하지만, 하지만, 친구는 북에서 내려왔다는 것이었다. 친구의 정체를 알고 하인두는 친구를 내보냈다. 하지만 국가는 하인두를 국가보안법을 들어 불고지죄라는 죄명

으로 감옥에 넣었다. 4개월의 감옥살이와 집행유예 2년 그리고 자격정
지를 받았다. 직장으로부터 쫓겨났고, 해외출국도 금지 당한 채 16년간
공민권을 박탈당해야 했다. 타의의 은둔생활은 화가로 하여금 극심한
우울증으로 빠지게 했고 절망의 숲에서 허우적거리게 했다(류민자, 『혼불-
하인두의 삶과 예술』, 1999).

　하인두는 생전에 20회 가량 개인전을 개최할 만큼 열성적으로 작가
활동을 했다. 유족의 증언에 의하면, 그는 유화 약 1천 점을 제작했다.
특히 만년의 그는 암 투병 중임에도 불구하고 자신의 대표작에 해당할
만큼 빼어난 명품을 생산해 냈다. 하인두 예술의 열쇠말 가운데 하나는
묘계환중妙契環中이다. 여기서 '환중'은 '옳고 그름을 초월한 절대의 경지
로서, 공허하여 융통자재함을 이른다'라는 것이다. 물론 묘계환중이란
용어는 원효의 『금강삼매경론』의 도입부에 나온다. 원효사상의 실체를
파악하게 하는 저서의 한 부분인 것이다. 거기에 한국사상의 원형과 같
은 주장이 있지 않은가. 즉 '이치가 없는 지극한 이치요, 그렇지 않으면
서 크게 그러한 것無理之至理 不然之大然', 바로 원효사상의 핵심과 상통하
는 논리이다. 하인두는 불교사상과 접하면서 자신의 예술세계를 만다라
형태로 집약했다. 화가는 이렇게 주장했다.

　　"서양의 추상미술이란 변증법적 논리로서 그 합리적 추구가 결
　　국은 차가운 무기물적 구성으로 끝나고 말았지마는 만다라 정신
　　을 구심점을 하는 동양적 추상의 전개는 생명의 생성이며 우주의
　　질서를 영험으로 받아들이는 유기물적인 결구의 세계로 끝이 없
　　으리라."(『청화수필』)

하인두, 그는 국전에서 여덟 번씩이나 낙선한 경험이 있다. 게다가 국가보안법으로 공민권까지 박탈당한 경험도 있다. 그런 그가 궁극적으로 도달한 세계, 거기에 '묘계환중'이 있었다. 불교사상을 기저에 깔면서, 시공을 초월하고자 한 인생관과 맥락을 함께했다. 그렇다면, 하인두의 예술세계와 공초 오상순의 세계와 접점은 없는 것일까. 하인두의 예술이야말로 바로 '공초空超'를 지향하는 세계는 아니었을까. 묘계환중의 세계. 오상순 시인과 하인두 화가의 만남은 이렇듯 예술세계로 연결되어 한 시대를 풍미한 결정체로 남게 되었다. 노산鷺山 이은상李殷相은 그의 〈공초경空超經〉에서 이렇게 노래했다.

> "오고 싶지 않은 곳으로 온 공초여
> 가고 싶은 곳도 없는 공초여
> 그러길래 공초는 오지도 않았고
> 가지도 않을 것이다."

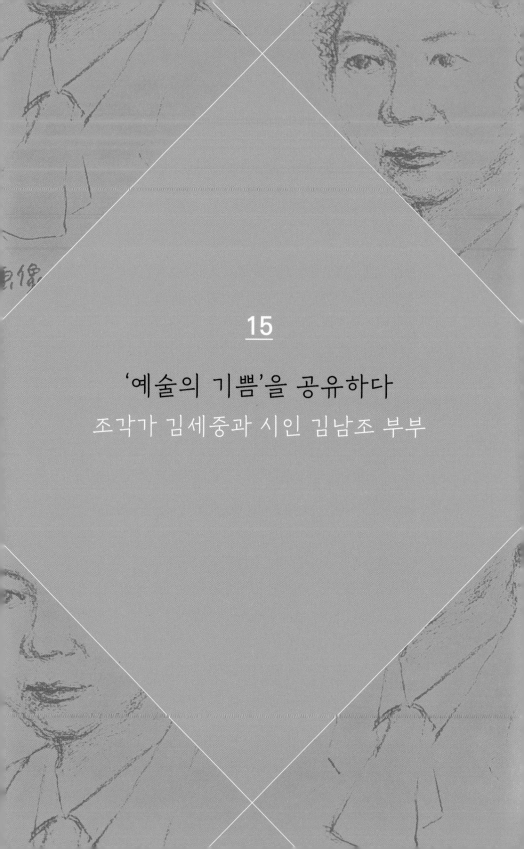

15

'예술의 기쁨'을 공유하다

조각가 김세중과 시인 김남조 부부

김남조 시인 70년 자료전

서울 평창동 소재 영인문학관은 〈김남조 자료전-시와 더불어 70년〉 특별전을 개최했다(2016. 9). '시와 더불어 70년!', 대단한 인생역정이 아닐 수 없다. 그래서 그랬을까. 전시장은 잔잔한 파문을 일으키면서 많은 이들로 하여금 감동을 안게 했다. 전시 내용은 시인의 내면세계를 나타내듯 관련 자료를 '조용하게' 펼쳐 보였다. 첫 번째 전시실의 중앙에 시인의 초상화가 걸려 있다. 박득순 화가의 유화작품(1953)은 한복 차림의 젊은 시절 시인 모습이다. 대단한 미모에 품격 있는 분위기를 보여주고 있다. 더불어 눈길을 끄는 작품은 전통 초상화 기법에 의해 제작된 시인 초상화이다. 이 작품은 내가 기획한 전시에 출품하기 위해 제작된 것으로 손연칠 교수의 작품이다. 전통 초상화의 특징은 사실적 묘사를 내세우면서 주인공의 내면세계까지 표현하는 전신傳神 기법에 있다. 핍진한 사실적 묘사력, 이는 조선시대 초상화의 특징이다. 그래서 옛 초상화를 보고 주인공의 병력病歷을 진찰한 논문도 있을 정도다. 특히 얼굴표현은 매우 중요한 바, 화면의 뒤에서 칠하는 배채법背彩法 등을 활용하기도 한다. 주인공의 외모 표현에 내면세계까지의 표현은 전통 초상화 기법의 장점이다. 손연칠의 〈김남조 시인 초상〉은 단아한 분위기의 시인 모습을 품격 있게 보여준다. 시인은 연필 자화상(2003)도 그린 바 있다. 수준급의 필력 소유자임을 확인하게 한다. 전시는 시인의 친필 원고(1950년대부터 2000년대까지), 문인들의 편지, 애장품, 『목숨』 이래의 출간 시집과 단행본들, 언론 기사들, 사진기록 등, 다채롭게 이루어졌다. 영인문학관의 강인숙 관장은 김남조 시인에 대하여 이렇게 기술했다.

손연칠, 〈김남조 시인 초상〉, 2010

"김남조의 시어詩語는 언제나 낯설게 하기에 성공합니다. 말만 새로운 것이 아닙니다. 풍성한 감성의 저수지가 그 안에 자리 잡고 있어, 하는 말도 늘 다릅니다. 감성의 풍요로움과 언어의 새로움이 같은 곡조의 노래를 늘 새롭게 단장을 합니다. 김남조라는 한 시인의 희귀한 자산입니다. 김남조는 90이 되어도 여전히 감성 인간인 것입니다." (전시 도록 인사말에서)

나이 90이 되어도 감성 인간이라는 것, 이 같은 언어의 증거는 시인의 첫 시집 목숨』(1953) 이래 17권의 창작시집이 말해 준다. 시인의 일생은 단순하지 않았다. 시대가 그랬다. 시인은 말한다.

"나는 우리나라가 일본에 강제 점거되었던 치욕의 시절에 태어나 식민지의 아이로 자랐으며 고등학교 졸업 무렵에 해방을 맞이했습니다. 금지되었던 한국어와 문자와 한국인의 본 이름을 찾게 된 감동의 시절이었으나, 얼마 후에 한국은 남과 북이 갈라져 대결하는 6.25전쟁에 다시 휩싸였습니다. 그 후 한국인 대부분은 참담한 가난의 밑바닥까지 추락했고 근대 국가의 일원이 되기엔 정치, 경제, 교육 전반에 걸쳐 경험 미달에서 오는 미숙함이 많았습니다. 모든 이의 가정엔 사망자가 있게 되었고, 재회의 희망 없는 이별 등이 헤프게 찾아왔습니다. 한국의 시인들은 슬픔을 노래하기 시작했고 가장 슬픈 것이 가장 아름다운 것이라는 시론이 공감을 얻으면서 슬픔은 식량이며 음료수인 듯했습니다. 그러나 그것은 절망으로 가는 방향이 아니었습니다. 희망을 행해 걸어가는 거대한 민족 행진이었던 것입니다. 나는 6.25동란의 와중이던

1953년에 첫 시집 『목숨』을 간행했는데 '돌맹이처럼 어느 산야에
고 굴러 죽지만 않는 그런 목숨이 갖고 싶었다'는 구절 등에서 공
감을 얻은 바가 없지 않습니다. 삶을 배워가는 학교, 사람은 누구
나 여기에 학적을 두고 살면서 그 졸업의 때는 그가 세상을 떠나
는 시각일 듯합니다. 근래의 내 작품에선 '나는 노병입니다. 태어
나면서 입대하여 최고령 병사가 되었습니다. 나의 병무는 삶입니
다'라고 말하기도 했습니다." (도록 참조)

식민지, 분단, 전쟁, 사망과 이산, 기아… 김남조의 젊은 시절은 질곡
의 연속이었다. 가장 슬픈 것이 가장 아름다운 것이라는 시론에 대하여
공감할 수밖에 없는 시절이었다. 전쟁을 겪으면서 읊은 시, 〈목숨〉은 이
러했다.

누구 가랑잎 아닌 사람이 없고
누구 살고 싶지 않은 사람이 없는
불붙는 서울에서
금방 오무려 연꽃처럼 죽어갈 지구를 붙들고
살면서 배운 가장 욕심 없는
기도를 올렸습니다

반만년 유구한 세월에
가슴 틀어박고
매아미처럼 목 태우다 태우다 끝내 헛되이 숨져 간
이 모두 하늘이 낸 선천의 벌족이라도

돌맹이처럼 어느 산야에고 굴러

그래도 죽지만 않는

그러한 목숨이 갖고 싶었습니다

〈목숨〉은 전쟁을 겪은 산하에서 얻은 시인의 내면 풍경이다. 젊은 시절 시인의 생명 외경 사상이 스며있다. 사랑은 김남조 시인의 화두였다. 범생명주의와 연결되는 열쇠말이기도 했다.

조각가 김세중과 시인 김남조 부부

전쟁의 피난지에서 김남조는 조각가 김세중을 만났다. 같은 학교 동료교사로서의 만남이었다. 창작가로서의 인생 동반은 시인에게 하나의 축복이었다. 이들 부부의 내면을 짐작하게 하는 묵은 잡지를 살펴보자. 제목 〈30년 함께 사랑한 예술과 인생의 동반자─김세중과 김남조〉. 잡지의 부부 대담은 이렇다.

김남조: 저도 한때 미술가가 되고 싶었던 시절이 있었던 걸 아세요? 사실 미술과 문학은, 하나는 색채와 형상으로 또 하나는 생각과 언어로 이루어진다는 점만이 다를 뿐, 표현하고자 하는 주제나 거기에 다가서는 열정은 같다고 생각해요.

김세중: 나 역시 청년기엔 문학과 연극에 심취했던 시절이 있었어요. 릴케가 쓴 『로댕』이라는 책을 탐독하다가 아주 심취해버리고 하고. 아마도 그래서 조각이 내가 해볼 만한 예술이구나 싶어서 서울대에 조각가과 생기자마자 입학생이 되었던 게 아닐는지.

시인 김남조와 조각가 김세중 부부

그땐 새벽부터 등교해서 수위가 내쫓을 때까지 조각 공부하느라 학교에 틀어박히곤 했어요.

김남조: 당신이 미술가라고 해서 이런 말을 하는 건 아니지만, 내가 제일 마음 끌리는 분야는 역시 예술분야란 생각은 평생 변함이 없어요. 아마 다시 태어나서 또 결혼을 한다 해도 누군가 창작하는 사람, 문인이건 음악가건 미술가건 아무튼 예술가와 결혼하고 싶을 것 같아요. 당신의 영향인진 몰라도 좋은 미술전 빼놓지 않고 보고 싶고, 시간이 허락하면 연극, 무용 등도 자주 가보고 싶

어요. 영화나 음악은 더더구나 좋기만 하구요.

미술가가 되고 싶었던 시인, 그리고 문학가나 연극가가 되고 싶었던 조각가. 김세중 김남조 부부는 이미 예술이라는 공통분모를 가지고 출발한 부부생활이었다. 정말 그랬다. 형상과 언어라는 표현방법만 달랐지, 문학이나 미술에서의 열정은 같았다. 그래서 다짐했을까. 시인은 '다시 태어나서 또 결혼한다면 예술가와 결혼하고 싶다'고 선언했다. 예술가와 결혼하고 싶다. 이는 쉽지 않은 고백이다. 여성의 입장으로, 아니 세속적 입장에서, 예술가 남편은 '불안한 존재'이기 때문이다.

김남조: 물론 인간성이나 서로간의 조화가 더 중요한 일이겠지만 자기 세계를 가진 내조자는 자기 성장의 눈금을 보는 것과 마찬가지여서 늘 긴장과 탄력을 주게 되지요. 그것이 서로의 성장에 큰 도움이 된다고 생각해요.

김세중: 이런 일에 대한 관심은 집의 아이들에게만 국한된 것은 아닐 것 같아요. 수십 년 교수생활을 해오는 사이에 제자들의 혼인을 수없이 지켜보았고 주례도 적잖게 맡아봤는데 두 사람이 한 인생을 걸어간다는 사실이 매번 엄숙하게 느껴지곤 하오. 우리가 마치 노부부 같은 얘기를 나누고 있군. 아직은 그렇게 늙진 않았는데…

김남조: 나도 그런 편이겠지만 당신은 너무 여러 가지 일에 자기를 분산시켜온 듯싶어서 이젠 작품에 주력했으면 해요. 제자들이

줄을 서다시피 개인전들을 열고 있는데, 창작생활 40년에 한 번
도 개인전을 못 열었으니까요.

김세중: 권유는 여러 번 받았지만 나 자신의 마음에서 아직도 승
낙이 안 되어지고 있소. 충무공 동상 등 기념적 작품을 많이 해오
고 보니 전시할 작품 규모로는 양 자체가 어설프고…

김남조: 하기야 천천히 할수록 좋을 수도 있겠죠. 나는 그저 정신
없이 글을 써왔었고 스무 권이 넘는 책이 나왔다는 사실에 혼자
괴로운 적이 많아요. 설익은 술을 퍼내어 손님들을 대접한 심정
이라고나 할까요. 앞으론 더 영글고 다져가면서 일을 해야 할 것
같아요

  시인의 창작적 생산량은 쌓여가고 있는데, 조각가의 창작은 그렇지
않았다. 작가생활 40년이 넘어도 그 흔한 개인전 한 번 개최하지 않았
기 때문이다. 문인이 창작집을 출판하는 것이나 미술가가 개인전을 개
최하는 것은 같은 창작 행위이다. 비록 조소예술이라는 장르의 특성을
고려한다 해도 작가생활 40년이 넘어도 개인전을 개최하지 않았다는
점은 특기 사항임에 분명하다. 김세중은 공공 조형물 제작 이외 교육과
미술계 행정 등 '시대적 요구'에 부응하느라 그랬을 것이다.

김세중 조소예술 세계의 특징

  김세중(1928~1986)은 해방 직후 안성농고를 마치고 상경하여 서울대
조소과 제1기 입학생으로 조각가의 길을 걷기 시작했다. 해방기라는

혼란기에 다소 '이질적인' 조소예술을 선택했다는 사실은 의미심장하다. 당시만 해도 '미술'이란 장르는 유교의 예술천시 관념 때문에 쉽지 않은 '직업 선택'이었다. 그런 사회적 분위기와 달리 김세중의 작가생활은 비교적 탄탄대로를 걸었다고 볼 수 있다. 학부 졸업 이후 대학원을 진학했고, 이어 전임강사(1954)로 발령받아 26세라는 젊은 나이에 교수생활로 들어갔기 때문이다. 김세중은 누구인가. 우선 그의 묘비를 살펴보자. 서울대 미대 조소과 동문회에서 세운 추모비에 이어령은 이런 문장을 남겼다.

> "돌의 내면에 불을 켜고 청동의 녹 위에 꽃잎을 피운 사람/그 더운 가슴으로 영원의 사랑 안에 쉬다' 선생님께서는 1928년 경기도 안성에서 출생, 천주교에 입교하셨으며(영세명 프란체스꼬) 서울대학교 미술대학과 동 대학원을 1회로 졸업하신 후 평생을 서울대 미대 교수로 후진을 양성하시다. 그간에 3대에 걸친 미술대학 학장과 한국미술협회 이사장, 서울조각회장, 가톨릭미술가협회장, 국립현대미술관장 등의 직책을 맡아 미술계 발전에 헌신하셨으며 대한민국 문화예술상, 대한민국 문화훈장(추서) 등을 받으시다. 1986년 별세하시매 후학 제자들이 스승의 유덕을 기리며 이 추모비를 세우다.(1987. 8. 24)"

미술대학 제1회 졸업생, 이런 타이틀은 선구자의 길과 동의어라 할 수 있다. 특히 혼란기의 사회에서 새로운 지평을 열어야 하는 시대적 요구, 이는 대인大人의 위상을 걸게 했다. 그래서 김세중으로 하여금 미술계의 지도자 길을 선택하도록 시대가 만들었다. 대학에서는 물론 일

김세중, 〈충무공 이순신 장군상〉, 1968

반 미술계에서도 행정을 맡게 했다. 한국미술협회 이사장 역임은 미술
계 대표로서의 활동을 의미한다. 전체 미술인의 대표라는 사실은 그만
큼 개인적 희생과 역량 발휘를 요구했다. 이런 결과였을까. 김세중 봉

사의 절정은 국립현대미술관 관장 취임이었다. 그것도 과천에 새로운 미술관 신축이라는 소임을 감당해 내야 했다. 국가적 사업의 막중한 임무, 관장은 격무에 시달리면서 새 미술관 개관을 위해 글자 그대로 불철주야 뛰었다. 하지만 미술관 개관을 앞두고 김세중은 이승을 떠나야 했다.

김세중은 생전에 제작한 작품 숫자가 1천 점이라고 증언한 바 있다. 하지만 현재의 유존되고 있는 김세중의 작품, 그것도 일반적 작품의 숫자는 매우 적다. 회고전을 꾸미기에도 쉽지 않은 수량이다. 김세중의 대표작급 작품은 동상과 같은 공공조형물과 가톨릭 신자로서 제작한 종교성 기반의 작품으로 대별된다. 공공조형물로는 UN참전 기념탑(1963, 철거), 유관순 동상(1970, 장충공원), 국립극장 분수대 조각(1970, 국립극장), 세종대왕 동상(1971, 영릉), 충효 기념탑(1973, 어린이대공원), 국회 분수대 조각(1975, 여의도 국회), 계백 장군상(1979, 부여) 등이다. 하지만 김세중 동상의 대표작은 서울 광화문 광장에 서 있는 충무공 이순신장군상(1968)이다. 동상의 높이 6.4m를 포함 총 18m에 이르는 대규모를 자랑한다. 건립 당시 동양 최대의 동상으로 꼽힐 정도였다. 구국의 영웅 이순신의 이미지를 시대정신과 부응하면서 건립한 동상이다. 작가는 짧은 시간에 그것도 열악한 재료와 환경에서 대작을 완성해야 했다. 서울의 상징적 도상으로 꼽히기도 했지만, 한때 패장敗將의 이미지 등 고증 문제로 철거 위기에 놓이기도 했다. 그럼에도 불구하고 현재 이순신 동상은 광화문 광장의 대표 조형물로 우뚝 서 있다.

김세중의 공공조형물 이외 일반적 순수 작품이라 할 수 있는 것은 10여 점 정도를 헤아리게 한다. 젊은 시절인 50년대 중반부터 60년대 전반까지의 제작으로 모두 여인상이다. 여인상은 미술교육의 현장에서

김세중, 〈최후의 심판도〉, 1955, 서울 혜화동 성당 부조

쉽게 다뤄지는 소재였기 때문에 그런 결과를 갖고 있는 듯하다. 대학교
육은 여체 표현을 주요 교과로 할애했다. 작가의 소재 선택은 작가 나
름의 예술세계에 대한 반영이다. 다양한 선택은 그만큼 예술 영역을 확
대하고자 하는 예술적 욕구의 발로이다. 김세중의 작품은 공공조형물
이외 종교적 작품을 주목하게 한다. 바로 가톨릭 미술에의 집중이다.
이는 서울대 미술대 교수진의 신앙생활과 직결되기도 하는 부분이다.
장발 미대 학장 시절의 미대교수 상당수는 가톨릭 신자로 신앙생활을
했기 때문이다. 당시 윤승욱, 김종영, 이순석, 그리고 김세중 교수 등은
모두 가톨릭 신자였다. 가톨릭 관련 장발의 영향력은 오늘날까지 서울
대 미술대에 깊은 뿌리로 남아 작용하기도 했다. 그래서 그럴까. 김세
중의 대표작급은 가톨릭 작품에서 찾기 쉽다. 〈최후의 심판도〉(1955, 서
울 혜화동 성당 부조) 등 주목을 요하는 작품이 많다. 그러면서도 여체 소재
의 조각작품도 많다. 특히 〈성모자상聖母子像〉을 즐겨 제작한 바, 주목을
요하는 부분이다.

부부 예술가의 커다란 발자취

김세중은 대학 졸업 직후 프랑스 유학을 꿈꾸었으나 6.25전쟁으로 실
현시키지 못했다. 전쟁은 젊은 작가의 진로를 흔들었는바, 해외유학 대
신 연인을 만나게 했다. 김세중은 피난시절 마산 성지여고에서 미술 담
당 교사생활을 했다. 마침 같은 학교의 국어교사인 김남조 시인을 만날
수 있었다. 이들은 1955년 서울에서 결혼했다. 신랑은 이미 서울대의
교수생활로 들어간 직후였다.

> 김세중: 미술가인 내가 당신의 문학에 대해 평하긴 어렵지만, 보
> 통 이상의 노력을 해 온 점을 항상 보아왔오. 사람에겐 한계가 있
> 기 마련인데 그 안에서 지치지 않고 애쓰는 것을 보곤 안타까울
> 때도 있었지. 이후에도 계속 그렇게 애쓰면서 살아가야겠지요.

> 김남조: 우리들의 작품에서 종교적인 색채가 강한 것이 부부의
> 공통점이라 할 수 있겠어요. 당신의 작품에선 평화스런 안정감이
> 느껴지는데, 그것은 내가 추구해 가고자 하는 은혜스러움과 일치
> 하는 것 같아요

김세중 김남조 부부의 예술세계는 종교적 색채라는 공통점을 공유하
고 있다. 평화스러움과 은혜스러움의 예술적 표현은 이들의 특징이다.
같은 신앙생활의 당연한 결과인지도 모르겠다. 다만 아쉬운 점은 김세
중의 요절(?), 회갑도 맞기 전에 타계했다는 점이다. 작가는 말년에 이런
말을 남겼다.

김세중 미술관

　　"과거에는 국가적으로 추진하는 대형 프로젝트에 많이 참여했
지만 앞으로 더 살 수 있다면 나의 예술, 나의 조각을 남겨야겠다
는 생각을 하게 됐어요. 그동안 내 작품은 초기의 극단적인 사실
을 거쳐 조형적으로 요약하고 단순화하는 과정을 지나왔지요. 예
술의 흐름에 대한 나의 해석과 수용에는 후회가 없었지만, 좀 더
정돈되고 결론적인 작품을 남기고 싶어요." (장명수, 〈늙지 않는
예술 청년, 그 분방한 내면,『계간미술』 1984, 봄호)

　　결론적인 작품을 남기고 싶다던 김세중. 그것의 '결론'은 종교 작품으
로 귀결되고자 했다. 하여 그는 '작품을 통해서 나의 신앙과 삶을 결산'
해 보고 싶다고 부연 설명했다. 하지만 작가의 소망은 미완의 상태에서

멈추었다.

국립현대미술관의 과천 미술관 신축 당시의 일이다. 나는 미술기자와 함께 미술평론가 대표(?)로 김세중 관장의 초대를 받은 적 있다. 나는 후암동 어느 한정식 식당에서 김 관장의 후한 대접을 받았다. 당시 그는 미술관 신축에 따른 어려움을 토로하면서 한국 미술계의 발전에 대한 고민의 일단을 펼쳤다. 대화가 되어서 그랬을까. 우리는 제법 취기가 올라 늦은 시각까지 함께 했다. 뒤에 김남조 시인은 나에게 말한 적 있다. 항상 늦게 귀가하는 남편 덕분에 시를 많이 쓸 수 있었다고. 통행금지 시간에 임박해서 귀가하는 남편 덕분에 자유시간을 많이 확보할 수 있었다는 토로였다. 분명 그 같은 일상 속에서 최소 하루는 나 때문에 부군이 늦게 귀가했고, 그 덕분에 시인은 시 한 편을 완성했는지도 모른다.

부부 예술가의 보금자리였던 효창동 살림집은 현재 열린 문화공간 '예술의 기쁨'(김세중미술관)으로 재탄생되어 많은 이들의 발걸음을 모으고 있다. 김세중 타계 이후 시인은 김세중기념사업회 사업을 이끌면서 예술계를 위하여 많은 일을 하고 있다. 그 가운데 하나가 효창동 건물의 사회 환원이다. '예술의 기쁨'은 이렇게 하여 탄생되었다. 많은 이들은 이곳에서 예술의 기쁨을 누리는 전당으로 거듭 나기를 기대하고 있다. 시인 생활 70년, 또 다른 길을 예비하고 있다.

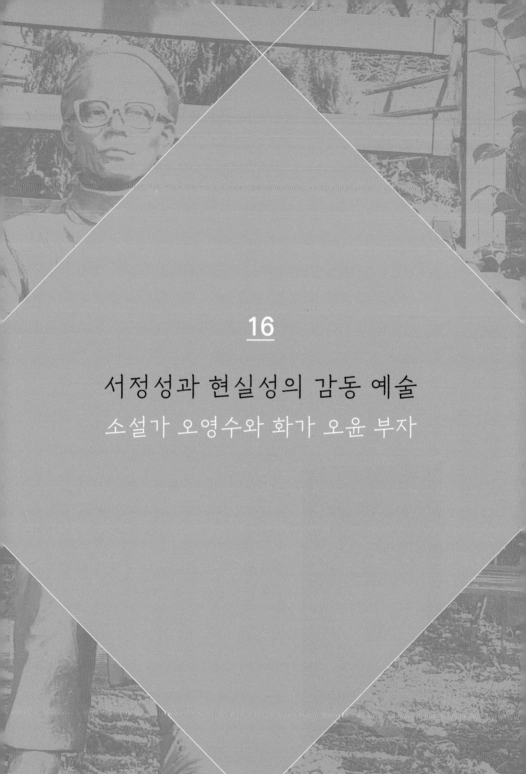

16

서정성과 현실성의 감동 예술

소설가 오영수와 화가 오윤 부자

오영수의 문학을 찾아서

울산시 언양읍 화장산 언저리에 아담한 문학관이 생겼다. 오영수문학
관, 2014년 1월 개관했다. 21억 원의 건축비는 울산시가 4분의 3을, 울
주군이 4분의 1을 분담했다. 언양 출신인 소설가 오영수(1909~1979)를
기리는 공간, 거기에 오영수 문학세계가 체계적으로 정리되어 있다. 현
재 300여 점의 유품을 확보했지만 이 숫자는 증가되는 추세이다. 문학
관의 전시실은 오영수 관련 유품을 중심으로 꾸며져 있는바, 친필 원고,
편지, 기념사진, 개인 저서, 관련 잡지, 그리고 데스마스크 등이 있다.
이 문인의 데스마스크가 남아 있다는 사실은 특기할 만하다. 작가는 바
로 오영수의 장남 오윤(1946~1986)이다. 오윤은 서울대 조소과를 나왔지
만 1980년대에 목판화로 일가를 이룬 미술가였다. 때문에 임종 당시 오
윤은 부친의 데스마스크를 뜰 수 있었고, 이는 한국 문단사에서 아주 특

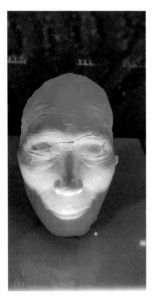

이한 사례로 꼽힌다. 문학관의 한 코너
를 장식하고 있는 〈갯마을〉 재현 현장 역
시 특기할 만하다. 오영수 문학의 대표작
으로 알려졌고, 또 영화로 제작되어 대
중적 인기를 끈 작품이기도 하다. 단편
소설 〈갯마을〉(1953)은 어떤 이야기인가.
우선 본문의 첫 대목을 인용해 본다.

"서西로 멀리 기차소리를 바람결에 들
으며, 어쩌면 동해 파도가 돌담 밑을 찰
싹대는 H라는 조그만 갯마을이 있다.
더께더께 굴딱지가 붙은 모 없는 돌로

오영수, 〈데스마스크〉

담을 쌓고, 낡은 삿갓모양 옹기종기 엎딘 초가가 스무 집 될까 말
까? 조그마한 멸치 후리막이 있고, 미역으로 이름이 있으나, 이 마
을 사내들은 대부분 철 따라 원양출어遠洋出漁에 품팔이를 나긴다.
고기잡이 아낙네들은 썰물이면 조개나 해조를 캐고, 밀물이면 채
마밭이나 매는 것으로 여느 갯마을이나 별다름 없다. 다르다고
하면 이 마을에는 유독 과부가 많은 것이라고나 할까? 고로古老들
은 과부가 많은 탓을 뒷산이 어떻게 갈라져서 어찌어찌 돼서 그
렇다느니, 앞바다 물발이 거세서 그렇다느니들 했고, 또 모두 그
렇게들 믿고 있다.”

〈갯마을〉은 200자 원고지 70매 분량의 짧은 소설이다. 오영수의 대
표작으로 꼽히고 있는 작품이다. 이 소설은 영화로 만들어져 문예영화
의 붐을 일으킬 정도로 인기를 끌었다. 1966년 대종상 영화제에서 작품
상, 부일영화상과 백상예술대상의 감독상 등을 받았다. 감독 김수용, 시
나리오 신봉승, 제작 대양영화, 주연 고은아, 신영균, 황정순. 당시 영화
포스터의 선전문구는 ‘전통과 서정이 깃든 한국적 영상미학’이라 했다.
〈갯마을〉의 성격을 핵심 정리한 요체이다. 한국적 영상미학의 영화, 〈갯
마을〉의 원작을 정리한 줄거리는 이렇다.

(가) 동해의 파도가 돌각담을 찰삭대는 갯마을에는 과부가 많다.
원양출어를 나간 남자들이 일시에 죽어 없어지기 때문이다. (나)
해순이라는 청상과부가 산다. (다) 멸치 후리막에서는 홑치마만
입은 과부들이 떼를 지어 줄을 당기는 섹스어필이 있다. (라) 상
수라는 뜨내기 어부가 해순이를 좋아한다. (마) 해순은 해녀의 딸

로서 성구와 결혼했지만, 결혼한 지 얼마 안 되어 성구는 바다에 나간 채 돌아오지 않는다. (바) 달 밝은 밤이면 과부들이 모래밭에 나와 돌아오지 않는 남편들을 그리워한다. (사) 해순의 방에 침입한 상수는 해순을 겁탈한다. 그러나 해순이도 응한 셈이다. (아) 상수와 해순이는 갯마을을 떠나서 상수의 고향인 산으로 간다. (자) 상수는 징용에 끌려가고 해순은 바다가 그리워 못 견딘다. (차) 그래서 자꾸 산에 오르는 해순이를 실성했다고 한다. (카) 해순은 바다가 그리워 갯마을로 돌아오고야 만다. (『소설 갯마을과 문예영화』, 울산매일신문사 발행, 2015)

오영수문학관에서는 영화 〈갯마을〉의 감동을 안을 수 있다. 게다가 어촌인 갯마을의 현장을 닥종이 조소작품으로 재현해 놓았다. 소설과 영화 속의 분위기를 쉽게 이해할 수 있도록 배려한 것이다. 하여 오영수 하면 〈갯마을〉이고, 〈갯마을〉하면 오영수를 떠오르게 하고 있다.

오영수는 경남 울산 언양 출생이다. 그는 1930년대 도일 수학했고, 1938년 김정선과 결혼했다. 그는 비교적 늦은 나이인 40세(1949년)에 소설을 본격적으로 쓰기 시작한 바, 소설 『남이와 엿장수』(〈고무신〉 개제)를 발표했고, 1950년 서울신문 신춘문예에 단편소설 〈머루〉가 당선되어 정식 등단했다. 6.25 전쟁 당시는 청마 유치환과 동부전선을 종군했다. 오영수는 1954년 첫 창작집 『머루』를 출간한 이래 제2창작집 『갯마을』 출간(1956) 이후 『황혼』(1977), 『잃어버린 도원』(1978)까지 모두 7권의 단편소설집을 출간했다. 30여 년의 창작생활을 통하여 200여 편의 단편소설을 발표했다. 장편소설을 발표하지 않은 것은 특기사항이다. 오영수는 1954년 월간 『현대문학』 창간작업을 위해 상경했고, 중앙문단

오영수문학관 전경

에서 본격적으로 활동하는 계기를 얻었다. 그가 추천하여 문단에 등단시킨 소설가 가운데 『태백산맥』의 조정래 등 다수가 있다. 그는 1979년 발표한 소설 〈특질고〉로 필화사건에 휘말리게 되었고, 결국 절필로 이어지는 불행을 맞아야 했다. 이는 1977년 울산 곡천으로 이주하여 은거 생활 속의 위기였고, 결국 1979년 70세의 타계로 연결되었다. 오영수 문학에 대한 평가는 어떨까. 그의 문학세계에 대한 최근의 연구 성과를 살펴보면 다음과 같다.

"오영수 고유의 뚜렷한 토속어의 구사와 정확하고도 부드러운 문체가 특징이다. 그것이 주제나 구성 이전에 문체적으로 전원적 서정성을 획득하게 하고, 인간 본연의 서정성과 휴머니즘에 이르는 길을 뚫어 놓는 것이다. 이와 같은 오영수의 소설을 탈사회적인 패배의식이라고 혹자는 평가를 내린다. 그러나 자연적인 배경을 지닌 농어촌, 산촌을 이상향으로 삼아 인간의 자연으로의 회

귀 혹은 존재론적 귀향이라는 확고하고도 일관된 주제를 일궈냈
던 작가이다. 그런 점에서 오영수의 전원은 반도시적이기 이전에
인간 본원의 유토피아 지향성(그러나 비사회공학적인!)과도 닮아 있고,
루소의 '자연'보다 더 원초적이며 소박하다. 오영수의 이러한 인
간 긍정의 태도와 인간 옹호사상은 휴머니즘의 작가라는 찬사를
받는 데 부족함이 없다. 인간과 자연, 생명을 추구한 오영수의 소
설은 생태주의적이면서도 그를 넘어서며 인간성을 황폐하게 하
는 도시적 일상성 속에서 허덕이는 우리들에게 마르지 않는 샘이
되어 줄 것이다." (이재인, 〈전원적 이상주의자〉, 오영수문학관)

  오영수는 소설가로 등단하기 이전 원래 시를 썼다. 해방기에 그가 쓴
시는 약 25편 정도로 확인된다. 대부분 잔잔한 시각으로 서정성 짙은
내용들이다. 다만 시대상황을 염두에 둔 시 한 편을 소개한다면, 경남
공립고등여학교(현 경남여자고등학교) 교우지인 『학교 소식』에 발표한 〈낙
동강〉을 소개할 수 있다. (오영수문학관 발행, 『작가 오영수가 들려주는 귀거래사』
(2015), 참조)

    아득한 세월과
    기구한 역사를 핥고
    정작 슬픔도 설음도 지녔으련만
    낙동강 물은 잊은 듯 모르는 듯
    오늘도 유유히 흐르고만 있다

    변두리 변두리마다

오곡은 우거져
목맨 송아지 석양을 조을고
어젯밤 빗물에 고기는 뛰어
어옹漁翁의 그림자 강물
더욱 한가롭다

아 낙동강 물아
이 겨레 여윈 가슴에

너는 언제나 언제나
어머님 젖가슴처럼
풍성하여라

  기구한 역사를 안고 오늘도 낙동강은 흐르고 있다. 어머님 젖가슴처럼 낙동강은 흐르고 있다. 그것도 풍성하게 흐르기를 시인은 축원하고 있다. 시인은 낙동강을 빗대어 조국의 번영을 노래하고 있는 것이다. 해방기의 어수선한 분위기에서 시인은 조국의 안녕을 낙동강에 의지해서 기도했다. 오영수는 오영수문학관의 전단에서 기록하고 있듯, '고향의 서정을 읊은 한국 단편문학의 대표 주자'라고 평가할 수 있다. 그런 소설가의 아들로 미술가 오윤의 존재는 의미심장하다.

오윤의 미술을 찾아서

  군사독재 정권의 암흑기에 일군의 젊은 미술가들이 모였다. '현실과 발언'이란 이름 아래 시대상황을 직시하고, 현실과 미술의 즐거운 만남을 기도했다. 1980년 〈현실과 발언〉 창립전은 당국의 탄압으로 무산되었다. 이 동인은 미술평론가가 주동이 되어 작가를 선정했고, 오랫동안의 워크숍을 통하여 사회와 미술을 새롭게 보는 눈을 갖게 했다. 창립동인 가운데 한 명이 오윤이었다. 그는 미대 재학시 이미 〈현실〉 동인으로 사회성 짙은 전시를 추진하다 좌절한 경험이 있다. 오랜 시간의 방황을 거쳐 다시 미술계로 돌아온 오윤은 '미술의 언어의 기능'을 중요시 여겼다. 내가 기획했던 특집 꼭지이면서 뒤에 전시로 이어졌던 '새 구상화'에서 오윤은 다음과 같이 말했다.

> "미술이 어떻게 언어의 기능을 회복하는가 하는 것이 오랜 나의 숙제였다. 따라서 미술사에서, 수많은 미술운동들 속에서 이런 해답을 얻기 위해 오랜 세월 동안 말 없는 벙어리가 되었다. 시대는 더욱더 복잡하고 분화되며 급변하고 있다. 그 속에는 숱한 모순과 갈등도 있어 사회의 여러 가지 문제들을 낳고 있다. 그런데 왜 이러한 것들이 즉각적으로 예술적 표현으로 대치되지 않는가. 왜 우리는 일상의 대화 속에서 쉽게 결론을 끄집어내면서도 그것을 미술의 언어로 표현하는 것을 불가능한 것 같이 여기고 있는가." (〈새 구상화 11인의 현장〉, 『계간미술』, 1981, 여름호)

오윤은 80년대 미술운동의 중심부에서 빛나는 활동을 보였다. 한마디로 한국현대미술사에서 확고부동한 자리를 차지하게 되었다. 특히 그의 목판화 작업은 괄목할 만한 예술적 성과였다. 오늘날 한국 미술계에서 판화시장은 죽어 있지만, 유일하게 오윤의 판화작품만은 고가 행진에 올라 있음을 주목하게 한다. 오윤의 예술세계 가운데 춤 소재의 작품

이 많다. 외가가 동래학춤의 전통을 보유하고 있는 집안이었고, 오윤 자
신도 학춤의 무보舞譜를 그릴 정도로 일가를 이루었기 때문이다. 따라서
오윤 작품 속의 춤 동작은 실제의 장면을 실감나게 표현한 것이다. 전통
의 창조적 계승은 오윤의 빛나는 덕목이다.

  2013년 2월 부산 미부아트센터에서 〈오윤-나무에 새긴 동래학춤〉이
란 전시를 개최했다. 당시 전시기획을 맡았던 나는 오윤의 막내 여동생
부부를 부산으로 초청했다. 당시 오영아와 그의 부군 김익구는 다음과
같은 증언을 들려주었다. 증언의 요지를 여기에 소개한다.

    "오영수의 큰딸 오숙희는 40대의 남동생 둘이 갑작스럽게 계
    속 요절하자 세속을 등지고 산으로 들어갔다. 그때 오영수 유품
    을 아단문고에 기증했고, 그 속에 오윤 제작의 〈오영수 흉상〉 작
    품이 있다. 오윤의 부친 초상은 상징성이 강하지 않은가. 원래 오
    윤은 조소과 출신이다. 때문에 목판화 원판도 조각작품으로 보아
    야 한다는 주장도 있어 폐기할 수 없다. 오윤 어머니 집안은 동래
    갑부로 소문이 나 있다. 오영수는 입이 짧지만 미식가여서 제철
    요리를 즐겨 들었다. 부인은 직접 복요리를 할 정도의 수준이었
    고, 특히 귀한 식자재의 요리를 잘 했다. 처가가 부자여서 그런지
    풍류를 즐기는 집안이었고, 결국 동래학춤 전승보유자까지 배출
    하게 되었다. 오윤은 어려서부터 춤에 대한 이해도가 높았고 그
    런 바탕위에서 동래학춤 무보舞譜까지 그리게 된 것이다. 오윤의
    판화작품에 나오는 춤추는 장면을 보면 실제 춤추는 모습의 표현
    이고, 이들 춤꾼은 색다르게 표현되었고, 뭔가 이야기가 있어 자
    세히 보아야 작품의 묘미를 알 수 있게 한다."

오윤, 〈춤Ⅱ〉, 1985   오윤, 〈칼노래〉, 1985

　나는 '현실과 발언' 시절, 오윤 형과 가깝게 지냈다. 그런 결과의 하나
로 그의 집에 자주 놀러 갈 수 있었고, 또 그의 작업과정을 지켜볼 수 있
었다. 그런 어느 날 오윤 형은 아버지의 유품이라면서 책 한질을 꺼내왔
다. 바로 전설처럼 전해지고 있던 벽초 홍명희의 『임꺽정』이었다. 80년
대 암흑기는 월북문인의 책을 소지하는 것 자체가 죄였던 시절이었다.
금서禁書는 독서의 흥미를 더욱 배가시켰다. 나는 오윤 형 덕분에 금서
『임꺽정』을 독파하는 행운을 안았고, 또 이 책은 내 생애 가장 감동적
인 책의 하나로 꼽히게 했다. 오윤의 별명은 개도치였다. 바로 『임꺽정』
에 나오는 인물로 개와 도야지라는 의미였다. 나는 오윤의 작품세계 기
저에 홍명희의 『임꺽정』 세계가 흐르고 있다고 믿고 있다. 오영수의 서
정성과 오윤의 현실성, 일견 상반되는 듯 보이지만, 따지고 보면 해석의
차이에 불과할 것 같다는 느낌도 없지 않다. 어느 쪽을 더 강조하느냐에
따라 표현 방식이 달라질 수 있다. 이런 양측의 시각을 『임꺽정』은 아우

르면서 민족의식과 시대정신을 일깨워준다. 거기다 오윤은 온몸으로 시대와 대결하면서 살았다. 물론 그것의 결과물은 작품으로 이어졌다.

2013년 5월 울산에서는 오영수문학상 시상식을 기념하여 오영수/오윤 세미나를 개최했다. 당시 나는 오윤 관련 논고를 발표했고, 오윤의 친구였던 경주의 윤광주는 다음과 같은 일화를 들려주었다. 그 내용을 소개하면 다음과 같다.

"오윤은 신들린 무당 예술가이다. 오윤의 작품은 문학과 연결된다. 작품 소재는 문학성을 떠나 있을 수 없다. 모자상母子像은 드라마 보는 것 같다. 오윤의 경우, 이야기가 없는 작품은 없다. 나는 테라코타 작업을 오윤과 3년 동안 함께했다. 그의 작업은 시적이고, 소설적이었다. 표현이 자유스러웠다. 삶의 예술이었다. 삶과 꿈이 일치된 작가였다. 일산에서 벽돌공장을 할 때, 어떤 여인과 같이 지냈다. 뒤에 부인이 되었는데, 그를 처음 만날 때 나는 깜짝 놀랐다. 그 여인은 마치 오윤 작품 속의 여인과 똑같았기 때문이었다. 오윤이 만들던 소상塑像이 그대로 걸어 나오는 줄 알았다. 원래 예전부터 만들던 여인상을 실제 비슷한 여인을 만나 꿈을 실현시킨 것이었다."

오윤은 예술가는 무당이어야 한다는 지론을 주장했다. 감동이라는 키워드를 염두에 둔 것이다. 그는 무당처럼 감동시키는 예술을 그리워했다. 무당예술론의 출발이다. 오윤은 80년대 미술운동의 선봉장으로 역사에 남았다. 그의 부친 오영수는 문학사에서 우뚝 솟아 있다. 오영수-오윤 부자의 존재는 한국 현대 지성사에서 주목을 요하고 있다고 믿는다. 그렇다면⋯.

자, 작가의 고향에 문학관을 건립했으니, 그 다음의 수순은 무엇인가. 바로 오영수의 아들이면서 80년대 미술운동의 상징적 미술가인 오윤미술관을 나란히 건립하는 것 아닐까. 오영수문학관의 이연옥 관장은 나에게 조심스럽게 주문했다. 오윤미술관 건립! 오영수문학관 옆에 오윤미술관을 신축할 수 있다면, 울산의 면모가 달라질 것이라고. 그렇다. 세계의 역사에서 부자父子의 문학관과 미술관이 한 울타리 안에 병존한 사례는 없을 것이다. 이렇듯 특별한 공간을 울산시에서 마련할 수 있다면 얼마나 좋을까.

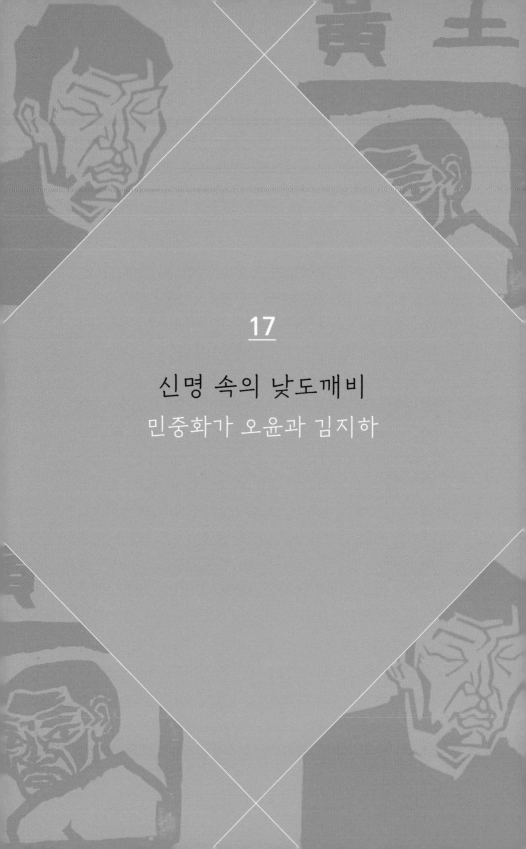

17

신명 속의 낮도깨비
민중화가 오윤과 김지하

오윤 30주기 기념전에서

'80년대 미술운동의 주역' 오윤吳潤(1946~1986), 40세의 요절. 그가 이
승을 떠난 지 벌써 30년이 되었다. 이를 기념하기 위해 가나아트센터는
대대적인 전시를 개최했다. 전시는 크게 목판화, 유화, 입체작품, 드로
잉으로 구성되었다. 목판화 운동의 선구자답게 오윤의 판화작품은 아직
도 기氣가 살아 전시장을 압도했다. 작가가 직접 찍은 생전판화 작품 80
여 점, 바로 명품이었다. 하기야 미술시장에서 오윤 작품가격의 경이로
움은 무엇을 의미하는가. 대가급 인기작가의 판화라 해도 가격은 1~2
백만 원 수준에 머물고 있다. 하지만 오윤의 판화는 미술품 경매에서 점
당 2천만 원대 이상, 게다가 〈도깨비〉 같은 대작은 5천만 원대를 육박
하고 있다. 판화시장이 부재한 미술계에서 이런 현상은 경이로움, 그 자
체라 할 수 있다. 한국현대미술사를 화려하게 빛내고 있는 작가에 대한
정당한 예우일지 모르지만.

이 전시는 오윤의 실체를 한자리에 모아 그를 추억하게 했다. 특히 새
롭게 발굴하여 대거 공개한 초기 드로잉은 눈길을 강하게 끌었다. 1970
년대 초반의 드로잉에서 오윤의 작품성을 읽어 낼 수 있기 때문이었다.
역동적이면서도 단순한 선묘線描에 의한 표현은 작가 입문 단계부터 예
사스럽지 않음을 알게 했다. 물론 소재의 대부분은 사람이었고, 그것도
역동적인 분위기를 띈 내용이었다. 개막행사에서 친지였던 임진택 소리
꾼의 창작 판소리와 이애주 교수의 춤은 감동적이었다. 임진택은 김지
하의 담시 〈소리내력〉을 완창했다. 임진택은 판소리와 직접 인연을 맺
지 않은 상황에서, 그것도 감옥에서 〈소리내력〉을 암송하기 시작했고,
결국 소리꾼의 일생을 걷게 되었다. 임진택은 무대배경으로 오윤의 〈칼
노래〉 작품을 활용했다. 오윤에게 있어 '춤'은 독자적 상징언어였다. 물

론 그의 외가가 동래학춤 전승보유자 집안이었고, 오윤 자신은 동래학
춤 무보舞譜를 작성하여 남기기도 했다. 그러니까 오윤 작품에 나타난
춤사위는 족보가 있고, 나름 의미가 깊하게 담겨 있다는 뜻이다. 춤은
한恨과 흥興의 육체적 표현이다. 바로 오윤의 세계와 맞물리는 지점이다.

　오윤의 부친은 소설가 오영수이다. 그동안 서정적 소설의 오영수 세
계와 민중미술의 거두였던 오윤의 세계와는 대칭적 구도로 이해해 왔
다. 하지만 민중미술이라는 범주 안에 오윤을 묶어놓기에 그는 너무 커
다란 담론을 제공했다. 물론 그는 80년대 민중미술 운동에 기여도가 적
지 않았다. 오영수와 오윤, 나는 이들의 관계에 대해서 앞서 소개한 바
있다. 다만 여기서 소설과 관련지어 재차 강조하고 싶은 것은 오윤 작품
속에서 홍명희의 장편소설 『임꺽정』의 세계와 만나게 한다는 점이다.
『임꺽정』은 오윤 예술을 이해하는데 하나의 척도 역할을 한다. 나 역시
80년대 '현실과 발언' 동인으로 활동할 때, 오윤으로부터 『임꺽정』 원본
을 빌려 읽었던 추억이 있다. 당시 월북작가 홍명희는 금기작가였고, 물
론 『임꺽정』도 금서禁書였다. 몰래 숨어서 읽는 책이어서 그런지, 『임꺽
정』은 평생 잊을 수 없는 '감동의 책'으로 남게 되었다. 오윤은 왜, 위험
부담을 안고서도 나에게 『임꺽정』을 읽게 했을까. 당시 어떤 시인은 월
북시인의 시집을 소지하고 있다 하여 남산에 끌려가 얻어맞은 일도 있
었는데.

김지하와 오윤의 동행

　"'초월적 중력'이라는 한 규범미학적 역설을 전제하지 않으면
그의 삶도 예술도 참으로 이해할 수 없다. 미리 말하거니와 그의

〈도깨비〉 그림을 해명하지 않으면 그의 미학을 관통할 수 없고, 그의 미학을 떠나서는 그가 왜 지금까지, 왜 지금으로부터 바야흐로, 힘차게 살아 있었고 또한 힘차게 살아나갈 것인지 쉽게 밝힐 수 없다는 말이다. '초월적 중력'을 쉬운 말로 해석하자면 '마술적 리얼리즘'이나 '환상적 사실', 또는 '추상적 구상'쯤 될 것이다. 그러나 이런 유비를 함부로 일삼아서는 안 된다. 너무 쉽게 이해하려다 참 모습을 놓치기 십상일 것이니 말이다." (김지하, 〈중력적 초월이라는 생명과 그 마저 벗어난 큰 평화〉, 『오윤- 낮도깨비 신명 마당』(도록), 국립현대미술관, 2006)

  김지하는 고등학생 시절의 오윤을 처음 만났다. 오윤의 친누나 오숙희가 서울대 미술대 재학생이었고, 마침 미학과 학생이었던 김지하와 가깝게 지낸 덕분이었다. (미학과는 원래 미술대에서 개설되었다가 4.19혁명 이후 문리대로 소속 변경되었다.) 김지하의 기억에 남은 오윤의 첫인상. 장소는 쌍문동 오윤의 집이었고, 거기에 오윤의 그림이 있었다. 그 그림은 "붉은 노을 속에 꿈틀거리는 몇 개의 민둥산 구릉이 마치 거대한 여인의 젖가

오윤, 〈도깨비〉, 1985

습이었다. 우주적 육욕, 장소의 관능, 공간의 리비도였다. 그것은 목신牧
神의 '몸'이었다.… 쉽게 말해 '프랙탈Fractals'이었고 갈증으로 허덕이는
무한 육욕과 기이하게노 거기에 동반한 슬픔, 한恨과 함께 뜬금없는 아
우라Aura가, 신바람이, 그래서 옛 굿에서나 나타났을 법한 큰 흥興이 솟
아나 섞여서 가득히 퍼지고 있었다." 김지하의 오윤 그림에 대한 의미
부여 치고 너무 과도한 정도가 아닐까. 아니, 이와 같은 찬사는 '눈부신
초신성의 폭발'이니, '캄캄한 시원始源의 블랙홀'로 발전됐다. 와, 그럴
정도까지! 김지하가 예찬한 그림은 전해져 내려오고 있지 않다. 그래서
구체적인 내용은 알 수 없다. 김지하의 발언 속에서도 오윤의 그림을 처
음 본 것이 오윤의 고교시절인지 대학시절인 불분명하게 표현되었기 때
문이다. 다만 이 부분을 김지하의 육성으로 다시 한 번 확인하면 이렇다.

　　"지금도 오윤의 방에서 내가 봤던 조그만 유화가 생생하게 떠오
　릅니다. 책에는 '구름'이라고 되어 있는데 구릉, 조그마한 언덕들
　을 그린 그림이지요. 그것은 제주도였다면 오름과 비슷한 것이고
　경주였다면 능 비슷한 모양을 하고 있었습니다. 그것이 꼭 처녀의
　젖가슴, 발그레한 젖꼭지처럼 분홍빛으로 노을 녘에 타오르는 것
　같은, 단순히 관능도 아니고 이상하게 슬프면서도 적료한, 그런 이
　상한 느낌을 주었지요. 확실한 것은 그 그림을 보면서 이 사람이
　뛰어난 예술가가 되겠다는 확신을 갖게 되었다는 것이지요. 그게
　대학 전인가 대학 다닐 때인가 정확하게 기억하지는 못하겠어요."
　〈오윤 작품의 현재적 의의〉,『오윤, 동네사람 세상사람』, 학고재,
　1996)

김지하는 계속 말한다. "1969년이던가? 그의 20대 '현실'동인 시절의 그 큰 그림들, 도처에서 압도하던 무시무시할 정도의 '역동성'! 그 역학力學은 분명 이 어여쁜 무희의 아직은 폭발하지 않은 '춤'을, '힘(중력)'이라기보다는 그 힘을 제 안에 압축한 '신(초월)'을 예상시키고 있었다." 김지하는 오윤의 어린 시절부터 그의 재능을 눈여겨보았던 모양이다. 시인과 화가의 동행은 이렇게 하여 운명적으로 시작되었다. 오윤의 예술 세계와 김지하의 철학과 연결되는 지점이 적지 않기 때문이다. 게다가 김지하는 요절한 오윤의 작품과 언행에 대하여 남다른 의미 부여를 했다. 예컨대 이런 것도 있다. 오윤은 늙어서 "귀신이 될 거라예"했다. 바로 '귀곡성鬼哭聲', 그것도 이동백 판소리 명창의 소리로서의 귀신 소리! 오윤의 역동성은 동학의 개벽춤과 칼춤으로 바뀌어 마침내 작품 〈도깨비〉로 '부딪쳤다.'

"오윤 도깨비의 '추醜의 미학'은 숭고崇高와 괴기怪奇, 익살과 청승, 한恨과 흥興, 이승과 저승의 융합이었으니 귀곡성은 틀림없는 귀곡성으로 되 한보다 흥 쪽이 강한 귀곡성"이었다. 그는 드디어 '중력적 초월'의 바로 그 초월 쪽에 이른 것이다. 그러나 그뿐일까? 곁에 서 있던 오윤에게 물었다. "도깨비 몸에서 김처럼 모락모락 올라오는 저것은 도대체 뭔가?" 머뭇거림도 없이 그냥 답이 왔다. "기氣올시다." 하하하! 그는 마침내 '흰 그늘'에 도달한 것이다. 생명과 신령 사이의 아득한 황천길 저 길고 긴 베의 흰빛의 정체! 저 익살의 정상頂上! " 김지하식 '흰 그늘'은 "한恨을 거느린 흥興 또는 한을 뚫고 나오는 신바람, 신명"이다.

무산된 동인 전시와 선언문

1969년 미술동네에 희한한 사건이 벌어졌다. 젊은 미대생들이 모여

'돌출 전시'를 도모했기 때문이었다. '현실' 동인 전시. 오윤을 비롯 임세택과 오경환은 리얼리즘 미술을 표방하면서 의기투합했다. 박정희 독재정권 아래에서 현실주의의 건설과 민족미술 전통의 확립을 주장했다. 이들은 10월의 서울 한복판 신문회관 화랑에서 전시 개최를 준비했다. 이들 '현실' 동인은 출품작 이외 선언문을 마련했다. 바로 〈현실동인 제1선언〉이다. 전시는 사전에 발각(?)되어 당국의 제재와 미술대 교수들의 반대로 결국 무산되었다. 이 땅에서 현실주의 예술이 생성되기에는 그만큼 역경의 길을 걸어야 한다는 점을 알려주었다. 무산된 동인 전시, 하지만 미대생들의 혈기는 새로운 역사를 향한 길목을 마련해 주었다.

'현실' 전시에서 오윤은 어떤 작품을 발표하려 했는가. 〈선언〉에 수록된 흑백 도판에 의하면, 오윤의 작품은 〈1960년-가〉라는 제목의 유화였다. 조소과 재학생이면서 오윤은 입체작품 대신 유화작업으로 작가활동을 하려 했다. 출품작은 2개의 캔버스를 좌우로 합친 기다란 형식이었다. 이렇듯 대형 화면에 다양한 계층의 인물이 가득 표현된 군상 작품이었다. 사람들의 모습, 그것도 특정 상황 속의 사람들, 이는 오윤의 발성법을 알게 해주는 일종의 코드와 같다.

그렇다면 화면 속의 군상은 누구일까. 왼쪽의 부분을 보자. 화면 아래

오윤, 〈1960년-가〉, 1969

부분은 밀짚모자를 쓴 농부들의 일하는 장면이 있고, 그 뒤에 농산물을 가득 담은 광주리를 머리에 이고 있는 사람들, 그리고 모자를 쓴 사람과 다투는 사람 등이 혼재되어 있다. 화면 오른쪽 역시 비슷한 분위기로 얼굴 중심의 다양한 인물들이 표현되었다. 아래 부분은 고개 숙이고 비스듬하게 잠 든 남자, 그 옆에는 웃통을 벗은 사내와 어린 아이, 그 뒤로 뭔가 구호를 외치는 듯한 시위 학생(?)과 이를 제지하는 제복의 경찰 등등. 시위현장 바로 옆에 잠 든 젊은 사람과의 대비, 이와 같은 모순의 현실을 고발하려 했는가. 오윤 유화작품은 제목의 암시처럼 4.19혁명을 주제로 한 것 같다. 하지만 다수의 군중이 모여 있기는 하나 방향성이나 체계가 없어 다소 혼란스러움을 보여준다. 곡선을 활용하면서 인물 묘사에 단순화 경향을 보였다. 어쩌면 멕시코 벽화를 응용한 화풍과도 친연성을 읽게 한다. 시케이로스 혹은 디에고 리베라와 같은 1930년대 멕시코 벽화운동의 거장을 참조한 듯하다.

　'현실' 동인전을 개최하려던 무렵의 정국은 '정상'이 아니었다. 굴욕적 한일협정, 6.8 부정선거, 3선 개헌 등 정국은 요동을 쳤고 대학가는 시위로 한가한 날이 없었다. 열혈 청년이라면 조국의 모순된 현실을 외면할 수 없었을 것이다. 미대생 오윤은 친구들과 함께 이와 같은 시국을 염려스럽게 바라보면서 미술의 사회적 기능에 대하여 고민했다. 그런 과정 속에서 나온 작품이 바로 〈1960년-가〉였다. 불행하게도 이 작품은 공식 발표되지 않았고, 더불어 전시 불발 사태 이후 항의의 표현으로 작가 스스로 파괴했다고 전한다. '현실' 동인의 전시는 불발되었지만 당시 제작했던 〈현실동인 제1선언〉이란 제목의 소책자는 남아 있어 역사적 의의를 더해주고 있다. 이 기록은 김지하가 집필했고, 오윤, 임세택,

오경환, 강명희 4인의 독회, 그리고 김윤수가 교열했다. 김지하가 기초
한 선언문, 이것은 무슨 말인가. '현실' 동인 뒤에 김지하라는 존재가 있
었다는 의미, 그것도 커다란 영향력을 발휘하고 있었다는 반증이다. 당
시의 상황을 김지하는 이렇게 회고했다.

"오윤이 멕시코의 서사적 사실주의 운동에서 영향을 받은 것은
사실이다. 1969년, 그가 아직 미술학교에 다니고 있을 때 벌어졌
던 그 불발 쿠데타, 그 '현실 동인전'의 그림들은 서사적 사실주의
의 영향과 관련이 있다. 모두 압수당하고 찢어져 없어져 버렸고
찢어진 그림과 함께 그에게는 큰 상처를 남겼지만 그때의 그림들
속에는 한 가지 잊어서는 안 될 큰 문제점이 숨어 있었다. 그것이
바로 예의 그 관능과 슬픔이다. 우주에 가득 찬 육욕, 마치 라브레
와 같은 인간 육체의 우주적 확장이 사회변혁의 민중적 에네르기
와 연결되어 드러났고 그 큰 화면들을 가득 채웠지만 그럼에도
불구하고 그 밑바닥에는 이상한 슬픔이, 구천에 사무치는 뼈저린
허무함과 비통함이 깔려 있었다. 아마도 전 화면을 지배하는 불
화佛畵적인 색채와 구도들 때문이었던 것 같다. 그리고 또 한 가지,
관능, 힘, 슬픔과는 대조적인 풍자와 익살, 낙천성이 한편에 나타
나 있었다. 가히 총체적이었다. 그때 나는 오윤이 멕시코의 서사
적 사실주의를 훨씬 뛰어넘어 독창적으로 대성할 예술가임을 깨
달았다. 지금 그 그림들이 남아있지 않은 것이 큰 한이다." (김지
하, 〈오윤의 생각하면〉, 『민중미술을 향하여– 현실과 발언 10년의
발자취』, 1990)

1980년대 미술운동과 오윤

'현실' 동인 전시의 무산 이후 오윤의 방황기는 계속되었다. 그는 미술대를 졸업하고(1970), 테라코타 벽화작업, 벽돌공장 운영, 출판물 그림 제작 등으로 1970년대를 보냈다. 암울했던 시절이었다. 잠행(?)하던 오윤, 드디어 수면 위로 부상했다. '현실과 발언'의 창립 동인으로 참여하면서 오윤 예술의 본격적 궤도에 진입할 수 있었기 때문이다. 그러니까, 아니 공교롭게도, '현실' 동인 무산 이래 꼭 10년의 세월을 보내고 '현실과 발언(현발)' 동인으로 재기하기에 이르렀다. 오윤 예술의 결정판은 1980년대 초반 '현실과 발언' 활동에서 촉발되었다 해도 과언은 아니다.

박정희 정권의 말기 1979년 결성된 현실과 발언 동인, 이들은 새로운 미술운동을 기치로 내걸고 화단의 저항아로 나섰다. 미술의 사회적 기능을 염두에 두면서 박제화된 현대미술의 모순을 비판하기 시작했다. 현발은 미술평론가 4명(원동석, 성완경, 최민, 윤범모)의 주동 아래 뜻을 같이하는 작가들이 동참하면서 조직되었다. 이 동인은 꾸준히 공부모임을 가지면서 '참미술'을 탐구했다. 창작과 이론의 겸비는 이 동인의 장점으로 꼽혔다. 물론 작품 합평회 등을 통하여, 혹은 판화, 사진, 출판미술, 만화 등 이른바 마이너 장르에 대해서도 애정을 갖고 연구했다. 이러저러한 성과물을 갖고 드디어 창립전을 추진했다. 1980년 미술회관에서의 창립전은 결국 당국의 탄압에 의해 무산되었다. 그러니까 오윤의 경우는 '현실' 동인 무산 이래 10년 만의 재기 전시에서 또 제지를 당했던 것이다. 탄압은 동인의 결속을 가져다주었고, 더불어 작품 속에 힘을 넣어주는 역설적 자양분이 되기도 했다. 이렇게 하여, 탄압의 결과로 나온 용어가 '민중미술'이었고, 이는 20세기 세계미술운동의 역사에서 화려한 고지를 차지하는 결과를 얻었다. 80년대 미술운동은 미술가와 시민의 결합에 의한 민주화운동으로도 기록되어 이채롭다.

　다음은 '현실과 발언' 동인 모임에서 오윤이 발표한 문건 〈현실 인식〉(1980)의 결론 부분 즉 '극복되어야 할 제반 조건' 가운데 '우리들 내부의 적'이다. 방황기를 거치고 작가로서 재기하면서 다짐한 오윤의 육성이다. 특히 내부를 염려하면서 작성한 것이어서 의의가 새롭다.

　　― 진정한 현실의 변화를 두려워하고 소극적인 입장에서 자기 방어의 울타리를 만드는 칩거주의

　　― 민중을 자기실현의 대상물로 만드는, 개인주의적인, 민중의 제물화

　　― 무엇을 베풀 수 있다는 아량을 가진, 민중에게 감상적 연민의 탈을 쓴 예술권위주의

　　― 민중의 소리를 대변해 줄 수 있다는, 상대적으로 민중을 어리석은 자로 고정시키려는 자

　　― 닫혀진 의식의 해방이라는 범세계적 인간 실존의 현실 희석식 국제주의자

　　― 예술의 신비화로 민중과의 관계를 차단할 뿐 아니라 동질의 예술가 내에서도 불가침적, 상호존경적 신사협정주의

　　― 상황의 변화를 이해관계로만 해석하는 양다리식 기회주의

　　― 다가올 미래를 안다는 듯이 시공을 초월하여 이상주의적 예상예술, 또는 지배계층의 소비적 예술형태를 이상주의적 예술형태의 모델로 착각하는 것

　　― 의식의 무풍지대로 도피함으로써 이미지 없는 표현이 마치

죽림칠현식 자연관, 혹은 불교적 법열이라는 착각
　　─ 지나친 형식에의 집착에 의해 현실의 표현이 과거 속에 침잠
되고 내용과 형식이 현실성과 괴리(『민중미술을 향하여』자료편)

　신명 속의 낮도깨비 오윤. 그립구나. 끝으로 〈현실동인 제1선언〉 문
건 작성에 참여했던 김윤수 미술평론가의 글을 인용하고자 한다. 그는
국립현대미술관 관장직을 역임하면서 오윤 특별전을 마련했다(2006).
그 전시도록의 인사말에 언급한 오윤에 대한 평가이다.

　　"오윤은 흔히 민중화가로 알려져 있다. 그러나 엄밀한 의미에
　　서 그는 민중화가─1980년대의 미술운동 과정에서 붙여진 이름
　　인 민중화가라는 카테고리를 훨씬 넘어서 있다. 그의 그림에는
　　수없는 외침과 핍박에도 굴하지 않고 이 나라를 있게 해온 민중
　　의 근원적인 힘과 파토스, 그 끈질기고 강하고 비타협적인 정신
　　이 새겨져 있다. 그는 그것을 마치 저 땅속 깊은 곳에, 천길 깊은
　　우물에서 길어내듯 길어내어 형상화하였다. 그의 그림에는 끈질
　　긴 생명과 힘과 역동성이 넘치는가 하면 풍자와 유머, 때로 서릿
　　발 같은 채찍으로 호령하고 다그친다. 그의 작품에서 우리는 잊고
　　있던 민족의 저력이랄까 강인한 정신을 확인할 수 있을 것이다."

오윤을 회고하다_ 오윤 30주기 회고전 기념 공개 좌담회
참석자: 김정헌, 임옥상, 김종철, 윤광주, 김익구, 윤범모(사회)
일시: 2016년 7월 4일. 장소: 가나아트센터

윤범모 오늘은 1980년대가 낳은 스타작가 오윤의 30주기 제삿날입니다. 마침 가나아트센터는 미공개 드로잉을 비롯 오윤 추모 전시를 개최했습니다. 이를 기념하는 의미에서 생전의 작가와 가깝게 지냈던 분들을 초대하여 작가를 추억하는 자리를 마련했습니다. 세월은 흘러 동고동락한 친지분들도 이제 원로가 되었습니다. 화가로 김정헌, 임옥상, 『녹색평론』 발행인 김종철, 경주 친지 윤광주, 그리고 가족 대표로 김익구 등 여러분을 모셨습니다.

오늘은 격식에 억매이지 않고 오윤 작가의 예술과 삶에 대해 회고하는 시간을 갖도록 하겠습니다. 평소 오윤 작가와 가까이 지냈던 분들이기 때문에 재미난 이야기를 많이 들을 수 있을 듯합니다. 우선 집안 이야기부터 듣고 미술 이야기로 넘어가도록 하겠습니다.

김익구 저는 미술하는 사람이 아니라 사업하는 사람입니다. 1977년도에 결혼을 했는데, 신접 살림집을 마침 오윤 집의 근처에 얻어, 친구처럼 친하게 지냈습니다. 무엇보다 마음이 잘 맞아 바둑을 두거나 술을 마시며, 1982년도까지 가깝게 지냈습니다.

그때 출판사인 '청년사'의 한윤수와도 가깝게 지냈습니다. 동아일보사를 그만두고 소설 쓰겠다던 김대식과도 가깝게 지냈습니다.

오윤의 뿌리에 대해 이야기할 사람은 사실 집사람입니다만, 그는 이런 자리에 나와서 이야기 하는 것을 굉장히 쑥스러워 합니다. 그래서 제가 나왔습니다. 아버지가 소설가 오영수입니다. 울산시 주최의 오영수 문학상을 24년째 운영하고 있습니다. 작년엔 오영수문학관이 건립되었습니다. 그는 명필에다 그림도 잘 그렸습니다. 어디서 특별히 배운 것이 아니라 나뭇잎에다 철사로 긁어 글씨 연습을 했다 합니다. 집안에 동래학춤 전승자가 있습니다. 그래서 오윤은 동래학춤 무보舞譜를 직접 만들기도 했습니다. 집안 내력에 예술가의 피가 흐르고 있습니다.

김정헌 오윤은 저와 서울대 미대에 1965년 같이 입학했습니다. 그 때는 미대가 회화과, 조소과, 응미과 이렇게 세 학과가 있었습니다. 나는 회화과, 오윤은 조소과였어요. 1학년 때 같이 수업을 듣곤 했는데, 어울려서 술 마시기는 했지만 미술에 대한 이야기는 한마디도 안했어요. 오윤은 상하화실 출신인데, 임세택, 오수환, 오윤이 재수를 해서 들어왔는데, 상하 출신 셋이 서클처럼 어울려 다녔어요. 그래도 노는 거는 굳이 나누지 않고 다 같이 잘 어울려 놀았는데, 오윤, 오수환 둘 다 부산 출신에 재수생이었고, 나와 가까운 편이었습니다.

1969년의 '현실' 동인 아시죠. 오수환과 제가 군대에 있을 때

오윤은 군대를 가지 않았어요. 대학교 4학년 때쯤인데, 군대
에서 『선데이 서울』을 보는데 거기 나오는 거예요. 오윤, 임세
택, 오경환 셋이서 무슨 이상한 전시회를 연다는 게 나왔어요.
멕시코 농민모자 같은 것을 쓴 인물이 오윤의 그림이었습니
다. 전시회가 열릴 줄 알았는데 중앙정보부 검열에 걸린 거예
요. '현실' 동인 선언문이라는 걸 만들었는데, 오윤이나 임세
택이 그걸 쓸 정도는 아니고 김지하 시인이 썼을 거예요. 전시
회를 열려는 찰나에 문제가 생겼고, 임세택 아버지가 상업은
행장이어서 겨우 무마했어요.

군대 갔다 와서 복학했더니, 오윤은 경주에 내려가서 새로운
생활을 시작한 것 같아요. 테라코타 같은 작업들을 많이 했는
데, 학창시절부터 오윤은 스케치를 많이 했어요. 현실 동인전
이 좌절되고 경주에 내려간 것 같은데, 군대 가서도 의가사
제대를 했던 것으로 알고 있습니다. 그때부터 몸이 안 좋았던
것이죠. 쉼 없이 여행하고, 드로잉하면서, 자기가 생각하는
소위 민중의 얼굴들을 계속 연습하고 그린 것이 아닌가 생각
합니다.

윤범모   오윤은 생각보다 드로잉을 참 많이 했습니다. 그동안 개인 비
장의 스케치북 상당량이 이번에 조사되어 공개하게 되었습니
다. 스케치북에 담긴 내용은 뒤에 오윤 예술의 원형이라고 할
만큼 친연성을 보이고 있습니다. 부단히 탐구하고 연습하는
작가임을 알게 하는 자료라 하겠습니다. 드로잉은 이번 전시
의 핵심입니다. 오윤은 경주에서 테라코타 작업을 했는데, 경

주에서 함께 생활한 윤광주 선생이 한 말씀 해주시지요.

윤광주   오윤을 처음 봤을 때는 저도 제대한 이후였습니다. 벽제 예율
이라는 곳에서 테라코타 작업을 할 수 있는 공간을 가지고 있
었습니다. 그 전 경주에서는 부친(윤경렬)이 신라 문화 관련 작
업을 하고 계셨기 때문에 학생들이 많이 왔었습니다. 김종학,
방혜자, 임세택, 오윤이 수시로 경주에 들렀었어요. 저는 군대
에 있었기 때문에 자주 못 보다가 벽제 예율에서 오윤을 만나
게 됩니다.
오윤은 흙에 대한 질감이나 흙빛, 흙의 자극에 대해 상당히 매
력을 느끼고 있었어요 . 임세택 아버지가 우리에게 공간을 준
게 종로 4가에 있는 은행 건물입니다. 거기 은행 건물 외벽에
테라코타를 설치하기 위해 테라코타 연구소를 광화문에 만들
었어요. 오윤, 오수환, 임세택, 오경환과 함께 준비를 했습니
다. 삼각동 지점, 구의동 지점, 종로4가 지점 등에 제안서를 넣
었는데, 종로4가는 계속 밀렸었어요. 작은 공간들로 구의동과
삼각동의 건물은 우리가 작업을 마쳤습니다. 그 설계도는 조
건영하고 연결되어 있는 건물이어서, 설계자가 조형물을 넣
을 수 있는 공간을 미리 확보해 주는 거죠. 오윤, 오경환, 오수
환은 월남 맹호부대에 갔다 귀국했기 때문에 중간에 합류하게
됐어요. 그게 테라코타 작업의 시초가 됩니다. 그리고 종로4
가에 테라코타 조각을 할 때는 일단 제가 벽제에서 경주로 옮
겨 간 때였습니다. 작업하던 도중 군대 갔던 오윤이 나타나게
됩니다. 그 전까지는 오경환이 스케치를 하고, 저는 가마를 어

떻게 쌓느냐 하는 기술적인 문제를 담당했습니다.

그런데 오윤이 군대 다녀와서 디자인에 합류하게 되니까, 오경환의 강한 직선적이고 회화적인 조각이, 오윤의 양감과 소응하며 작품이 확 달라졌습니다. 결국 합작이라는 건 어렵다고 생각했습니다. 둘이 많이 싸우기도 했어요. 오경환이 오윤에게 어깨를 물린 적도 있습니다. 웬 개가 무냐! 이런 거죠. 합작이라 봐도 좋을 그런 이미지들이에요. 결과적으로 그렇게 되더라고요. 내가 오경환한테 각자 개인의 세계가 있는데, 서로 생각을 나눠 가질 수가 있겠느냐, 이렇게 말을 했어요.

오윤의 호랑이 꼬리를 잡고 있는 여인, 해골, 해골이 몽둥이를 가지고 앉아있는 소상들, 이런 것들은 전부 경주에서 만들어진 겁니다. 그런데 그 이미지들은 대체로 동자상 등 사찰에서 많이 가져와요. 심지어 어떤 이미지들은 산신령 얼굴을 면도칼로 오려가지고 왔더라고. "야 그러면 벌 안 받냐?" 그랬더니, "내가 뭐 벌 받을 일을 했어야지" 하더라구요. 이런 이야기들을 오윤이 하면 아주 감칠맛이 나요. 예를 들면 탈 같은 게 그냥 놓여있으면, "바가지나, 껍데기나 탈은 역시 사람이 쓰고 덧배기처럼 광산에서 이리저리 움직일 때 맛이 나는 거지. 그것도 탈의 생명이 붙는 거지, 가만히 놓여있으면 어디다 쓰노?" 그러고요. 또 오윤 자체가 탈춤을 췄어요, 자기가 탈춤을 출줄 알아요. 우리 집 뒤가 대나무 밭인데, 거기 가서 연습하고 그랬습니다. 덩덕기덩덕쿵 하고.

오윤은 민중 미술가라기보다 굉장히 서정적인 사람으로 기억을 해요. 어느 목로집에 들어갔어요. 막걸리를 마시려고 거기

앉았는데, 먼저 와있는 농부 두 사람이 계셨어요. 문제는 황사가 날리면 먼지와 꽃잎이 섞여서, 소금에 들깨를 섞으면서 막걸리 한 잔에 조금씩 먹는 건데, 그런데 농민 두 분의 표정이 지금 오윤의 판화 속에서 나오는 거하고 너무나 닮아있는 거예요. 농부 한 사람이 한숨을 푹 쉬면서 "왜 이렇게 꽉~ 죄이노?" 하면서 막걸리를 한 사발 마시는데, 오윤이 나와서 그걸 되뇌는 거예요. 그게 우리가 늘 그리는 아리랑 같은 소리라고 했습니다. 비애에 더 가깝지만 그와 같이 들리는 거죠. 그래서 농부 판화를 보면 그 소리가 들리는 거예요. 그렇게 마음에 스케치를 해두는데, 그 대상이 이렇게 서정적이고, 하나의 서사시 같이.

한번은 이애주와 만난 지 얼마 안 됐을 때인 것 같아요. 춤추는 분을 만났는데, 왜 무대에서만 춤을 추냐고 따지는 거예요, 무대에서 살풀이를 해서 무슨 소용이 있느냐는 거예요. 연세대에서 종철이가 죽었을 때죠. 그때 학교 앞을 사람들이 꽉 메웠는데, 그런데 가서 춤을 춰야지 무대에서 춰서 뭐하냐는 거였습니다. 사실 불교의 신장이나 불상은 예술성이 있지만 굉장히 양식적인 쪽에 갇혀 있잖아요. 오윤은 신장상 같은 것을 많이 드로잉했습니다. 사실 금강역사에서 기가 빠져버리면 무슨 의미가 있느냐, 그러니까 양식이 아니라 그 기 때문에 금강역사가 의미가 있는 것이라는 것입니다.

오윤은 첫 판화 작품을 경주에서 합니다. 당시 흙일하는 오두식이라는 몸이 건장한 친구가 있었는데, 서울에서 데리고 왔어요. 제일 첫 작품은 바로 그 친구의 등판으로 기억합니다.

딱 벌어진 등판에 근육이 살아있는, 그런 등을 목판화로 작업한 게 첫 작품인 것 같아요. 오윤은 자기가 즐겨 쓰는 칼을 자기가 만들어요. 자기 호인 개도치에 칼 도자가 들어가 있지 않습니까. 오윤이 경주에 머물다 간 시간들은 저한테도 굉장히 그립고 소중한 기억들입니다.

윤범모   윤광주 선생은 '마지막 신라인'이라고 불린 윤경렬 선생님의 자제분이십니다. 신라문화의 전통을 체득하고 있다는 의미이기도 합니다. 오윤 작품 중에 춤을 주제로 한 작품이 많은데요, 전통 춤사위를 몸으로 이해하고 있었다는 증거입니다. 작품마다 전문가는 어느 대목의 어떤 순간이라고 이해할 수 있을 정도로 생생하고, 실제 리듬 속에서 파악할 수 있는 생동감을 발견할 수 있다 합니다. 다른 측면에서 김종철 선생님께서 한 말씀 해주시지요.

김종철   금년이 30주기라고 하는데, 오윤과 저는 동갑입니다. 살아있을 때 오윤이라는 작가가 얼마나 중요한 작가인지 실감하지 못했습니다. 저는 미술과 관계가 없는 사람이기 때문에 오윤의 작품에 대해서는 잘 모르지만 인간적으로는 아주 매력적이고 재미난 친구였죠. 한 마디 불쑥 내던지는 말인데도, 가만히 생각하면 굉장히 뜻 깊은 이야기들이 많았습니다. 제가 오늘 이 자리를 위해 무슨 말을 할까 생각해봤는데, 우선 이 말씀을 드려야 할 것 같아요.

우리나라의 중요한 화가들이 세상을 떠나고 난 뒤 돌아보면 글을 남긴 사람이 별로 없죠. 그런데 외국의 중요한 작가들은 전기, 평론이 나와서 전문가들이 그를 재평가해 그 세계가 더 깊어지기도 하는데… 저는 반 고흐의 편지를 자주 들춰보는데, 그 편지를 보면 작품을 대할 때 더욱 명료해지는 부분도 있을 뿐 아니라 굳이 작품이 아니더라도 인간에 대해 더 생각해보게 되잖아요? 작고한지 30년 정도 지나면 좀 더 깊은 논의가 나올 법도 한데 우리 미술계의 한계인지, 어느 지점에서 더 이상 발전이 없어요. 오윤에 대해 몇 마디하고 마는 것이 아니라 미술사를 떠나 역사적으로 사회사적으로 점검함으로써 오윤의 작품들이 얼마나 중요한지 조명되고, 젊은이들이 그로부터 자극을 얻고, 그렇게 해야 문화가 융성해지고 발전이 될 텐데, 그게 없더라고요.

오윤에 대한 말이 거의 비슷해요. 민중화가, 민중의 얼굴을 최초로 발견한 작가가 아니었는가. 그런데 글이 거의 없다는 게 안타까워요. 친구들과 나눈 편지가 있는지 모르겠습니다. 내가 미국에 있을 때 편지를 썼는데 답이 없더라고요. 오숙희 누님이 저한테 말씀하시는데, 오윤이 한번은 저에게 답장을 썼대요. 그런데 쓰다가 말다가 쓰다가 지우다가 결국 완성하지 못한 편지가 된 거죠. 이거라도 볼래? 하시기에 제가 가지고 왔는데 집구석 어디에 처박아뒀는지 모르겠습니다.

오윤에 관심 있는 젊은 학도들이 이런 작업들을 해줬으면 좋겠어요. '현실과 발언' 동인 활동이 민중문학의 영향을 받아서 화단에서 발생했다고 하는 사람들도 있는 걸로 압니다만 저는 그렇게 생각 안 합니다. 아까 김정헌 화백이 오윤 재학 중의 현실 동인이라는 대학시절 활동에 대해 잠깐 말씀하셨는데, 저는 문단과 관계없다고 생각해요. 저는 미술기법에 문외한이기 때문에 그런 건 잘 모릅니다만, 사상적으로 좀 더 연구를 진행했으면 좋겠어요.

동숭동에서 오윤과 같이 하숙을 했던 영문과 친구가 있었어요. 오수환은 자기 누님과 같이 하숙을 하고 있었고요. 나는 오수환은 그림보다 글씨로 나갈 줄 알았어요. 워낙 명필이어서요. 대학을 졸업하고 사회에 나올 때까지도, 정치나 사회에 대한 이해가 없었어요. 젊은이의 정의감 정도를 갖고 살았지, 민중을 생각한다? 이러지 않았어요. 나중에 알았어요. 오윤은 저보다도 10년, 20년 앞선 생각을 하고 있었던 거예요.

오영수 선생의 단편소설은 제가 좀 봤어요. 오영수-오윤 둘 다 소화기 계통이 안 좋고 삐쩍 말라가지고, 그런데 술을 사양할 줄 몰라요, 그런데 제가 제일 먼저 꼬꾸라지고, 이 친구는 마지막까지 누구를 붙들고 꼬장꼬장하게 이야기를 해요. 그 당시 우리가 민중문화, 민중미술 이런 얘기를 많이 했기 때문에, 그때 다들 민중이 뭔지 대충 알았지만 오윤은 그런 사람이 아니었어요. "민중을 안다고 할 수 있느냐?" 하고 얘기를 시작하면 끝이 안 나요. 결국 상대가 지쳐서 양보를 하게 되죠.

제가 지난 30년 동안 가장 아쉬운 사람이 오윤입니다. 70의 오윤은 상상할 수가 없죠. 속물적인 부분은 상상할 수 없어요. 거짓이 없고, 항상 정직하고, 약자, 가난한 이들을 볼 때 내려다보질 않아요. 대구에 내려와 맥줏집에 갔는데, 거기 마담이 있었어요. 나중에 오윤이 가고 난 뒤에 마담과 이런 저런 잡담

을 할 때가 있었는데 둘이서 슬며시 어디 한번 놀러간 적도 있
대요. 이 마담이라는 여성이 나름 교양도 있고 보는 눈도 있
고 감수성도 있는 사람인데, 자기가 태어나서 이런 사람이 있
을까 싶을 정도로 오윤과 함께한 날에서 너무나 감명을 받았
다는 겁니다. 예사로 보는 것이 없고, 건성으로 사람을 대하지
않더라고 말했습니다.

오윤은 원래 예인 집안이잖아요. 전 작은 작품들을 좋아해요.
등판이 좋은 노동자에 관해서 아까 윤 선생님이 말씀하셨는데
그 목판화를 내가 갖고 있었는데… 선 하나하나가, 사람에 대
한, 약자에 대한, 무한 애정을 담고 있다고 생각합니다.

김익구   김종철 선생님께서 하신 말씀 중에 대표적인 예가 있습니다.
가오리에 〈대지〉 미완성 유화가 있습니다. 그걸 그렸다 지웠
다를 거의 5년 하더라고요. 하층민들과 어울려 지내는데, 아
무튼 윤이 형한테는 이상한 마력이 있어요. 천성적으로 그들
과 굉장히 쉽게 가까워져서 하나로 어울리는 거예요.

제가 상대를 나왔어요. 그때 오윤은 그림을 그리는 것에 대한
굉장히 깊은 고뇌가 있었는데, 그때 했던 말이 '미술의 언어적
기능'입니다. 무슨 말을 할 것인가. 어떻게 그려야 언어적 기
능을 다 할 수 있을 것이냐 이것에 대해 굉장히 고민을 한 사
람이고… 당시는 긴급조치 시절이니까 대학생들이 저항도 많
이 하고 그랬습니다. 당시 〈대지〉 같은 작품도 많이 그렸고,
〈노동의 새벽〉도 유화로 많이 그렸다 지웠다 하다가 결국 판
화로 완성했고요. 칼이 어떻고 하는 것보다 작품을 굉장히 재

있게 볼 수 있습니다. 〈사상 팔면도〉같은 것도 우리나라 역사
가 다 담겨있습니다. 당시 저는 그런 이야기를 많이 들었기 때
문에 이해도 되고 생각도 나고 하는데… 〈마케팅〉은 역사에
관심도 많고. 당시가 신경제주의가 횡행할 때였는데, 마케팅
이란 게 뭐냐면 수요를 창출하는 거거든요. 그게 당시 대학생
들에게는 굉장히 저항적으로 받아들여지죠. 제가 이게 뭔지
모르겠다 했더니 굉장히 솔깃하게 듣더라고요. 탱화를 마케
팅에 집어넣어서 만든 것이 〈지옥도〉, 〈달나라〉, 〈12세 소녀〉
예요. 말라서 키가 삐죽 크고 눈빛이 강했어요. 오숙희 선생이
별명이 빨래라고 그랬어요. 빨래가 걸어 다니는 것 같다고.

윤범모 〈마케팅-지옥도〉 말씀을 하셨는데 이 작품이 자본주의를 비
판하고 있죠. 황금만능주의는 지옥에까지 자본시장을 확대시
키는 거로 보았습니다. 염라대왕 앞에서 큰 칼을 쓰고 벌 받는
모습이 있어요. 오윤의 풍자정신은 지옥도에서 실감나게 발
휘됩니다. 벌 받는 죄인 가운데 '현실과 발언' 평론가들을 일
렬로 모아 그렸다는 점입니다. 원동석, 성완경, 최민, 윤범모
등… 말을 많이 하면 벌을 받는다. 오윤 형은 저에게 커다란
칼까지 씌운 중벌을 내려 많이 웃게 했습니다. 사실 나는 오윤
대표작이라 할 〈애비〉를 기획하고 제작할 수 있게 했고, 또 거
금도 만들어 주었는데, 결과적으로 술값을 챙겨주어 이승을
일찍 떠나가게 한 죄도 없지 않습니다만, 오윤의 풍자정신은
빛나는 대목입니다.

오윤, 〈마케팅 I : 지옥도〉, 1980

윤광주　〈여인 두상〉은 작은 이마에 광대가 갸름하고, 턱이 갸름하고, 눈을 봉긋이 뜨고, 그리고 입술 모양이 아주 도톰하게 예뻐요. 결혼할 거라고, 같이 사는 여자가 있다고 해서 집에 갔는데, 깜짝 놀랐어요. 자기 그림 속에 늘 그리던 사람을 만난 거죠. 그 얼굴이 아주 똑같아요. 작품을 보실 때 참고가 되시라고 말씀드렸습니다.

임옥상　제가 윤이 형보다 두 해 늦게 학교를 들어가서 선배들께 아주 깍듯했기 때문에 잘 몰랐고, 윤이 형이랑 친하게 지낼 수 있던 것은 탁구 칠 때였습니다. 거의 학교를 안 다니고 밖에서 놀다가 탁구 칠 때만 나타나가지고, 삐죽 키도 커가지고, 물론 좋은 말씀도 많이 했지만, 생긴 것도 좀 그렇잖아요. 굉장히 얌체탁구를 치는 거예요. '현실' 동인은 제가 나중에 보니까 오윤을 위해 만든 그룹이에요. 오윤의 그림을 공식화 시킨. 그러니까 그때까지 우린 다 들러리였던 거죠. 김정헌, 성완경, 윤범모, 원동석 다 그 사람을 위해 글을 쓸 수밖에 없는. 그분이 지금도 살아서 그림을 그린다고 생각하면 무서워요. 그 정도로 이미 자기만의 세계가 있었던 거예요.
부인도 이미 미학적으로 머릿속에서 완성했듯이 그림도 그런 것 같아요. 전통은 탐구하고 연마하면 할 수 있다고 생각하지만 저는 그렇게 생각하지 않아요. 오윤은 타고났다. 어쩌면 선과 이런 것들이 그렇게 타고날 수 있을까. 저는 이것을 형이 가고 나서부터 조금씩 알게 되었습니다. 그의 해학과, 풍류, 봇물 터지듯 그가 갖고 있는 예술적 기질이 터져 나왔다고 말

할 수 있을 것 같습니다. 제가 프랑스로 유학간지 얼마 안 돼
서 『월간미술』에서 오윤을 다룬 일이 있었습니다. 최민 선생
과 함께 보면서 "이거 봐라 어떻게 이렇게 되냐" 이랬어요. 외
국에 있으니 더욱 그것이 눈에 띄는 거예요. 강요배가 좀 사랑
을 받은 것 같아요. 둘이 성격이 아주 다르잖아요. 윤이 형이
볼 때 불확실하고 신비한 면을 가지고 있었거든요. 저나 김정
헌은 둘 다 '개과'잖아요 시끄럽게 짖고. 강요배는 '고양이과'
니까. 윤이 형이 저는 별로 안 좋아했지만 재밌으니까 그냥 보
아주셨는데, 가끔 그림 보면 아주 위에서 내려다보는 것처럼
"좋다?" 한마디 하고.

윤이 형은 노래를 잘하고, 또 끝까지 불렀어요. 레파토리가 너
무 많아서 기억이 안 날 정도였어요. 자기 체력에 대해서도 그
렇게 자랑을 했어요. 임꺽정 놀던 한탄강에 가서, 근데 그 물
살을 헤치는 게 쉬운 게 아닌데, 잘한다고 과시하려고 그걸 했
어요. 저도 수영을 못하지 않는데 아주 사력을 다 해야 하더라
고요. 근데 윤이 형은 아주 폼을 잡았죠.

김정헌 정확하게 얘기하면 오윤은 뻥을 잘 쳐요. 지금 임옥상이 한 말
은 기억이 오래돼서 섞인 건데 '현실과 발언' 동인 워크샵으로
한탄강, 양수리, 양평, 등등 많이 갔어요. 그때 아마 큰 아들 상
욱이를 데려왔을 거예요. 강요배도 자기도 하겠다면서 둘이
경주하다시피 수영을 했는데 둘 다 제대로 건너지 못하고, 같
이 떠내려 간 일이 있습니다. 아무튼 오윤처럼 전국 각지 여행
을 많이 한 친구가 없어요.

오윤,
〈통일대원도〉,
1985

김익구   잠깐만요. 제가 뻥친 거 한 가지만 더 얘기할게요. 언젠가 워
크샵 갈 때 저를 데리고 갔어요. 매운탕거리만 준비 해놔라,
내가 낚시해서 물고기는 책임지겠다고 했는데, 결국 한 마리
도 잡지 못해서 동네에서 물고기를 사와야 했어요. 근데 최민
선생이 너 그럴 줄 알았다면서 불고기를 꺼냈어요. 어머니가
많이 챙겨주셨다면서.

김정헌   오윤은 항상 자기가 상수여야 해요. 그 친구랑 나랑 바둑을 두
면 지고 이기고 서로 그랬는데, 둘이 두고 있으면 아버지 오영
수 씨가 뒤에서 "윤아 그러면 니 다 죽는데이" 하면서 훈수를
두는 거예요. 안타까워가지고. 그러면 윤이 버럭 화내면서 뚝
뚝한 경상도말로 "나가소!!!" 그러면, 아버지께서 나갔다가 또
들어와서 훈수 두시고, 그래서 문을 잠그고 바둑을 두었어요.
민간 생활을 어떻게 하면 그림으로 그려낼 수 있는지 오랜 세
월 고민했습니다. 이것을 부단히 공부하고 세상을 알려고 노
력하고, 그래서 글을 쓸 시간이 없었던 거예요. 오영수 씨도
미술교사를 하셨고, 누님 오숙희 씨도 미술을 전공하셨죠. 아
버지, 오윤, 오건, 모두 몸이 안 좋아서. 오건은 부안 쪽에서 유
기농 농사를 짓다가 자기 형과 거의 똑같은 증세로 세상을 떠
났죠. 그런 걸 보면 체질도 그렇고 집안의 내력을 생각하게 합
니다.
오윤은 '현실과 발언' 동인에 들어와 많이 흔들렸다고 봅니다.
'현발' 안에 이론가들이 계속해서 얘기를 하고. 나도 그때 이
론가들에게 영향을 많이 받은 편인데, 〈마케팅〉 같은 작품들

이 그때 영향 받은 작품이 아니었나 생각합니다. 단순히 판화만이 아니라, 작품으로서 다른 세계로 진전해나간 것이 아닌가, 이런 생각을 하게 됩니다.

윤범모 오윤은 짧은 생애를 살다 갔는데도 많은 작품과 일화를 남겨서 밤을 새워야 할 판인데, 시간이 없어 안타깝습니다. 오늘 기념행사는 공연이 준비되어 있습니다. 마지막으로 유족 분들께서 목소리를 들려주실 수 있습니까.

김익구 사후 판화의 채색 같은 것은 집사람이 했습니다. 생전 판화 관리는 20주기 때 전시 하고 나서 관리를 계속 맡고 있습니다. 저희 처가는 2남 2녀입니다. 오숙희, 오윤, 오건, 오영아. 장인 장모 다 돌아가셨는데, 오건도 오윤 못지않게 아주 대단한 사람입니다. 그 척박한 땅에 농사 짓겠다고 가서, 오윤 오건의 생각이 모두 궁극적으로 생명을 중시하고 있어요. 오영수 문학-오윤의 미술세계-오건의 환경과 공해 문제. 이 모든 것이 다 연결된다고 생각하시면 됩니다.